AF139464

GABRIELLE ALLMENDINGER

BADENER STADTKRIMI
2. FALL

Heißes Blut

novum pro

Dieses Buch ist auch als
e-book
erhältlich.

w w w . n o v u m v e r l a g . c o m

Bibliografische Information
der Deutschen Nationalbibliothek:

Die Deutsche Nationalbibliothek
verzeichnet diese Publikation in
der Deutschen Nationalbibliografie.
Detaillierte bibliografische Daten
sind im Internet über
http://www.d-nb.de abrufbar.

© 2021 novum Verlag

ISBN 978-3-99107-367-3
Lektorat: Volker Wieckhorst
Umschlagfoto:
Franzisca Guedel | Dreamstime.com
Umschlaggestaltung, Layout & Satz:
novum Verlag

Gedruckt in der Europäischen Union
auf umweltfreundlichem, chlor- und
säurefrei gebleichtem Papier.

www.novumverlag.com

Einleitende Bemerkung

Selbstverständlich gibt es die Kantonspolizei in Baden und natürlich existieren auch die beschriebenen Plätze, Gebäude und Orte. Doch darf diese Tatsache nicht darüber hinwegtäuschen, dass es sich beim vorliegenden Regionalkrimi um reine Fiktion handelt. Alle agierenden Personen und Institutionen sowie deren Verbindungen zueinander sind frei erfunden. Mögliche Übereinstimmungen oder Ähnlichkeiten mit lebenden oder verstorbenen Personen sowie mit Handlungen (in der Gegenwart oder in der Vergangenheit) sind rein zufällig und von der Autorin nicht beabsichtigt.

Der Schwache kann nicht verzeihen.
Verzeihen ist eine Eigenschaft des Starken.

Mahatma Gandhi, 2.10.1869 bis 30.01.1948,
Freiheitskämpfer aus Indien

„Hey, Uschi, du frischgebackene Ermittlungs-Assistentin! Was machst du denn heute hier? Ich dachte, du wolltest heute frei machen und mit deiner Schwester ein Hochzeitskleid kaufen?" Anita, eine der beiden Sekretärinnen bei der Kantonspolizei, geht auf ihre Chefin zu und umarmt sie zur Begrüßung.

„Guten Morgen, Anita." Uschi löst sich aus der Umarmung. „Ich war eben bei Moser und habe Brötchen gekauft." Uschi hält eine Papiertüte der Bäckerei in die Luft und legt sie gleich danach neben die Kaffeemaschine.

„Ich habe mit meiner Schwester und meiner Mam erst um 10 Uhr abgemacht. Es ist so heiß, dass ich nicht lange schlafen konnte. Also dachte ich, ich schau bei dir vorbei und trink mit dir Kaffee."

„Gute Idee – obwohl mir bei diesen Temperaturen ein kühles Bier lieber wäre!"

„Ilona hat Glück mit dem Wetter für ihre Wanderferien. Ich habe gehört, dass es heute im Wallis 37 Grad geben soll!" Ilona, die zweite Sekretärin, ist am letzten Samstag mit ihrem Mann für eine Woche in die Ferien gefahren. Seit ihre beiden Töchter ausgezogen sind, verbringen die beiden ihre ganzen Ferien jeweils in den Bergen. Sie wandern, biken, spielen Tennis, und ab und zu gehen sie auch Klettern. Diesmal haben sie sich vorgenommen, einige Walliser Berge zu besteigen.

Anita hat ihre schwarzen, schulterlangen Haare zu einem Knoten gebunden, der durch ein knallgelbes Haarband gehalten wird. Um ihre eher üppige Figur schwingt ein weites, leichtes, weißes Leinenkleid, und ihre Füße sind nackt.

„Wo sind deine Schuhe?", fragt Uschi.

Die habe ich ausgezogen – schau!" Anita zeigt auf ihren Schreibtisch.

„Was?"

„Schau darunter!"

Uschi zieht den Bürostuhl etwas vor und sieht ein Becken mit Wasser, davor ein Badetuch. Sie schaut Anita fragend an.

„Eisgekühltes Wasser!", erklärt Anita. „Den Tipp habe ich vom Radio. Ich stecke meine Füße da rein, und die Hitze wird gleich erträglicher." Anita lacht übers ganze Gesicht. An ihren Ohren hängen lustige, große Ohrringe in Form einer Zitrone, und eine große Halskette, ebenfalls mit einem Zitronenanhänger, hüpft auf ihrer Brust auf und ab, während sie lacht.

„Du weißt dir offensichtlich zu helfen! Ist Urs noch in der Sitzung?"

„Ja – ich habe ihn heute Morgen nur kurz gesehen. Er ging dann schnell in sein Büro und gleich darauf zum Stadthaus. Er war ungewöhnlich gut gelaunt für einen Montagmorgen!"

Uschi huscht ein Lächeln über das Gesicht. Sie weiß, warum Urs gut gelaunt ist. Nun ist das leidige Thema für ihn endgültig gelöst.

❍❍❍

Als sie damals, 2009, beide bei der Kantonspolizei einen neuen Job gefunden hatten, war auch noch die Stelle für eine Ermittler-Assistenz ausgeschrieben. Aber Urs konnte sich nicht vorstellen, mit jemandem zusammenzuarbeiten. Er ist ein Einzelgänger und ein komischer Kauz und hat jeden Versuch, ihm eine Assistenz zur Seite zu stellen, mit Erfolg vereiteln können.

Stattdessen bezog er Uschi in all seine zu lösenden Fälle mit ein, und obwohl sie als Leiterin der Verwaltung angestellt war, übernahm sie gerne diese Zusatzaufgaben. Sie fand einen guten Umgang mit Urs, der anfänglich auch auf sie seltsam wirkte, und ihre Zusammenarbeit wurde schon bald sehr erfolgreich. Obwohl sich Urs damit über Verordnungen hinwegsetzte, ließ man ihn gewähren. Seine Aufklärungsrate ist hoch, und er löst die Fälle meist in kurzer Zeit.

Nach den Neuwahlen 2013 hatte sich Daniel Meier, ein ehrgeiziger Politiker, zum Ziel gesetzt, Ordnung in die Abteilung Verbrechensaufklärung zu bringen. Die Assistenzstelle wurde erneut ausgeschrieben, und schließlich folgte eine Anstellung. Uschi, die ihren Arbeitsplatz inzwischen in Urs' Büro eingerichtet hatte, zog wieder zurück in die Kanzlei zu ihren Sekretärinnen. Herr Imbühl, der neue Ermittlungsassistent, hatte jedoch schon während der Probezeit wieder gekündigt. Urs sprach kaum ein Wort mit ihm und tat so, als gäbe es ihn nicht. Er ließ ihn allein im Büro sitzen und besprach seine Fälle weiterhin mit Uschi, die ihn immer wieder darauf ansprach und ihm riet, sich nun mit der neuen Situation abzufinden und mit Herrn Imbühl zu arbeiten. Doch Urs ließ sich diesbezüglich nichts sagen. Nach der Kündigung von Herrn Imbühl berief der zuständige Ressortvorsteher Meier eine Krisensitzung ein, zu der nebst Urs auch Uschi und ihre Sekretärinnen eingeladen waren. Urs wurde eröffnet, dass die momentane Situation nicht weiter tragbar sei und keine weiteren Ausnahmen mehr geduldet werden können. Uschi wurde vorgeworfen, dass sie sich nicht an ihre Stellenbeschreibung gehalten habe und weiterhin Urs bei seiner Arbeit unterstütze, und die beiden Sekretärinnen wurden abgemahnt, weil sie Herrn Imbühl geschnitten haben sollen.

„Was? Wir sollen ihn geschnitten haben? Das wüsste ich aber!", empörte sich Anita. „Ich habe ihm jeden Morgen Kaffee gebracht, war freundlich und nett zu ihm und war sogar einmal nach Feierabend auf ein Bier mit ihm im Biergarten!"

„Das stimmt wirklich nicht, dass er von uns geschnitten wurde", bemerkte nun auch Uschi in ruhigem Ton. „Ich gebe zu, dass ich mich nicht immer an meine Stellenbeschreibung gehalten habe. Doch Herr Imbühl hat sich auch nicht um die Arbeit gerissen. Er kam oft zu spät zur Arbeit, weil er vor dem Gubrist-Tunnel im Stau gestanden habe, doch er hätte ja auch mal früher losfahren können. Am Nachmittag verabschiedete er sich dann auch meist um drei, halb vier Uhr, um nicht nochmals in den Stau zu geraten, wenn er zurück nach Opfikon fuhr."

„Genau!", warf Anita ein. „Deshalb kam er auch mit auf ein Bier. Er hat tatsächlich einmal bis fünf Uhr gearbeitet und wollte erst später fahren, wenn der Feierabendverkehr vorbei sei!"

Urs sagte nichts und hörte nur zu. Uschi schaute mehrmals zu ihm, doch sein Gesichtsausdruck blieb, wie man es von ihm kannte, emotional stabil. Es war nicht zu erkennen, woran er dachte. Sie befürchtete, dass er in den nächsten Minuten kündigen würde, und das wollte sie vermeiden.

„Ich mache eine Weiterbildung!", platzte sie heraus. Alle Augen richteten sich auf sie, auch Urs schaute sie mit seinen dunklen Augen erstaunt an.

„Was meinst du damit?" Ilona fand als Erste ihre Sprache wieder.

„Ich weiß auch nicht genau … Aber ich könnte mich doch als Ermittlungsassistentin weiterbilden und offiziell mit Urs zusammenarbeiten." Uschi erschrak über ihre eigenen Worte. Hatte sie das tatsächlich angeboten? War das überhaupt möglich?

Meier horchte auf. „Gute Idee, Frau Frei." Er nickte. „Unkonventionell, aber nicht abwegig."

Nun mischte sich auch Urs ein: „Uschi, du willst dich weiterbilden?" Sein Gesicht hellte sich auf.

„Ja, warum nicht?" Uschi war immer noch etwas überrascht über diese Wendung, doch sie fand Gefallen an dieser Idee.

❌❌❌

„Die Feier am Freitag war wunderschön!" Anita hat zwei Kaffee auf den Besprechungstisch gestellt, an dem Uschi schon Platz genommen und sich ein Brötchen mit Sonnenblumenkernen aus der Papiertüte genommen hatte.

„Ja … und schön, dass ihr alle gekommen seid!" Uschi streift sich mit ihrer linken Hand durch das kurz geschnittene Haar. Sie hat sich für die Diplomfeier am letzten Freitag, mit dem nun ihre Weiterbildung zur Ermittlungsassistentin abgeschlossen war, die Haare ganz kurz schneiden lassen. Eigentlich wollte sie nur die Spitzen schneiden, denn es hat lange gedauert, bis ihre Haare endlich bis zu den Schultern reichten. Doch am Freitag war es derart heiss, dass sie sich schließlich einen Kurzhaarschnitt verpassen ließ.

„Steht dir wirklich super!", bemerkt Anita.

„Danke schön. Ich fühl mich auch gut mit den kurzen Haaren." Sie hat sich in ihr blondes Haar außerdem ein paar hellere Strähnchen färben lassen. Die Sonne hat ihr Sommersprossen auf die Nase gezaubert, und zusammen mit ihren grünen Augen ergibt dies ein frisches, jugendliches Bild. Ihre 35 Jahre sind ihr nicht anzusehen, zumal sie an ihrem freien Tag eine kurze Jeanshose, ein weißes Trägershirt und orangene Flipflops trägt, was sie sich mit ihrer zierlichen Figur gut leisten kann.

„Und? Gefällt es dir noch immer in deiner neuen Wohnung?", fragt Uschi.

„Es ist einfach super! Nur habe ich oft keine Zeit, sie zu genießen! Ich konnte mir nun zwar diese Eigentumswohnung leisten, weil ich damals, als du mit deiner Weiterbildung begannst, mein Pensum aufgestockt habe. Doch nun sitze ich die ganze Woche im Büro!"

„Tja, man kann eben nicht alles haben!"

„Das kannst du laut sagen. Wenn wenigstens jemand auf mich warten würde, wenn ich abends nach Hause komme. Doch länger als acht Monate hält es wohl kein Mann mit mir aus." Anita stöhnt und beißt herzhaft in ihr Brötchen, das sie mit der Butter, die sie im Kühlschrank fand, bestrichen hat.

„Ich weiß genau, was du meinst. Am schlimmsten finde ich die Wochenenden, an denen ich allein zu Hause bin und in meiner Wohnung umhertigere. Doch es ist noch nicht aller Tage Abend", mahnt Uschi. „Wer weiß? Vielleicht haben wir einfach noch nicht den Richtigen gefunden …"

„Ich werde nächstes Jahr fünfzig, junge Frau! Es hat schon viele Abende in meinem Leben gegeben, und wenn es Mr. Right für mich gäbe, wär ich ihm bestimmt begegnet. Du hast noch alle Zeit der Welt mit deinen 35 Jahren!"

„Dein Wort in Gottes Ohr!", lacht Uschi.

„Vielleicht suchst du zu weit?" Anitas Stimme hat etwas Anzügliches.

„Wie meinst du das?", will Uschi wissen.

„Nur so. Man sagt doch: Warum denn in die Ferne schweifen – sieh, das Gute liegt so nah!", lacht Anita.

„Du und deine Fantasie! Träum weiter!", kontert Uschi und zieht einen Flyer, der auf dem Besprechungstisch liegt, zu sich: „Was ist denn das für ein Flyer?"

„Den hab ich von der Kollegin unten. Eine komische Sache. Eine Frau sucht offensichtlich die leibliche Mutter ihrer Tochter. Mehr weiß ich auch nicht."

„Ihrer Tochter? Dann ist sie doch die Mutter …"

„Nein, eben nicht. Sie hat das Kind wohl aufgezogen, doch sie ist nicht die leibliche Mutter."

Uschis Telefon klingelt. Während Uschi das Telefon entgegennimmt, räumt Anita die Kaffeetassen zur Seite und begibt sich wieder an ihren Schreibtisch. Die Füße stellt sie in das Becken und wendet sich ihrer Arbeit zu.

„Das war meine Schwester", sagt Uschi, als sie ihr Telefonat beendet hat. „Sie ist jetzt mit meiner Mam unterwegs zum Brautmodegeschäft Milojka. Ich mach mich dann auch auf den Weg."

Anita schaut von ihrer Arbeit auf: „Sag ihr einen lieben Gruß von mir und viel Spaß! Ich bin überzeugt, dass ihr die richtigen Kleider finden werdet! Heiratet deine Schwester in Weiß?"

„Sie hat mal was von Rot gesagt …"

„Hmmm." Anita verzieht ihr Gesicht. „Rot! Hoffentlich kannst du ihr das ausreden!"

„Anita! Musst du immer so direkt sein?"

„Yep!"

Uschi lacht: „Du bist voll in Ordnung, Anita! Ich versuch mein Bestes!"

Uschi fährt den kurzen Weg über die Hochbrücke nach Wettingen mit ihrem Velo, das sie vor dem Gebäude der Kantonspolizei abgestellt hat. Die Bauarbeiten beim Schulhausplatz haben eben begonnen, und Uschi muss erst einen kleinen Umweg gehen, bevor sie auf die Straße gelangt. Obwohl es erst kurz vor 10

Uhr morgens ist, ist die Hitze schon stark spürbar, und sie hofft, dass der Laden für Brautmode in Wettingen über ein Klimagerät verfügt. Im Körbchen an ihrer Lenkstange liegt ein Moët & Chandon in einem Kühlelement, zusammen mit vier Gläsern. Sie ist sehr gut gelaunt und freut sich, gleich den ganzen Laden für Brautmode nur für sich, ihre Mam und ihre Schwester zur Verfügung zu haben. Die Geschäftsführerin ist eine alte Bekannte ihrer Mutter und hat sich bereit erklärt, an diesem Montag das Geschäft nur für die drei Frauen zu öffnen.

Am 12. September werden ihre Mam und ihr Paps sich erneut das Jawort geben. Als vor 3 Jahren überraschend eine junge Frau aufgetaucht war, die sich als Tochter ihrer Mutter Bea vorstellte, brach diese endlich ihr Schweigen. Es stellte sich heraus, dass Nina, diese junge Frau, die ihrer Mutter zum Verwechseln ähnlich sieht, Uschis Halbschwester ist. Damals, Bea besuchte noch die Kantonsschule in Baden, wurde sie nach einem „One night stand" schwanger. Zusammen mit ihrer besten Freundin reiste sie nach der Matur für ein halbes Jahr in die Türkei. Dort brachte sie Nina heimlich zur Welt. Ihre Freundin fand, dass es das Beste sei, dieses Kind zur Adoption freizugeben. Anfänglich glaubte Bea auch, dass dies das Beste für sie und ihr Kind sei. Doch nach der Geburt konnte sie sich nicht mehr vorstellen, das kleine Mädchen wegzugeben. Ihre Freundin hatte jedoch andere Pläne und entführte ihr das Kind in der Nacht vor ihrem Rückflug. Bea war geschockt. Sie flog nach Hause und hat niemals mehr ein Wort mit ihrer damaligen Freundin gesprochen. Sie vertraute sich niemandem an und ertrug still ihr Leid. Später heiratete sie Gerry, der ebenfalls keine Ahnung davon hatte. Auch wenn Bea kurz nach ihrer Hochzeit ein weiteres Mädchen, Uschi, zur Welt brachte, konnte sie den Verlust ihrer ersten Tochter nie ganz verkraften, und schließlich zerbrach ihre Ehe an diesem dunklen Geheimnis.

Nachdem Nina aufgetaucht war, veränderte sich ihre Mutter zusehends. Die stille, der Welt entrückte Frau blühte richtiggehend auf. Heute ist sie lebensfroh, fröhlich und immer gut gelaunt. Kurze Zeit später haben Uschis Eltern wieder zusammengefunden, sehr zur Freude der beiden Halbschwestern. Als ihr Paps schließlich erneut um Beas Hand angehalten hatte, war das Glück für ihre Mam vollkommen. Er vermietete seine Wohnung in Wettingen und zog zurück in das Haus in Ennetbaden.

Ihre Halbschwester Nina wohnte anfänglich auch da, verliebte sich dann aber schon bald nach ihrem Umzug in die Schweiz und zog mit ihrem Freund zusammen nach Nussbaumen. Beim Gedanken an Nina huscht Uschi ein Lächeln übers Gesicht. Sie kann sich eine Welt ohne Nina nicht mehr vorstellen. Nina ist für sie nicht nur die Schwester, die sie sich als Kind oft gewünscht hatte. Nina ist auch ihre beste Freundin geworden. Die beiden sprechen über alles miteinander, und es vergeht keine Woche, in der sie keine Zeit miteinander verbringen.

Nun heiratet ihre „große" Schwester einen lieben Mann, und Uschi freut sich so sehr für sie. Sie kennt ihren zukünftigen Schwager aus einem Selbstverteidigungskurs, den sie vor langer Zeit besucht hatte, und traf ihn später ab und zu in Baden an, wo sie sich grüßten und ein paar Worte wechselten. Während Uschi die leichte Steigung von der Hochbrücke Richtung Wettingen an der Kantonsschule Baden vorbeifährt, erinnert sie sich, wie Nina und Thomas sich kennengelernt haben.

Im Frühling 2013 besuchte sie mit Nina einmal mehr am Samstag den Gemüsemarkt in Baden. Sie hatte für den Abend ein paar Freunde eingeladen, die sie in ihrer Altbauwohnung in der oberen Halde in Baden bekochen wollten. Nina, als gelernte Köchin, war selbstverständlich mit von der Partie und ließ es sich nicht nehmen, das Gemüse frisch vom Markt zu kaufen. Uschi liebte diese Markteinkäufe mit ihr. Sie stellte sich jeweils etwas abseits und beobachtete ihre Schwester, wie sie mit den Händlern feilschte.

An diesem Samstag kreuzte Thomas wieder einmal ihren Weg und grüßte sie. Nach einem kurzen Wortwechsel zeigte Uschi auf Nina: „Dort am Stand, das ist meine Schwester. Wir sind am Einkaufen."

„Ziemlich resolut, deine Schwester", lachte Thomas.

„Ja, resolut ist sie auch …" In diesem Moment drehte sich Nina freudestrahlend nach Uschi um und ging auf sie zu: „Wir haben alles, Schwesterchen!" Sie hielt eine braune Papiertüte hoch.

„Gut gemacht! Darf ich dir Thomas vorstellen? Wir kennen uns von früher. Thomas, das ist Nina, meine Schwester."

Uschi fühlte förmlich, wie es knisterte, als sich Ninas und Thomas Blicke trafen. Kurze Zeit später saßen sie vor dem Restaurant Rose auf der Weiten Gasse. Dass es noch etwas kühl war, um draußen Kaffee zu trinken, störte wohl nur Uschi. Thomas und Nina schienen nicht viel wahrzunehmen, was um sie herum geschah. Als Uschi sich schließlich nach einer halben Stunde erhob und meinte, dass sie noch einiges zu tun haben bis am Abend, fragte Nina: „Ist es okay, wenn Thomas heute Abend auch zum Essen kommt?" Uschi schaute erst Thomas, dann Nina erstaunt an und meinte: „Ja, natürlich!" Ihr war klar, dass sie soeben Zeugin einer beginnenden Liebe war.

Als Uschi bei Milojka ankommt, stehen ihre Mam und Nina schon vor dem Laden und betrachten ein schlichtes, elegantes, langes, roséfarbenes Kleid im Schaufenster. „Das wär doch was für Uschi! Schau mal, Nina …"

„Was wäre was für mich?" Uschi parkt ihr Velo vor dem Laden und läuft auf Nina und ihre Mam zu, um sie herzlich zu umarmen.

„Guten Morgen, Uschi!" Ihre Mutter ist, einmal mehr, bester Laune. Obwohl sich Uschi langsam daran gewöhnt haben sollte, ist sie immer noch etwas erstaunt über die Kraft, die ihre Mutter, seit Nina wieder in ihr Leben trat, ausstrahlt. Jahrelang hatte sie, nach dem Weggang ihres Vaters, als Teenager und junge Frau die Verantwortung für sich und ihre Mutter übernehmen müssen. Ihre Mutter war unentschlossen, etwas lebensfremd und meistens in Gedanken versunken. Uschi fühlt noch immer große Dankbarkeit über diese Wendung in ihrem Leben. Ihre Mutter ist glücklich, ihre Eltern haben sich wieder gefunden, und sie hat eine große Schwester, die sie fest ins Herz geschlossen hat. Und um das Maß an „Kitsch" vollzumachen, werden Mutter und Schwester im September Doppelhochzeit feiern!

„Schau …" Nina zeigt auf das Schaufenster. „Dieses Kleid ist so wunderschön!"

„Es geht heute aber nicht um mich, Nina. Du und Mam, ihr sollt ein Kleid für eure Hochzeit aussuchen!"

„Liebe Uschi, das werden wir!" Nina gibt ihrer jüngeren Schwester einen Kuss auf die Stirn. Eine Angewohnheit von Nina, die sich Uschi gern gefallen lässt. „Doch du wirst dir auch ein Kleid aussuchen! Schließlich bist du unsere Brautführerin. Das haben Mam und ich bereits beschlossen!"

Gegen 13.00 Uhr haben alle drei Frauen ihr Kleid für die Hochzeit gefunden. „Du siehst aus wie eine Prinzessin, Nina!" Uschi hebt ihr Champagnerglas und trinkt den letzten Schluck aus. Sie ist wirklich froh, dass sie Nina davon überzeugen konnten, ein weißes, langes Kleid für ihre Hochzeit zu wählen. Karla, die Geschäftsführerin, hat einfühlsam und geduldig jeden Wunsch der drei Frauen ernst genommen und sie sehr gut beraten. Mit ihrer Unterstützung konnte sich Uschi gegen das bodenlange roséfarbene Kleid, das ihr Nina und Mam aufschwatzen wollten, wehren, und sie hat sich stattdessen ein Kostüm in smaragdgrün ausgesucht. Ihre Mutter entschied sich für ein schlichtes Etui-Kleid mit Bolero-Jacke in rauchblau.

Beim Hinausgehen bemerkt Uschi einen Flyer neben der Kasse. „Woher hast du diesen Flyer?", fragt sie Karla.

„Ach, der wurde am Freitag hier abgegeben."

„Wer hat ihn abgegeben?", will Uschi wissen.

„Eine ältere Frau war das. Sie meinte, sie suche die leibliche Mutter ihrer Tochter. Ihre Tochter ist wohl schwer krank und braucht eine neue Niere. Mehr weiß ich leider nicht. Ich habe ihr nur mein Bedauern ausgesprochen, ihr alles Gute gewünscht und musste dann wieder Kundschaft bedienen. Warum?"

„Nur so. Danke nochmals für deine gute Beratung und dass wir heute unsere Kleider aussuchen durften. Tschüss, Karla."

„Gern geschehen. Bis nächsten Freitag sind die Änderungen gemacht, und ihr könnt die Kleider abholen. Tschüss, Uschi."

Uschi geht nach draußen, wo ihre Mutter und Schwester schon auf sie warten. Sie hat das Gefühl, gegen eine unsichtbare Wand zu laufen, als sie aus dem klimatisierten Laden in die Sommerhitze hinaustritt.

„Gehen wir etwas kleines essen?", fragt Uschi. „Ich habe Hunger!"

„Gute Idee", pflichtet Nina ihr bei. „Ich weiß auch schon wo. Paps und Thomas erwarten uns schon zu Hause. Ich habe etwas Kleines vorbereitet, was Thomas heute Morgen mit nach Ennetbaden gebracht hat, und ich bin sicher, die beiden Männer warten schon darauf, das Fleisch auf den Grill zu legen."

„Mmmhhh … das ist eine sehr gute Idee!", freut sich Bea, und Uschi stimmt ein: „Eine Köchin in der Familie ist äußerst praktisch! Was gibt es denn?"

„Es ist sehr heiß, weshalb ich verschiedene Salate, Saucen und frische Häppchen zubereitet habe. Wir müssen nur noch kurz über die Straße zum Metzger, um das Fleisch abzuholen."

„Ich habe mein Velo dabei. Ist es okay, wenn ich schon mal losfahre, während ihr das Fleisch abholt?"

„Ja, fahr du nur. Wir kommen gleich nach." Bea umarmt ihre Tochter und flüstert ihr ins Ohr: „Ich bin so glücklich, Uschi." Uschi spürt die Freude und das Glücksgefühl ihrer Mutter und zwinkert ihr zu: „Hab dich lieb, Mam. Bis später."

„Das war einmal mehr ein wunderbares Essen, Nina. Danke sehr!" Gerry steht vom Tisch auf und beginnt, die leeren Teller zusammenzustellen. Bea hilft ihm dabei, und die beiden verschwinden in der Küche.

„Ich habe noch ein fruchtiges Dessert zubereitet. Mögt ihr dieses jetzt schon, oder wollt ihr erst einen Kaffee?", fragt Nina.

„Im Moment bin ich so voll, dass ich nichts mehr runterbringe. Ein Kaffee und ein kleines Schnäpschen zum Verdauen wären super." Thomas hält sich den Bauch. „Hey, was ist denn da los?" Thomas zeigt zum gegenüberliegenden Hang. „Was suchen die vielen Leute da oben?"

Uschi dreht sich um. Oberhalb der Wiese, wo die Ehrendingerstraße durchführt, unterhalten sich ein paar Leute, die wegen der Obstbäume nicht gut zu erkennen sind. Während Nina in die Küche geht, um Kaffee zu machen, stehen Uschi und Thomas auf und gehen auf die Terrasse, die etwas erhöht vom Sitzplatz über eine Treppe erreichbar ist. „Dein Handy klingelt", bemerkt Thomas, geht kurz zurück zum Sitzplatz und holt Uschis Telefon.

„Hallo Urs!" Uschi nickt Thomas zu, um sich für das Holen des Handys zu bedanken, und geht ein paar Schritte zum hinteren Teil der Terrasse, während Thomas angestrengt zum Hang hinaufschaut. Er bemerkt gar nicht, dass Uschi zurückkommt und nun plötzlich neben ihm steht: „Ich komm gleich hoch – in fünf Minuten bin ich da." Uschi beendet das Telefonat.

„Das glaubst du nicht", meint sie zu Thomas. „Urs ist da oben, mit Lang und ein paar Leuten der Spurensicherung. Ich muss da rauf."

„Was ist denn los?", fragt Thomas.

„Ich darf noch nichts sagen, sorry." Uschi geht runter zum Sitzplatz, wo ihre Eltern und Nina den Kaffee aufgetischt haben.

„Was macht ihr denn auf der Terrasse?", fragt Gerry.

„Ich habe einen Einsatz. Urs ist da oben." Sie zeigt den Hang hinauf auf die Ehrendingerstraße. „Esst mir nicht das ganze Dessert weg! Ich komme wieder zurück."

„Du hast doch frei …" Bea ist etwas enttäuscht, dass Uschi nun weggeht.

Gerry legt Bea den Arm um die Schultern. „Sie kommt ja wieder, mein Schatz, es wird wichtig sein."

Uschi geht vom Sitzplatz ein paar Meter Richtung Friedhof, wo sie den kleinen Bach überqueren kann. Dann läuft sie die Wiese hinauf. Sie kennt den Bauern, dem dieses Land gehört, schon seit ihrer Kindheit und weiß, dass er nichts dagegen hat, wenn sie die Wiese überquert, anstatt die Straße außen herum zu nehmen. Verschwitzt und leicht außer Atem kommt sie wenig später bei Urs an.

„Es tut mir leid, dass ich dich an deinem freien Tag stören musste, aber ich dachte, das interessiert dich!" Urs kommt Uschi entgegen, als er sie sieht.

„Hallo Urs", keucht Uschi. „Kein Problem und danke, dass du mich angerufen hast. Hallo Lang! Lange nicht mehr gesehen!" Dr. David Lang, der langjährige Amtsarzt, war bis letzte Woche für zwei Monate in Kanada, wo er das Helikopterfliegen erlernen wollte. „Hast du die Prüfung geschafft?", fragt Uschi.

„Ich habe nur geübt – die Prüfung mache ich nächstes Jahr." Lang steht auf, zieht seinen rechten Handschuh aus und reicht Uschi die Hand: „Aber dir darf man gratulieren, Frau Ermittlungsassistentin, habe ich gehört!"

„Danke schön." Uschis Atem geht wieder ruhig. „Also … was habt ihr gefunden? Knochen?"

„Du kannst dich doch erinnern, dass es Anfang Mai so lange und intensiv geregnet hat, dass der Hang hier in Ennetbaden herunterkam. Im Zusammenhang mit der Straßensanierung der Ehrendingerstraße hat man eine zusätzliche Stütze zur Kantonsstraße betoniert, und heute sollten die Arbeiten abgeschlossen werden, indem der Grund bis zur Straße wieder aufgefüllt wird. Dabei fanden zwei Bauarbeiter einen großen Knochen und haben uns angerufen." Urs zeigt zu den Bauarbeitern, die gespannt den Fortgang der Knochenbergung beobachten.

„Welche Art Knochen?", will Uschi wissen.

„Es sind eindeutig menschliche Knochen", erklärt Lang. „Ich schätze, die Arbeiter haben einen Oberschenkelknochen eines erwachsenen Menschen gefunden. Wie lange dieser Knochen hier liegt, kann ich im Moment noch nicht sagen. Ich denke allerdings, dass dies keine alten Römer waren."

Urs kritzelt etwas in seinen Block, als sie die Stimme eines Arbeiters vernehmen: „Hallo! Hierher!" Der Mann winkt, und

Urs, Uschi und Lang gehen ein paar Schritte die Straße hinunter. „Hier sind noch mehr Knochen!", ruft der Arbeiter.

Zwei Stunden später kehrt Uschi zurück zu ihren Eltern, Nina und Thomas.

„Du kommst gerade rechtzeitig", meint Nina. „Wir haben eben mit dem Dessert angefangen." Nina steht auf und holt auch für Uschi einen Fruchtbecher mit selbst gemachtem Kirschensorbet in der Küche.

„Was war los da oben? Ist der Hang wieder heruntergekommen?" Bea schaut ihre Tochter fragend an.

„Nein, Mam, dann wäre ich wohl die falsche Person gewesen, die gerufen wurde", lacht Uschi. „Zwei Bauarbeiter, die den Hang nach Abschluss der Reparaturarbeiten wieder auffüllen wollten, haben menschliche Knochen gefunden. Das hört ihr sowieso heute Abend in den Nachrichten."

„Ein Skelett?", fragt Thomas.

„Ja – besser zwei Skelette. Ein Erwachsener und ein Kind. Das Kind war bei seinem Tod etwa ein Jahr alt. Mehr können wir im Moment nicht sagen. Die Funde sind unterwegs nach Aarau, wo sie forensisch untersucht werden."

„Nein! Das glaube ich nicht! Wie kommen denn zwei Tote in diesen Hang? Sogar ein Kleinkind!" Bea ist ganz aufgeregt.

„Das müssen wir jetzt herausfinden, Mam. Wir wissen es auch nicht."

„Seit wann liegen die denn da?" Bea kann sich kaum beruhigen.

„Auch das wissen wir noch nicht. Lang, das ist unser Amtsarzt, meint, es seien wohl keine Römer ..." Uschi nimmt einen Löffel Kirschsorbet in den Mund: „Mmmmhhhh ... Nina, das Sorbet ist ein Genuss!"

„Wie kannst du jetzt ein Sorbet loben, wenn du eben noch vor zwei Skeletten gestanden hast!", empört sich Bea.

„Mam, das ist mein Job. Im Moment können wir nichts tun, als auf Ergebnisse der Untersuchung zu warten. Lass uns den Tag zusammen noch genießen."

„Na gut", lenkt Bea ein. „Für mich wäre dieser Job allerdings nichts!"

„Guten Morgen, Urs!" Uschi ist schon seit einer Stunde im Büro, als Urs müde die Tür öffnet und zu seinem Schreibtisch geht.

„Guten Morgen, Uschi." Er seufzt und setzt sich.

„Hast du nicht gut geschlafen?", fragt Uschi, die vor der Pinnwand steht, die sie in der Zeit ihrer Ausbildung wieder aktiviert hat. Vor vier Jahren hatte sie diese für Urs gekauft, um ihm eine Hilfestellung für die Verbrechensaufklärung zu geben. Doch obwohl Urs sich bemüht hatte, diese Pinnwand zu nutzen, wurde er nicht warm damit. Schließlich wurde sie in eine Ecke des Büros gestellt und diente fortan als Pinnwand für weise Sprüche und Postkarten.

Während der Ausbildung zur Ermittlungsassistentin entdeckte Uschi die Pinnwand für sich neu, platzierte sie mitten im Büro, hängte die weisen Sprüche und die Postkarten mit Klebstreifen an die Wand und benutzt sie seitdem wieder als Gedächtnisstütze.

„Hast du denn schlafen können?", will Urs wissen. „Es war so heiß diese Nacht, dass ich kaum ein Auge zugebracht habe!"

„Ich habe sehr gut geschlafen", lacht Uschi. „Auf meiner Dachterrasse."

„Du Glückliche!" Urs steht wieder auf und stellt sich neben sie an die Pinnwand. „Ich habe noch etwas für dich … für deine Pinnwand." Urs holt aus seiner cremefarbenen Leinenhose zwei kleine Plastiktüten und reicht diese Uschi.

„Ketten?"

„Ja, zwei Halsketten. Die haben wir gestern noch gefunden, als du zurück zu deinen Eltern gingst. Auffällig dabei ist, dass an beiden Goldketten ein Kreuzanhänger ist, der zwar verschieden in der Größe, aber sonst genau gleich aufwändig gearbeitet ist. Beide Anhänger tragen auf der Rückseite die Initialen CP. Ich glaube, das sind die Initialen eines Goldschmieds."

„Kann ich die rausnehmen?", fragt Uschi.

„Ja, es gibt keine verwertbaren Spuren auf diesen Ketten."

Uschi hängt die beiden Ketten an die Pinnwand, jeweils neben die Zettel, auf denen MANN/FRAU und KIND zu lesen ist.

„Ich habe Anita schon mal den Auftrag gegeben, uns Vermisstenmeldungen von damals herauszusuchen. Sie fragte nach dem Zeitpunkt ..."

„Gute Frage!"

„Ja, ich weiß. Doch hat Lang nicht etwas von 20 Jahren gesagt gestern?"

„Stimmt – er sagte, es können 20 oder 40 Jahre sein ... oder 60 oder mehr. Ausschließen könne er nur, dass es keine Römer seien." Urs freut sich über den Enthusiasmus seiner „neuen" Kollegin.

„Nun", meint Uschi, „ich habe mir überlegt, dass es nicht so viele Vermisstenmeldungen geben wird, bei denen ein Baby vermisst und nicht gefunden wurde. Außerdem glaube ich, dass die Vermisstenmeldung im Raum Baden eingegangen sein müsste. Die Stelle, an der die Knochen gefunden wurden, ist nicht so leicht zugänglich für Leute, die nicht wissen, wie man da hinkommen kann ..." Urs unterbricht Uschi: „Meine liebe neugebackene Kollegin." Er lächelt sie an. „Es freut mich, mit welchem Eifer du die Sache angehst. Deine Überlegungen sind auch überaus nachvollziehbar. Dürfte ich dich trotzdem erst zu einem Kaffee bitten? Ich bin sicher, Anita wartet schon auf uns."

Uschi seufzt. „Ja, gehen wir rüber zu Anita. Bevor wir keine weiteren Anhaltspunkte haben, ist es sowieso müßig, sich zu intensiv mit diesem Fall zu beschäftigen." Sie schaut Urs an und bemerkt, dass er sich die Haare geschnitten hat.

„Hey, du warst ja beim Coiffeur! Steht dir gut, das etwas kürzere Haar!"

„Coiffeur? Du kennst doch meine Mutter ..."

„Deine Mutter hat die Haare geschnitten? Das hat sie aber wirklich gut gemacht!"

Obwohl Urs ein gut aussehender Mann ist, groß, sportlich, dunkles Haar, das an den Schläfen langsam ergraut, und ganz dunkelbraune Augen, ist er noch immer ungebunden und lebt im Haus seiner Mutter. Sie ist eine energische Frau, forsch und willensstark, und schon mehr als einmal hat sich Urs über sie beklagt. Doch die Tatsache, dass sein Vater früh verstorben ist und er ohne Geschwister allein mit seiner Mutter aufwuchs, hat die beiden zusammengeschweißt. Urs hält sich, was sein Privatleben betrifft, sehr bedeckt. Uschi war ein paarmal zum Essen bei Urs und seiner Mutter eingeladen. Von ihr weiß Uschi, dass Urs schon Freundinnen gehabt habe und sie einerseits hoffe, dass er sie endlich zur Großmutter mache – doch andererseits sei sie auch sehr froh darüber, nicht allein wohnen zu müssen.

„Hier riecht es …" Uschi hält sofort inne, als sie sieht, dass Anita am Telefonieren ist. Diese schaut nur kurz auf und nickt Urs und Uschi zur Begrüssung zu. „… nach Kaffee", beendet Uschi ihren Satz ganz leise und geht zur Kaffeemaschine, um drei Tassen einzuschenken. Urs setzt sich an den Besprechungstisch, nimmt seinen Kaffee entgegen und gibt reichlich Zucker hinzu.

„Sie können sofort bei uns vorbeikommen. Ländliweg 2. Ja, dort, wo jetzt die große Baustelle ist … Genau. Ja, gehen sie da einfach durch … Bis gleich. Auf Wiederhören." Anita hat das Telefonat beendet, zieht ihre Füße aus dem Wasserbecken, trocknet sie ab und kommt ebenfalls zum Besprechungstisch.

„Dieser Lärm den ganzen Tag!", stöhnt sie. „Ich weiß gar nicht, was schlimmer ist: der Baulärm oder die Hitze! Das soll jetzt zwei Jahre so weitergehen?"

„Einmal musste es ja sein … Die sprechen schon so lange über die Umgestaltung dieses Verkehrsknotens. Nimm's sportlich, Anita", versucht Uschi zu beschwichtigen.

„Sportlich? Was habe ich mit sportlich zu tun? Doch einige Bauarbeiter sind richtig knackige Männer … Ah, bevor ich es vergesse: Gleich kommt die Frau vorbei, die die Flyer verteilt hat." Anita zeigt auf den Flyer, den sie gestern mit hochgebracht hatte und der noch immer auf dem Besprechungstisch liegt.

„Ein solcher Flyer liegt auch bei uns zu Hause! Meine Mutter hat ihn gestern vom Kaffeetreff mit ihren Freundinnen mitgebracht.

Sie hat mit dieser Frau gesprochen – Verena Rossi. Sie sei die Schwägerin der Gesuchten und hat deren Tochter in Italien aufgezogen. Warum will sie vorbeikommen?"

„Ja, das hat sie mir auch erzählt, dass sie ihre Schwägerin suche. Sie sagte, sie habe uns eine dringende Mitteilung zu machen und möchte dies gern persönlich tun. Sie wird in ca. 15 Minuten hier sein. Sie wohnt offensichtlich im Blue City Hotel."

Auf dem Flyer ist eine hübsche, blonde Frau abgebildet, die Urs auf Mitte 20 schätzt. Aufgrund der Kleider muss das Bild in den 70ern aufgenommen worden sein. Darunter steht der Name MELANIE ROSSI, geb. 30.6.1951.

„Dieser Flyer ist äußerst laienhaft gestaltet", bemerkt Uschi. „Das Foto ist alt und verblichen, und ich bezweifle, dass sie damit Erfolg haben wird."

„Sie hat eine dringende Mitteilung?", fragt Urs weiter.

„Ja, mehr weiß ich auch nicht."

„Wie hat sie geklungen? Nervös? Ruhig?", fragt Urs weiter.

„Sie scheint mir etwas aufgeregt gewesen zu sein", antwortet Anita, während sie zum Kühlschrank geht und eine Flasche Wasser herausholt.

„Lasst uns jetzt Kaffee trinken. Ich habe uns Gipfeli mitgebracht", unterbricht Uschi die Fragerunde. „Diese Frau Rossi wird ja gleich da sein. Du kannst sie dann alles fragen, was du willst, Urs!"

Als nach 30 Minuten keine Frau Rossi auftaucht, schlägt Uschi vor, nochmals zur Fundstelle der Knochen zu gehen. „Vielleicht ist der Frau etwas dazwischengekommen, und ich möchte nicht den ganzen Morgen hier auf sie warten. Gehen wir noch mal nach Ennetbaden, Urs?"

„Was möchtest du da? Ich weiß gar nicht, ob nicht schon alles zugeschüttet ist." Urs scheint nicht erbaut zu sein, sich in dieser Hitze draußen aufzuhalten.

„Zugeschüttet? Das glaube ich nicht. Ich überlege mir: Wenn ihr diese Ketten gefunden habt, wäre es doch auch möglich, dass man zum Beispiel einen Ehering finden könnte …" Urs unterbricht

Uschi: „Überredet. Du wirst sowieso keine Ruhe geben. Wir können gehen." Er nimmt einen letzten Schluck Kaffee und leert auch das Glas Wasser, das Anita ihm eingeschenkt hat.

Kurz vor Mittag kommen Urs und Uschi zurück ins Büro und gehen gleich zu Anita.

„Nichts!" Uschi zuckt mit den Schultern. „Wir haben leider nichts mehr gefunden." Anita hat eben ihre Schuhe angezogen und will das Büro verlassen. „Gehst du essen?", fragt Urs.

„Ja. Kommt ihr mit? Ich hätte da sowieso etwas, was ich euch erzählen möchte."

„Warum nicht? Ich bin dabei. Ich gehe nur noch schnell ins Büro", meint Uschi und verschwindet.

„Ist diese Frau Rossi noch aufgetaucht?", will Urs wissen.

„Nein, sie war nicht da. Sie hat sich auch nicht mehr gemeldet. Lang hat euch aber gesucht. Es gibt Neuigkeiten wegen der beiden Skelette. Er kommt am Nachmittag kurz vorbei, so gegen 16 Uhr."

Urs reibt sich das Kinn, sagt kein Wort und zieht seinen Schreibblock hervor, in dem er sich ein paar Notizen macht, während sie noch auf Uschi warten.

Freitag, 26. Juni 2015,
Spital in Palermo

„Bist du ganz sicher, dass du ihr jetzt die Wahrheit sagen willst?",
fragt Giovanni seine Frau und streicht ihr liebevoll über den Kopf.
Die beiden sitzen vor dem Spitalzimmer ihrer Tochter Tanja, die
nicht ihre leibliche Tochter ist.

„Sie wird wütend sein", bemerkt er.

„Wir hätten ihr das vor langer Zeit schon sagen sollen, Giovanni. Sie hat ein Recht zu wissen, wer ihre Eltern sind." Verena weiß, dass sie recht hat, doch bisher brachten sie es nicht
übers Herz. Bereits als kleines Mädchen kränkelte Tanja oft und
war nicht sehr belastbar. Sie war für Giovanni und Verena, die
nie eigene Kinder gehabt haben, der Mittelpunkt ihres Lebens,
ihr Sonnenschein, ihr Ein und Alles. Sie befürchteten stets, dass
Tanja die Wahrheit nicht verkraften könnte.

Während ihres Wirtschaftsstudiums in Catania verliebte sich
Tanja in Marco, ein Pizzaiolo in einem nahen Restaurant bei der
Universität. Es hat einige Zeit gedauert, bis Giovanni und Verena sich damit abgefunden haben, dass Tanja und Marco nach
Abschluss ihres Studiums heiraten wollten. Doch schließlich haben sie der Verbindung ihren Segen gegeben und Marco in ihrem Familienbetrieb, dem hübschen, kleinen Restaurant „Bellavista" in Castelmola, von dessen Terrasse aus man einen freien
Blick auf den Ätna hat, aufgenommen. Damals haben Giovanni
und Verena darüber nachgedacht, Tanja die Wahrheit über ihre
Herkunft zu sagen. Doch Maria, ihre Nonna, riet ihnen davon
ab: „Macht das Mädchen nicht unglücklich vor ihrer Hochzeit",
hat sie gesagt. „Ihr seid ihre Mamma und ihr Papa – und du,
mein Sohn, geleitest sie zum Altar. Was hat sie davon, wenn sie
weiß, dass du nicht ihr Papa, sondern ihr Onkel bist?" Am Tag
nach der Trauung, auf dem Weg zum Flughafen, wo die beiden
ihre Hochzeitsreise antreten wollten, erlitten sie einen schweren

Autounfall. Marco war sofort tot. Tanja war sehr schwer verletzt und leidet seither an einer Niereninsuffizienz. Es war einmal mehr nicht die richtige Zeit, sie einzuweihen.

Nachdem Tanja am 18. Juni 2015, wie schon Jahre zuvor, zur Dialyse-Therapie im Spital in Messina war, hat sie plötzlich das Bewusstsein verloren. Nun war eingetreten, was alle schon lange befürchtet hatten: endgültiges Nierenversagen. Tanja wurde nach Palermo ins Spital verlegt, wo ein Dialysegerät permanent ihr Blut reinigte. Gleichzeitig hat man Spendernieren gesucht, doch bis jetzt konnte keine geeignete Niere gefunden werden. Giovanni hat sich den Tests unterzogen, kam aber aufgrund seiner Blutgruppe nicht infrage. Die Tests haben dann allerdings ergeben, dass er, der bis heute den Ärzten erfolgreich aus dem Weg ging, unter sehr hohem Bluthochdruck litt. Außerdem sind verschiedene weitere Blutwerte äußerst kritisch, und nebst Tabletten muss er nun auch Diät halten. Seine Schwester Sonja, verantwortlich für die Küche im „Bellavista", sorgt außerdem dafür, dass Giovanni kaum mehr ein Glas Wein in die Hände bekommt.

Als die Tests auch bei Verena durchgeführt werden sollten, war die Zeit endgültig gekommen, Tanja die Wahrheit zu sagen.

„Tun wir's!" Verena steht von ihrem Stuhl auf und streicht sich über den Rock. Sie geht über den Gang, klopft kurz an die Tür und tritt in das Krankenzimmer, gefolgt von Giovanni. Sie finden Tanja schlafend vor, wie meistens, wenn sie sie besuchen. Vorsichtig nimmt Verena ihre Hand: „Cara …", flüstert sie. „Cara?" Tanja öffnet die Augen, und ein Lächeln huscht über ihr Gesicht, als sie ihre Mamma sieht. „Mamma, Papa … schön, dass ihr hier seid."

„Wie geht es dir, Kleines?" Tanja ist inzwischen 42 Jahre alt und führt seit Jahren das „Bellavista", doch für ihre Eltern blieb sie immer das kleine Mädchen.

„Müde … ich bin müde."

„Sollen wir später kommen?", fragt Giovanni.

„Nein, nein … bitte bleibt. Ich bin immer müde. Doch ich will nicht immer schlafen. Erzählt mir etwas von Nonna, von Tante Sonja und Onkel Michele und von meinen Cousins Mauro und Pietro … Habt ihr daran gedacht, die Weinbestellung abzuschicken? Hat Sonja neue Speisekarten gemacht? Erzählt mir einfach etwas von zu Hause. Ich vermisse euch so sehr!" Tanja richtet sich etwas auf im Bett.

„Tanja", sagt Verena. „Wir sind gekommen, um dir etwas zu erzählen. Es fällt uns nicht leicht, dir das zu sagen …"

Dann bleibt es eine kurze Weile ruhig.

„Wir müssen dir etwas gestehen: Wir sind nicht deine Eltern!", platzt Giovanni heraus. Er steht hinter seiner Frau, die sich auf den Stuhl neben dem Krankenbett gesetzt hatte, seine Hände auf Verenas Schultern, und schaut Tanja mit festem Blick an.

Verena dreht sich sogleich zu ihrem Mann um. Sie hat sich diese Information wesentlich behutsamer vorgestellt. Sie sieht, wie Giovannis Mundwinkel zucken und weiß, dass er kurz davor ist, zu weinen. Vielleicht ist es ja gut, dass er dies nun so frei heraus gesagt hat. Vielleicht hätten sie es sonst wieder nicht übers Herz gebracht.

Wieder Tanja zugewandt meint sie: „Er hat recht, Tanja."

Tanja öffnet den Mund, doch sie bringt keinen Laut heraus. Ihre großen, rehbraunen Augen sind weit geöffnet, so, als hätte sie einen Geist gesehen. Eine lange Zeit spricht niemand ein Wort. Schließlich findet Tanja ihre Stimme wieder: „Wenn ihr nicht meine Eltern seid, wer seid ihr dann?", will sie wissen.

„Wir sind dein Onkel und deine Tante", gesteht Verena.

„Sonja ist meine Mutter?"

„Sonja? Nein!" Jetzt hat sich auch Giovanni wieder gefasst. „Ich hatte noch einen kleinen Bruder, Luigi. Er war dein Vater." Als Giovanni dies sagt, bekreuzigt er sich, und Verena tut es ihm nach. „Ruhe er in Frieden."

Tanja schluckt. „Ich verstehe nicht …"

„Du warst noch ganz klein, als dein Vater verunglückte."

„Mein Vater ist also tot?" Tanja ist jetzt hellwach.

„Ja." Giovanni dreht sich um und schaut aus dem Fenster. Tränen laufen ihm übers Gesicht, und er möchte nicht, dass Tanja ihn weinen sieht.

Zu Verena gewandt fragt Tanja: „Und meine Mutter?"

Verena nimmt Tanjas Hand in die ihren, doch Tanja zieht ihre Hand zurück.

„Was ist mit meiner Mutter?", fragt sie forsch. Ihre Müdigkeit ist verflogen, und sie ist hellwach.

„Wir wissen es nicht …" Verenas Stimme klingt belegt. Sie räuspert sich und fährt mit etwas festerer Stimme fort: „Wir haben seit 1974 nichts mehr von ihr gehört. Wir wissen nicht, ob sie lebt oder ebenfalls gestorben ist."

„Das glaube ich nicht, das kann doch alles nicht wahr sein!" Tanjas Puls steigt an, und aus dem kleinen Kasten neben ihrem Bett ertönt ein greller Signalton.

„Tanja, um Himmels willen! Dottore!" Verena steht auf und drückt auf den Knopf, mit dem man das Pflegepersonal rufen kann. Giovanni erschrickt, dreht sich vom Fenster weg und läuft durchs Zimmer zur Tür, die soeben von außen von einer Krankenschwester geöffnet wird.

„Was ist geschehen?", fragt sie. Ohne eine Antwort abzuwarten liest sie die Werte im kleinen Kasten ab und drückt auf einen Knopf. Der Signalton verstummt. „Ich bin gleich zurück", sagt sie und eilt aus dem Zimmer, um kurz darauf mit einer Spritze wiederzukommen. Ohne Worte setzt sie die Spritze in die Kanüle, die auf der Handoberfläche von Tanja angebracht ist. „Beruhigen Sie sich, Frau Fiore." Die Krankenschwester zieht ihre Spritze zurück und macht sich wieder am kleinen, schwarzen Kasten zu schaffen. „Sie sollen sich doch nicht aufregen!"

Verena und Giovanni stehen wie angewurzelt im Zimmer und schauen zu, was die Krankenschwester macht, unfähig, etwas zu sagen.

„Frau Rossi, Herr Rossi, Ihre Tochter braucht jetzt Ruhe!", meint die Krankenschwester nun zu den Eltern. Tanja sinkt in ihr Kopfkissen, ihre Augenlider zittern. „Sie wird gleich einschlafen. Bitte, kommen Sie mit mir."

„Aber …" Verena kann Tanja jetzt nicht allein lassen. Sie hat noch immer Mühe, zu sprechen. Giovanni löst sich aus seiner Starre: „Komm, Cara, schau … Tanja schläft schon. Lass uns gehen."

Tanja ist, kurz nachdem sie die Spritze erhielt, eingeschlafen. Verena streichelt ihr über den Kopf und verlässt mit Giovanni das Krankenzimmer.

„Was war denn los? Sie wissen doch, dass Ihre Tochter im Moment sehr instabil ist und sie sich nicht aufregen soll …"

„Ach Schwester." Nun kann Verena sich nicht mehr beherrschen, und Tränen laufen über ihre Wangen. „Wir haben Tanja gebeichtet, dass wir nicht ihre Eltern sind – das hat sie so aufgeregt."

Giovanni bemerkt, dass seine Frau leicht schwankt. Er stützt sie und führt sie zusammen mit der Krankenschwester zu einem Stuhl, damit sie sich setzen kann. Leise spricht er zur Schwester: „Wir sind Tanjas Onkel und Tante. Wir haben das Kind großgezogen, nachdem mein Bruder verunglückt ist. Das haben wir ihr heute gesagt, weil …" Giovanni holt tief Atem. „Weil wir hoffen, dass ihre Mutter noch lebt. Vielleicht wäre sie eine geeignete Spenderin für eine Niere!"

Die Krankenschwester schaut fassungslos von Giovanni zu Verena. „Ich hole den Arzt. Bitte warten Sie hier." Kaum hat sie das gesagt, ist sie auch schon weg.

Giovanni setzt sich neben seine Frau und versucht sie zu trösten. „War es richtig, dass wir es nun gesagt haben?", will Verena wissen. Sie hat sich ein wenig beruhigt.

„Ja, ich glaube schon."

Kurz darauf kommt der Arzt. Er wurde von der Krankenschwester informiert und bittet Giovanni und Verena nun in ein kleines Besprechungszimmer. Dort erzählen die beiden, dass sie Tanja aufgezogen haben und sie bis jetzt nicht wusste, dass sie nicht ihre Eltern sind. Sie erzählen von ihrer Hoffnung, die leibliche Mutter finden zu können und der Möglichkeit, damit Tanjas Leben zu retten.

Der Arzt hört zu, nickt ab und zu und macht sich Notizen. „Die Möglichkeit, dass die Mutter eine geeignete Spenderin ist, ist groß", meint er, nachdem er sich die Geschichte zu Ende angehört hat. „Allerdings bleibt nicht viel Zeit. Eine neue Niere müsste in den nächsten Wochen gefunden werden."

Verena Rossi ist aufgeregt. Sie sitzt im Bus Linie 1 von Baden nach Gebenstorf und schaut aus dem Fenster, als über den Lautsprecher die Haltestelle Waldheim aufgerufen wird. Sie erkennt die Gegend fast nicht mehr. Dort, wo früher Wiesen und Felder waren, stehen heute Kaufhäuser und Garagen. Sie begibt sich zur Bustür und steigt aus, als der Bus anhält.

Unschlüssig bleibt sie stehen. Ihr Herz pocht so heftig, dass sie ihren Pulsschlag im Hals wahrnehmen kann. Sie ist aufgeregt und nervös. „Gott steh mir bei", sagt sie zu sich selbst. Es ist heiß. Sie fühlt einen leichten Schwindel und setzt sich auf die Bank bei der Bushaltestelle. Aus ihrer Tasche holt sie ein Papiertaschentuch und trocknet sich Stirn und Hals damit. Sie atmet schwer. Sie kennt die Hitze von zu Hause, in Castelmola in Sizilien. Doch ihr fehlt der Wind, die trockene Luft, und vor allem: ihr Ehemann. Giovanni war immer an ihrer Seite, und zusammen mit ihm fühlt sie sich sicher. Doch nun ist sie allein in die Schweiz gereist, um die Mutter von Tanja zu suchen. Giovanni wollte sie erst nicht gehen lassen. Es gab unzählige Diskussionen in der Familie. Maria, ihre Schwiegermutter, und Sonja, ihre Schwägerin, die Schwester ihres Mannes, haben alles versucht, sie von ihrem Vorhaben abzuhalten. Sie waren davon überzeugt, dass Melanie, die leibliche Mutter von Tanja, nicht gefunden werden kann. Außerdem hat Maria große Vorbehalte gegenüber ihrer Schwiegertochter Melanie, weil sich diese seit 1974 nicht ein einziges Mal nach ihrer Tochter Tanja erkundigt hat. „Entweder sie ist ein schlechter Mensch, und Tanja soll keine Niere von einem schlechten Menschen bekommen, oder sie ist schon lange tot. Basta", war ihr Argument. Doch schließlich hat sich Verena durchgesetzt, und Giovanni hat sie, nach anfänglichem Zögern, darin unterstützt. Er hat seiner Frau tief in die

Augen geschaut und ihr beschwörend gesagt: „Wenn du mir versprichst, dass du die Vergangenheit ruhen lässt, dann suche sie. Gott möge mit dir sein."

Es ist keine 24 Stunden her, seit sie in Catania in den Flieger gestiegen ist. Eigentlich war ihr Flug am frühen Morgen geplant, doch schließlich erfolgte der Start erst kurz nach der Mittagszeit. Im ersten Morgenlicht lud Giovanni ihren kleinen Koffer ins Auto. Verena hatte die ganze Nacht kein Auge zugemacht. Sie bekam Angst vor ihrem eigenen Mut, Tanjas Mutter in der Schweiz suchen zu gehen. Was sollte sie tun, wenn sie sie nicht an ihrem früheren Wohnort finden kann? Melanie hatte schon damals, wie sie selber, keine lebenden Verwandten mehr. Sie arbeiteten beide in Baden in der BBC, und die Tatsache, dass sie schon früh in ihrem Leben auf sich allein gestellt waren, hat sie damals verbunden. An einer Firmenfeier lernten sie die Brüder Giovanni und Luigi aus Sizilien kennen. Diese sind in die Schweiz gekommen, um mit ihrer Arbeit ihre Familie in Castelmola zu unterstützen, die dort ein kleines Familienrestaurant betrieb. Fortan waren sie zu viert unterwegs. Verena huscht ein kleines Lächeln übers Gesicht, als sie sich daran erinnert. Welch unbeschwerte Zeit dies damals war! Sie trocknet sich erneut die Stirn, seufzt wehmütig und schaut auf ihre noch immer geschwollenen Füße, die in weichen braunen Ledersandalen stecken. „Nun sitze ich hier", sagt sie zu sich selber. „Ach, Tanja, ich werde alles versuchen, deine Mamma zu finden.Und ich glaube fest daran, dass sie noch lebt."

Sie kramt aus ihrer Tasche ein Smartphone. Ihr Neffe Mauro hat ihr am Samstag vor ihrer Abreise genau erklärt, was sie tun muss, um nach Hause zu telefonieren. Erst hat sie sich dagegen gewehrt, dieses „neumodische Zeug" benutzen zu müssen, doch Giovanni hat darauf bestanden. Wenn ihm sein Arzt nicht dringend von einer Reise in die Schweiz abgeraten hätte, hätte er sie niemals allein ziehen lassen. Er machte sich große Sorgen, denn schließlich waren sie seit ihrer Heirat noch nie eine Nacht getrennt gewesen. Deshalb kaufte er für sie ein Smartphone, das Mauro so einrichtete, dass sie auf der Startseite nur auf den blauen Fleck mit dem großen weißen S drücken musste. Sie hat es gestern, gleich nach ihrer Ankunft auf dem Flughafen Zürich, ausprobiert. Sie drückte auf das weiße S, und es erschien ein Bild ihres Mannes. Das tippte sie ebenfalls an und hörte gleich danach, dass eine Verbindung hergestellt wurde. Keine Sekunde später erschien ihr Mann auf dem Bildschirm, und sie konnte mit ihm sprechen. Nun war sie sehr froh, dass sie das Smartphone bei sich hatte. Auch heute Morgen, gleich nach dem Aufwachen im Hotel Blue City in Baden, sprach sie mit Giovanni und erzählte ihm, wie sehr sich in Baden alles verändert hat und dass die BBC nun ABB hieße. Danach besprach sie mit ihm zum x-ten Mal ihren Plan, als Erstes im Geelig zu suchen. Vielleicht hat sie großes Glück, und Melanie lebt noch da. Und falls nicht, lebt vielleicht noch ein Nachbar da, der etwas über ihren Verbleib weiß. Bei diesem Gedanken fühlt sie einen leichten Druck im Magen, und sie wird noch nervöser. „Lass die Vergangenheit ruhen", klingt es ihr in den Ohren, und sie verdrängt die Bilder, die in ihrem Kopf Form annehmen wollen. Gleich nach dem Mittagessen stieg sie deshalb in den Bus und fuhr nach Gebenstorf. Ihr Rückflugticket ist auf den 12. Juli 2015 ausgestellt. Während dieser 14 Tage hofft sie, Melanie zu finden und sie dazu zu bewegen, zusammen mit ihr nach Sizilien zu reisen. Sie ist überzeugt, auch wenn all ihre Briefe an Melanie damals unbeantwortet geblieben sind, dass ihre Freundin und Schwägerin sofort mit ihr nach Sizilien reisen würde, um damit Tanja möglicherweise das Leben retten zu können.

Verena drückt auf das weiße S und tippt das Bild ihres Mannes an. Gleich darauf kann sie mit ihm sprechen: „Ciao, Caro! Sono io …"

„Verena! Geht es dir gut?" Giovanni sitzt auf der Veranda des Restaurants, ein Espresso steht vor ihm auf dem Tisch.

„Ja, es geht mir gut, Giovanni. Es ist sehr heiß hier! Heißer als bei uns. Ich bin jetzt an der Bushaltestelle Waldheim und musste mich erst kurz hinsetzen. Meine Beine und Füße sind noch geschwollen vom Flug und der Hitze."

„Hast du Schmerzen? Trinkst du auch genug?", fragt Giovanni besorgt.

„Nein, Schmerzen habe ich keine, und ich habe schon zwei kleine Flaschen Wasser getrunken. Du musst dir keine Sorgen machen. Schau mal." Verena hält ihr Smartphon so, dass Giovanni die Umgebung sehen kann. „Siehst du? Wie das hier aussieht?" Sie richtet ihr Handy auf die Garage, die neben der Bushaltestelle steht. „Alles verbaut", meint sie.

„Das ist ja nicht wiederzuerkennen!" Giovanni sieht etwas verschwommen ein Bild, auf dem er ein Autohaus ausmachen kann. Verena dreht ihr Smartphone wieder um, und auf Giovannnis Display erscheint wieder seine Frau.

„Verena, ich muss dir dringend etwas sagen. Ich war heute Morgen wieder bei Tanja …"

„Wie geht es ihr? Was musst du mir sagen? Giovanni!" Verena spürt Schwindel und in der Magengegend ein flaues Gefühl. Angst macht sich in ihr breit.

„Mein Liebes, reg dich nicht auf! Es ist soweit alles gut mit Tanja. Die Verlegung zurück nach Messina hat keine Verschlechterung ihres Zustandes bewirkt. Sie ist tapfer, und sie kämpft."

„Was musst du mir denn so Dringendes sagen?", will Verena wissen. Sie hat sich etwas beruhigt.

„Tanja hat mir erzählt, dass sie sich viele Gedanken gemacht hat und zum Schluss gekommen ist, dass sie uns sehr dankbar sei, dass wir uns damals um sie gekümmert haben. Sie ist uns nicht böse, im Gegenteil. Sie bewundert deine Kraft, allein in die Schweiz zu reisen und ihre Mutter zu suchen. Und sie hat neue Hoffnung geschöpft, möglicherweise doch gesund zu werden. Ich soll dir das sagen und dich ganz herzlich von ihr grüßen." Giovanni sieht durch das Display, wie sich die Gesichtszüge seiner Frau entspannen. „Ich liebe dich, Verena. Und auch ich bewundere deinen Mut." Giovanni wischt sich eine Träne weg.

Verena ist gerührt und sehr erleichtert. „Ich liebe dich auch, Giovanni. Und ich freu mich, dass Tanja wieder Hoffnung hat." Ihre Stimme zittert.

Giovanni hat sich wieder gefasst: „Der Arzt meint, dass Tanjas seelischer Zustand besser geworden ist, was sich positiv auf ihren körperlichen Zustand auswirkt. Ich besuche sie jeden Tag. Oft sind auch meine Mamma und Sonja dabei. Wir sind froh, dass sie nach Messina verlegt werden konnte, weil sie so viel näher bei uns ist. Ich sorge mich aber um dich, cara …"

„Du musst dir keine Sorgen machen. Ich passe gut auf mich auf." Verena lächelt. Giovanni ist ein guter Ehemann, dessen ist sie sich bewusst. „Ich melde mich wieder, wenn ich etwas Neues erfahren habe. Pass bitte gut auf dich auf und hör auf deine Schwester. Nimm nichts zu dir, was dir nicht gut tut! Versprich mir das!"

„Versprochen." Giovannni lächelt zurück und formt mit seinen Lippen einen Kuss: „Ich bin in Gedanken bei dir, meine tapfere Frau."

„Und grüss Tanja von mir … und die Familie."

„Das werde ich."

„Giovanni, auch wenn ich dich sehr vermisse, bin ich nun doch froh, dass du in Sizilien geblieben bist. Stell dir vor, wenn wir nun beide in der Schweiz wären, wäre Tanja ja ganz allein."

„Sie wäre nicht allein, cara, unsere Familie sorgt sich sehr um sie. Doch vielleicht hast du recht. Vielleicht ist es gut, dass ich da bin. Pass auf dich auf, meine Liebe. Ich drücke dir ganz fest die Daumen, dass du Melanie findest … oder zumindest eine Spur von ihr."

„Danke schön. Ciao, Caro." Verena beendet den Anruf. In diesem Moment hält erneut ein Bus an der Haltestelle, und eine Frau in ihrem Alter verlässt den Bus, gefolgt von einer jungen Mutter, die mit einem Kinderwagen aussteigt. Beide grüßen kurz und laufen Richtung Gebenstorf davon.

Verena bleibt auf der Bank sitzen und schaut hinauf zum Gebenstorfer Horn. Vor ihrem inneren Auge sieht sie den Waldweg, den sie damals mit ihrem Mann, Luigi und Melanie so oft gelaufen ist. Oben, beim Grillplatz, haben sie an vielen Sonntagen gepicknickt und den Nachmittag im Wald genossen. Manchmal sind sie auch weiterspaziert, bis zur Baldegg, wo sich die Männer ein Bier und die Frauen ein Eis oder ein Stück Kuchen gönnten. Danach stiegen sie hinunter nach Baden und fuhren mit dem Bus zurück nach Gebenstorf. Verena sehnt sich nach der Kühle des Waldes, und sie überlegt sich, über die Straße zu gehen und zum Waldrand zu laufen. Es ist kurz vor 14 Uhr. Einerseits möchte sie so schnell wie möglich die BBC-Blöcke, in denen sie gewohnt haben, aufsuchen – andererseits hat sie auch Angst davor. Was, wenn sie nichts über den Verbleib von Melanie herausfindet? Was sollte sie dann als Nächstes tun? Giovanni hatte ihr gesagt, dass sie in diesem Fall auf die Gemeindeverwaltung gehen solle. „Das würde ich heute sowieso nicht mehr schaffen", sagt sie zu sich. Sie steht auf und geht über die Straße. Obwohl auch auf der anderen Strassenseite viele neue Bauten stehen, erkennt sie gleich hinter den Häusern den kurzen Weg wieder, der in den Wald führt. Sie läuft an dem alten Brunnen vorbei und erreicht nach kurzer Zeit den Waldrand. Dort steht noch immer die gleiche rote Bank im Schatten der Bäume. Liebevoll streicht sie über die Rückenlehne dieser Bank, bevor sie sich hinsetzt. Schon nach kurzer Zeit spürt sie die Kühle des Schattens, und sie fühlt sich etwas besser. Ihr Atem geht ruhiger, und sie hört auf zu schwitzen. „Kurze Pause, Verena", sagt sie zu sich selbst. „Bist nicht mehr die Jüngste!" Mit jedem Atemzug nimmt sie den Duft des Waldes wahr, und sie entspannt sich.

Zehn Minuten später geht Verena den Weg zurück zur Landstraße, überquert diese und läuft auf der Grenzstraße zum Geelig. Rechts und links der Straße stehen noch immer Einfamilienhäuser, wie damals. Auf der Höhe der Nelkenstraße erwartet sie, ein Maisfeld zu sehen, doch das Maisfeld ist einer Siedlung gewichen. Früher konnte sie von hier aus die BBC-Blöcke sehen, jetzt versperren ihr die Bauten den Blick. Sie geht weiter, und schließlich steht sie auf dem Parkplatz der Blöcke. Sie atmet auf, als sie die Wiese vor ihrem ehemaligen Wohnblock sieht. Hier hat sich fast nichts verändert. Die Blöcke sind wohl saniert worden, doch im Wesentlichen scheint hier die Zeit nicht alles verändert zu haben. Sie geht zum Haus Nr. 11 an einer Gruppe spielender Kinder vorbei. Vor dem Hauseingang bleibt sie stehen. Bevor sie auf die Klingelschilder schaut, faltet sie die Hände und formuliert ein Stoßgebet. Dann fällt ihr Blick auf die unterste Klingel – Melanie und Luigi lebten im Erdgeschoss, rechts. Sie bewohnte mit Giovanni die Wohnung gegenüber, die ein Zimmer weniger hatte. „Feldmann", liest sie. In diesem Moment wird die Tür vom Hauseingang geöffnet. „Guten Tag." Ein älterer Herr tritt aus dem Haus. „Suchen Sie jemanden?"

„Guten Tag. Ja, ich hoffte, Melanie Rossi zu finden. Wir haben früher hier gelebt …"

„Rossi, Rossi – irgendwie kommt mir das bekannt vor", meint der ältere Herr. Verenas Gesicht hellt sich auf: „Sie kennen sie?"

„Ich wohne schon sehr lange hier. Ich glaube, als ich hier eingezogen bin, lebte hier eine Frau Rossi … genau! Jetzt hab ich's! Das ist doch diese Frau, die nie ein Wort gesprochen hat!"

Verena glaubt, ihren Ohren nicht trauen zu können: „Ja! Meine Schwägerin hatte einen Schock erlitten. Danach konnte sie nicht mehr sprechen."

„Sie war Ihre Schwägerin? Ich erinnere mich jetzt genau. Sie lebte allein. Sie war – Entschuldigung, wenn ich das so sage – eine merkwürdige Frau. Ich bin 1975 mit meiner Frau und meinen Kindern hier eingezogen. Die Fensterläden waren alle immer geschlossen, bis auf dieses …" Der ältere Herr zeigt auf das Küchenfenster der 4,5-Zimmer-Wohnung im Erdgeschoss. „Sie war kaum zu sehen und lebte völlig zurückgezogen. Meine Frau – Gott hab sie selig – hatte einmal versucht, sich mit ihr bekannt zu machen. Sie klingelte an ihrer Wohnungstür. Frau Rossi öffnete, sah sie an, sprach kein Wort und schloss die Tür wieder zu. Seltsame Frau …" Verena hängt an den Lippen des älteren Herrn und nimmt jedes Wort über Melanie gierig auf. Offensichtlich konnte Melanie auch ein Jahr nach dem Unglück noch nicht sprechen. Die Ärzte meinten damals, dass es sich dabei um eine Reaktion auf den Schock handle und sich nicht sagen lässt, wie lange dieser Mutismus anhält.

„Nur Herr Peters", fährt der ältere Herr fort, „er fand Zugang zu ihr. Er hat manchmal für sie eingekauft und ging mit ihr spazieren – bis sie abgeholt wurde." Als Verena diesen Namen hört, erstarrt sie. *Hansueli*, denkt sie bei sich, *er hat sich also wirklich um Melanie gekümmert, wie er es versprochen hatte.* Nachdem sie und ihr Mann nichts mehr von ihm gehört haben, obwohl sie auch ihn angeschrieben hatten, gingen sie davon aus, dass er nichts mehr mit ihnen zu tun haben wollte und er sein Versprechen wohl nicht gehalten hat. *Doch wenn dem nicht so war, warum hat er sich nie bei ihnen gemeldet? Er musste doch auch gesehen haben, dass sie Melanie viele Briefe geschrieben hatten! Und er wusste doch ganz genau, dass Melanie, sobald es ihr besser ging, nach Italien kommen sollte – zu ihrer Tochter!* Verena kann das alles nicht verstehen.

„Sie wurde abgeholt?", fragt Verena den Herrn und schluckt.

„Ja, mit einem Krankenauto. Aber fragen Sie doch Herrn Peters. Er kann Ihnen sicher mehr sagen als ich. Er ist zu Hause … hier!" Der ältere Herr zeigt auf das Klingelschild, das in der Mitte links angebracht ist. Verena kann kaum glauben, was sie da hört. Hansueli wohnt noch hier!

Der ältere Herr nickt: „Einen schönen Tag wünsche ich Ihnen, auf Wiedersehen." Mit diesen Worten dreht er sich um und geht in die Richtung, aus der Verena kam, davon.

„Auf Wiedersehen und danke schön!", ruft Verena ihm nach. Sie atmet tief und fühlt, wie ihre Beine zittern. Einem ersten Impuls folgend holt sie ihr Smartphone aus der Tasche und will Giovanni anrufen. Doch dann hält sie inne. Sie überlegt, was sie ihm sagen würde und was er ihr wohl raten würde. *Lass die Vergangenheit ruhen*, denkt sie. Vielleicht würde er sie davon abhalten wollen, mit Hansueli zu sprechen. Doch jetzt ist sie hier, und es trennen sie nur ein paar Treppen von einem Menschen, der bestimmt weiß, was mit Melanie geschehen ist. Sie lässt das Smartphone in ihre Tasche sinken und drückt beherzt auf die Klingel. Sie nimmt sich vor, kein Wort über das Geschehene zu verlieren. Doch sie muss mit Hansueli sprechen!

Im ersten Stock streckt ein alter Mann seinen Kopf durch das geöffnete Küchenfenster. Sein Haar ist voll, jedoch völlig weiß. Er trägt nur ein weißes Unterhemd und hält eine Zigarette in der rechten Hand. Obwohl sein Gesicht ebenfalls vom Alter gezeichnet ist, erkennt Verena nun beim zweiten Hinblicken eindeutig Hansueli. „Wer hat geklingelt?" Der alte Mann schaut zu Verena. „Haben Sie bei mir geklingelt?", will er wissen. Seine Stimme klingt verärgert.

„Ich …" Verenas Stimme versagt.

„Was wollen Sie? Ich kaufe nichts!" Hansueli zieht den Kopf wieder zurück und verschwindet in der Wohnung. Verena atmet tief durch und drückt noch einmal auf die Klingel. Sie hört, wie oben das Küchenfenster geschlossen wird. Nun beginnt sie sich zu ärgern. Wieder drückt sie auf die Klingel, einmal, zweimal, dreimal. Sie hört, wie das Küchenfenster wieder geöffnet wird, und bevor Hansueli etwas sagen kann, ruft sie: „Hansueli, ich bin's, Verena!"

Nun schaut Hansueli wieder aus dem Fenster. Die Zigarette steckt zwischen seinen Lippen: „Ich kenne keine Verena, lassen Sie …"

„Rossi, Verena Rossi!", unterbricht Verena. „Willst du mich hier draußen stehen lassen?"

Augenblicklich wird Hansueli klar, wer unten steht. Er erschrickt, und aus seinem Mund fällt die halb gerauchte Zigarette nach unten. „Vreni!", ruft er, während er seine rechte Hand an seine Stirn führt. „Du bist es? Vreni Rossi?" Hansueli überlegt blitzschnell. *Das kann doch kein Zufall sein!*, denkt er.

„Ja, ich bin es. Lässt du mich jetzt rein?" Verena ist erleichtert und faltet kurz die Hände: „Grazie Dio", sagt sie leise. Sie fühlt sich lebendig, und die Hitze kann ihr nichts mehr anhaben. *Nun wird alles gut, ich weiß es.*

„Ich mach dir gleich die Tür auf, Vreni. Ich will mir nur schnell etwas anziehen. Einen Moment bitte." Und schon verschwindet sein Kopf im Küchenfenster. Schnell schaut sich Hansueli in seiner Küche und dem Wohnzimmer um. Es lässt sich nicht verbergen, dass er am Umziehen ist. Das sieht er sofort ein und fragt sich gleichzeitig, warum er das verbergen sollte.

Ist doch meine Sache, denkt er. „Ich bin ein freier Mensch und darf tun und lassen, was ich will. Ich darf auch mit 63 Jahren noch umziehen, wenn ich das will", sagt er leise vor sich hin, während er sich ein Hemd überzieht. Er geht zur Wohnungstür und drückt den Türöffner. Die Wohnungstür lässt er einen Spalt weit offen und kehrt zurück in die Küche, wo er sich eine Zigarette ansteckt. Dabei horcht er zur Tür. Er hört, wie jemand die Treppe hinaufkommt und dabei stark atmen muss. Langsam geht er zurück zur Wohnungstür, öffnet sie ganz und ruft Vreni cool entgegen: „Mensch, Vreni! Was machst du hier? Wo ist dein Mann?"

„Moment", keucht Verena und steigt die letzten Stufen hoch.

Hansueli streckt ihr die Hand hin: „Hallo Vreni, lange nicht mehr gesehen." Er versucht zu lächeln.

„Hallo, Hansueli, ja, das kannst du laut sagen!" Verenas Atem geht noch schnell, und sie hält sich am Treppengeländer fest.

„Komm rein und setz dich. Möchtest du ein Glas Wasser?", fragt Hansueli, während er ihr in die Küche vorausgeht. Verena nickt und folgt ihm. Sie schließt hinter sich die Wohnungstür und geht durch den kleinen Gang, der ins Wohnzimmer führt. „Du bist am Packen?" Ihr Atem geht jetzt fast wieder normal.

„Ja, bin ich", hört sie Hansueli aus der Küche.

„Du gehst aber nicht ins Altersheim!", lacht Verena. Sie ist inzwischen auch in der Küche angelangt und setzt sich an den Küchentisch, wo Hansueli für sie ein Glas Wasser bereitgestellt hat, das Verena in einem Zug leert.

„Was denkst du? Nein! Ich wurde vor Kurzem pensioniert, und nun ziehe ich in meine Altersresidenz." Hansueli ist ganz angespannt. *Was will Verena hier?*

„Du bist pensioniert? Du bist doch jünger als ich. Darf ich bitte noch ein Glas Wasser haben?" Verena streckt ihm das leere Glas hin.

„Ja, klar." Hansueli steht auf, legt seine Zigarette in den Aschenbecher auf dem Küchentisch und öffnet den Kühlschrank: „Magst du einen kleinen Schnaps? Zum Anstoßen?", fragt er Verena, ohne sie anzuschauen.

„Warum nicht!", antwortet Verena, während sie beginnt, sich in der Küche umzuschauen. Hansueli stellt das Wasser auf den Tisch und verschwindet im Wohnzimmer. Verena bemerkt – außer ein paar Umzugskartons –, dass sich in Hansuelis Küche nichts verändert hat. Da steht noch immer die Eckbank und der Küchentisch, an dem sie manche Samstagabende mit Hansueli verbracht hatten. Er hatte als Erster ein TV-Gerät, und manchmal trafen sich Giovanni, Luigi, Melanie und sie selber bei Hansueli. Vorher kochten die Frauen jeweils in Hansuelis Küche ein feines Essen, und nach dem Essen schauten sie zusammen fern. Neben der Eckbank steht noch immer die kleine, etwa 1 m hohe Schubladenkommode, auf der der Vogelkäfig platziert ist. Verenas Blick bleibt an dem grünen Kanarienvogel hängen. „Das ist aber nicht mehr Hansli, oder?", ruft sie ins Wohnzimmer. Hansueli kommt mit einer Flasche Obstler zurück in die Küche, stellt zwei kleine Gläser auf den Tisch und setzt sich auf die Bank: „Doch, das ist Hansli – Hansli der 4", antwortet Hansueli. Er schenkt den Schnaps ein und hebt sein Glas zum Anstoßen. Verena tut es ihm nach. Hansueli schaut Verena nun direkt in die Augen und verharrt. Verena hält seinem Blick stand. Ohne den Blick von ihm abzuwenden, sagt sie: „Ich bin gekommen, weil ich Melanie suche." Hansueli nickt kaum merklich. Er hatte dies befürchtet. Seit Jahren fürchtet er sich vor diesem Moment. Verena hat sein Nicken bemerkt und löst ihren Blick von seinen Augen. Er stößt mit ihr an und sagt: „Auf ex." Beide trinken ihr Glas aus und stellen es zurück auf den Tisch.

„Warum?", fragt Hansueli. „Warum jetzt?"

Verena erzählt ihm von Tanja. Hansueli hört stumm zu. Eine halbe Stunde später weiß er, dass Tanja eine Spenderniere braucht. Aber auch, wie sie aufgewachsen ist – dass Giovanni und Vreni mit ihr immer Schweizer Mundart gesprochen haben, damit sie auch diese Sprache kennt, falls ihre Mutter irgendwann zu ihnen nach Italien gekommen wäre. Dass sie Wirtschaft studiert hat, heiratete und kurz darauf Wittwe wurde und seither keine Anstalten mehr gemacht hat, sich noch einmal zu verlieben, obwohl es viele Männer gegeben habe, die ihr den Hof machten und sie stattdessen ihre ganze Energie in die Geschäftsführung des Familienrestaurants „Bellavista" gesteckt hat.

Während der ganzen Zeit überlegt Hansueli, wie er sich nun verhalten solle. Schließlich weiß er, dass Melanie noch lebt. Und er weiß auch, wo sie zu finden ist. Er ist seit siebzehn Jahren mit ihr verheiratet. Seitdem sie damals, vor siebenunddreißig Jahren, aus der psychiatrischen Klinik Königsfelden entlassen wurde, sorgt er für seine Mele. Sie konnte damals noch immer nicht wieder sprechen. Seine Eltern, die ein kleines Haus am Dorfrand von Untersiggenthal besaßen, nahmen die junge Frau liebevoll auf. Vor zwanzig Jahren löste sich endlich ihre Sprechblockade, und für Hansueli war damals die Zeit gekommen, ihr seine Liebe zu gestehen. Drei Jahre später haben sie schließlich geheiratet. Doch Hansueli blieb im Geelig wohnen. Seiner Mele konnte er einen Umzug nicht zumuten. Ihre Psyche verträgt Veränderungen sehr schlecht. Es sollte alles bleiben, wie es war. Er kommt am Wochenende nach Hause auf Besuch. Seit sie verheiratet sind, schlafen sie im gleichen Zimmer. Manchmal kann Melanie auch etwas Körpernähe zulassen. Mehr Veränderung wollte Hansueli ihr nicht zumuten. Als seine Eltern gebrechlich wurden, pflegte Melanie diese bis zu ihren Ableben. Erst starb sein Vater, seit drei Jahren ist nun auch seine Mutter tot. Als er vor einem Jahr von seinem Chef zur Seite genommen wurde und dieser ihn auf eine frühzeitige Pensionierung angesprochen hat, was er nur allzu gern annahm, hat er Melanie sachte und einfühlsam auf seinen Einzug bei ihr vorbereitet. In zwei Wochen sollte es endlich soweit sein! Er hat so lange auf diesen Augenblick gewartet – und nun kommt Vreni daher und will Melanie mit nach Sizilien nehmen.

Hansueli spürt einen Stich in der Herzgegend. Das Atmen fällt ihm schwer, und ihn befällt eine große Angst. Tanjas Leben steht auf dem Spiel. Er muss Vreni also die Wahrheit sagen. Doch wie wird Melanie damit umgehen? Melanie redet auch heute nicht viel, doch sie beantwortet Fragen, und manchmal, auf ihren vielen gemeinsamen Spaziergängen, beschreibt sie die Natur, die sich vor ihr ausbreitet. Niemals hat sie ein Wort über die Zeit vor ihrer Entlassung aus Königsfelden gesprochen und auch niemals ihre Tochter erwähnt. Hansueli wollte nicht riskieren, dass Melanie wieder zusammenbricht und hat sie deshalb nie darauf angesprochen. Er entscheidet sich, etwas Zeit zu schinden, damit er Melanie behutsam vorbereiten kann.

„Und du glaubst gar nicht, wie froh ich nun bin, dass ich dich hier gefunden habe!", endet Verena ihren Monolog. Sie hält theatralisch ihre Hände Richtung Himmel: „Dio mio! Grazie!"

„Mir fehlen die Worte, Vreni", bringt Hansueli hervor.

„Erklär mir doch einfach mal, warum du dich nie bei uns gemeldet hast? Wir haben dir und Melanie geschrieben und nie mehr etwas gehört! Warum nur? Du wusstest doch, dass Melanie zu uns kommen sollte, sobald es ihr etwas besser ging. Das war doch so vereinbart?" Verena hält ihr kleines Schnapsglas hoch. „Bitte, schenk noch mal ein!"

Hansueli füllt ihr kleines Glas und schenkt sich selber auch noch mal ein.

„Was soll ich sagen? Ja, ich habe eure Briefe gelesen. Die Briefe an Melanie habe ich nie geöffnet. Ich habe sie ihr auf den Küchentisch gelegt, doch sie hat sie nie angefasst."

„Aber du hättest uns doch schreiben können!", empört sich Verena.

„Das habe ich auch getan. Ich habe mich so oft hingesetzt und geschrieben – doch dann habe ich mein Geschreibsel immer wieder zerrissen. Was hätte ich euch auch schreiben sollen? Dass Melanie noch immer nichts spricht und der Welt vollkommen entrückt ist? Dass sie keinen Fuß mehr vor die Türe setzte? Dass es immer weiter bergab mit ihr ging?" Hansueli ist den Tränen nahe.

„Entschuldigung, Hansueli, ich wollte dich nicht so angehen. Doch bitte verstehe auch uns. Wir haben so lange gehofft, etwas von euch zu hören. Als Tanja zwei Jahre alt war, wollten wir in die Schweiz reisen. Doch in diesem Jahr wurde Giovannis Vater sehr krank, und wir konnten nicht wegfahren. Ein Jahr später, an Tanjas 3. Geburtstag, habe ich erfahren, dass ich selber ein Kind erwarte, doch ich habe es im dritten Schwangerschaftsmonat verloren." Verena hält inne und schaut auf ihr leeres Glas, das sie in der Hand hält.

„Oje! Du Arme! Das tut mir leid …"

„Ist schon gut. Gottes Wege sind unergründlich. Ich habe zwei Jahre später nochmals ein Kind während der Schwangerschaft verloren. Schließlich haben Giovanni und ich unser Schicksal angenommen. Wir hatten ja Tanja. Und wir lieben dieses Kind mehr als alles andere. Wir haben Melanie weiterhin in unsere Gebete eingeschlossen und ihr auch gedankt, dass sie uns ihre Tochter anvertraut hat. Wir hofften, dass sie ein neues Leben gefunden hat, das sie erfüllt und glücklich macht."

„Das tut mir alles sehr leid, Vreni."

Verena sagt eine Weile nichts. Die beiden sitzen sich gegenüber, jeder in seine eigenen Gedanken versunken. Dann durchbricht Verena das Schweigen: „Ich habe vor der Haustür einen Herrn getroffen, der sich an Melanie erinnern konnte. Er sagte, dass sie mit einem Krankenwagen weggebracht wurde. Was meinte er damit?"

„Melanie ging es sehr schlecht. Etwa ein halbes Jahr nachdem ihr nach Italien gezogen seid, wurde sie in Königsfelden eingeliefert", erklärt Hansueli.

„Nach Königsfelden! Nein! Warum denn?" Verena kann das überhaupt nicht verstehen. Nur weil jemand seine Sprache verloren hat, gehört er doch nicht zu den psychisch Kranken.

„Sie war nicht mehr fähig, für sich zu sorgen. Sie hat nichts mehr gegessen. Nicht mehr aufgeräumt. Ich habe sie unterstützt, so gut dies ging. Doch ich konnte ja nicht Tag und Nacht bei ihr sein. Schließlich hat sie auch aufgehört, sich zu waschen und saß nur noch im Sessel in der Stube. Dann wurde sie krank. Sie bekam hohes Fieber, und ich musste einen Arzt holen. Der hat schließlich dafür gesorgt, dass sie in Königsfelden eingeliefert worden ist."

„Was Giovanni wohl dazu sagen wird! Die arme Frau! Und dann?", will Verena wissen.

„Was meinst du mit dann?" Hansueli versucht, dieser Frage auszuweichen.

„Na dann, als sie in Königsfelden landete. Was war dann? Ist es möglich, dass sie noch dort ist?" Verena möchte sich dies lieber nicht vorstellen müssen. Allerdings wäre dies ein Glücksfall für Tanja. Dann wäre sie gefunden.

„Ich habe sie besucht, ab und zu. Sie hat immer nur stumm dagesessen. Ich weiß gar nicht, ob sie mich wahrgenommen hat."

„Und jetzt?" Verena ist ganz aufgeregt.

„Eines Tages, als ich sie besuchen wollte, war sie fort", log Hansueli. Er schaut dabei auf seine Zigarettenpackung und holt sich eine Zigarette heraus. Hastig zündet er sie an.

„Weg? Wohin weg?" Verena ist enttäuscht.

Hansueli zieht den Zigarettenrauch tief in seine Lungen hinunter und läßt sich Zeit. Anstatt zu antworten, fragt er: „Wann wirst du zurückfliegen? Ich meine, wie lange hast du Zeit, nach Melanie zu suchen?"

„Am 12. Juli geht mein Flug. Bis dahin muss ich sie gefunden haben."

Hansueli ist erleichtert. Dann bleibt genug Zeit, mit Melanie zu sprechen, überlegt er sich. Es ist ihm unangenehm, dass er lügen musste, und er möchte ihr gern die Wahrheit sagen, doch nicht, bevor er mit seiner Frau gesprochen hat. „Ich helfe dir bei der Suche", sagt er schließlich. „Doch leider muss ich morgen früh noch für einen kleinen Eingriff ins Spital."

„Bist du krank?", fragt Verena besorgt.

„Nein, nichts Ernstes. Ich habe … Krampfadern!" Hansueli ist nichts Besseres in den Sinn gekommen.

„Krampfadern? Ich wusste gar nicht, dass Männer das auch haben können. Hast du Schmerzen?"

„Ein wenig. Aber das ist wirklich keine große Sache. Wie wäre es, wenn du morgen zum Kopiergeschäft gehst und ein paar Flyer kopieren lässt? Und diese zwischen Brugg und Baden verteilst? Eventuell bis Wettingen?"

„Meinst du?" Verena ist etwas skeptisch.

„Hast du ein Foto von Melanie dabei?", will Hansueli wissen.

Verena kramt in ihrer Handtasche und zieht ein altes Schwarzweißfoto hervor. „Ja." Sie legt das Foto auf den Tisch.

„Na ja …" Hansueli steht auf und holt ein Blatt Papier. „Wir kleben das hier drauf und schreiben darunter, wer gesucht wird und wo man sich melden kann. Was hältst du davon?" Hansueli ist froh, dass er Verena damit von ihren Fragen nach der Zeit nach Königsfelden ablenken konnte.

„Ich kann's versuchen. Wann bist du denn wieder zu Hause?"

„Ich werde am Montag wieder nach Hause kommen. Wir treffen uns dann am Dienstag. Ich komme nach Baden zum Blue City Hotel. So um 14 Uhr? Dann beraten wir weiter. Vielleicht hat sich bis dahin schon jemand gemeldet!"

„Das wäre ja ein Wunder!", ruft Verena. Etwas leiser fügt sie bei: „Doch dass ich dich hier angetroffen habe, ist ja auch eines. Warum sollte es also nicht ein zweites Wunder geben, danke, Hansueli. Ich fühle mich jetzt etwas besser. Ich habe große Hoffnung, dass alles gut wird."

„Es freut mich, dass ich dir helfen konnte", meint Hansueli. Er steht vom Küchentisch auf. „Nun muss ich dich leider verabschieden. Ich habe noch einiges zu tun, bevor ich morgen ins Spital gehe."

Auch Verena erhebt sich und streckt Hansueli die Hand hin: „Ich wünsche dir alles Gute. Wir sehen uns nächsten Dienstag." Sie nimmt das Blatt und das Foto und geht zur Wohnungstür. Hansueli folgt ihr. Im Treppenhaus dreht sie sich noch mal um: „Bitte gib mir noch deine Telefonnummer, Hansueli."

„Klar!" Schnell geht er zurück in die Küche und holt aus einer Schublade einen kleinen Block. Er schreibt seine Nummer auf und bringt den Zettel zu Verena.

„Hier hast du meine Handy-Nummer." Verena reicht ihm einen der kleinen Zettel, die Mauro für sie vorbereitet hat. Darauf steht ihr Name und ihre Telefonnummer. Außerdem der Name des Blue City Hotels in Baden und die Telefonnummer des Hotels.

„Hat mein Neffe für mich gemacht. Eine Visitenkarte! Er meinte, ich solle erwähnen, dass der Anruf auf mein Handy nicht ganz günstig sei …" Verena blinzelt Hansueli zu „Bis Dienstag also! Und viel Glück für deinen Eingriff!"

„Ja. Danke. Bis Dienstag."

Verena steigt die Treppe hinunter und verlässt das Haus.

Sie läuft zurück Richtung Bushaltestelle und holt ihr Handy hervor. Sie erzählt Giovanni alles, was sie in der letzten Stunde erlebt hat. Dabei fällt ihr auf, dass sie gar nicht weiß, in welches Spital Hansueli geht und er nichts darüber gesagt hat, ob er über den Verbleib von Melanie nach der psychiatrischen Klinik etwas weiß. Natürlich wollte Giovanni wissen, ob sie auch über Luigi gesprochen haben. Doch dies konnte Verena verneinen. Nachdem sie das Telefonat beendet hat, beschleicht sie ein seltsames Gefühl, das sie nicht einordnen kann. Als sie im Bus Richtung Baden sitzt, beruhigt sie sich damit, dass dieser Tag wohl einfach etwas zu viel für sie war. Sie nimmt sich vor, heute früh zu Bett zu gehen, damit sie morgen für das Gestalten des Flyers und dessen Verteilung fit ist. Diese will sie am Freitag in Baden und Wettingen und am Samstag in Brugg und Gebenstorf verteilen.

Keine zwei Stunden nachdem Verena sich von ihm verabschiedet hat, betritt Hansueli sein Haus in Untersiggenthal. Es ist schon alt, und die Räume darin sind sehr klein. Doch für Hansueli und Melanie ist es ein kleines, gemütliches Zuhause, in dem sie sich wohl- und geborgen fühlen. Nach dem Tod seiner Mutter hatte er das ganze Haus sanft renovieren lassen und mit Melanie zusammen neue Möbel ausgesucht.

„Hallo Schatz!", ruft er, während er seine Sandaletten aus- und seine Hausschuhe anzieht. Er bekommt keine Antwort, doch das beunruhigt ihn nicht. Er läuft in die Küche, wo seine Frau mit der Zubereitung des Abendessens beschäftigt ist. Er gibt ihr einen Begrüßungskuss, den sie kurz erwidert und sich gleich wieder dem Waschen des Salates widmet.

„Wie war dein Tag, Liebes?", fragt Hansueli.

Nun schaut Melanie auf, und ein kleines Lächeln huscht über ihr Gesicht. „Er war gut. Ich habe mich den ganzen Tag darauf gefreut, dass du dieses Wochenende schon am Donnerstagabend kommst. Schau! Es gibt Kopfsalat und Tomatensalat aus unserem Garten und meinen Spezial-Salat. Dazu grillst du uns ein paar Lammkotellets!" Sie zeigt auf die vorgewürzten kleinen Kotellets, die sie auf einem Teller angerichtet hat. „Und diese Peperoni dazu."

„Mmmhhh … dein Spezialsalat! Darauf freue ich mich sehr. Hast du auch Pilze darin?"

„Natürlich! Und Fetakäse, Oliven, Kapern, Äpfel und Ruccola, alles drin." Hansueli setzt sich an den kleinen Küchentisch und sieht seiner Frau beim Vorbereiten zu. Wie sehr er sie liebt! Sie hat noch immer eine fast jugendliche, schlanke Figur, obwohl sie dieses Jahr 65 Jahre alt geworden ist. Ihr blondes Haar ist etwas ergraut, doch sie trägt es wie eh und je kunstvoll hochgesteckt. An ihren Ohrläppchen glitzern die goldenen Ohrringe mit einem kleinen Smaragdstein, die er ihr zum Geburtstag geschenkt hat. Sie trägt ein braunes T-Shirt und kurze, wollweiße Leinenhosen. Ihre Füße sind nackt.

„Du solltest etwas an die Füßen anziehen, mein Schatz", bemerkt Hansueli. „Denk an deine Nieren!" Diesen Ratschlag erteilt er seiner Frau seit Jahren. Doch dieses Mal erinnert ihn das Wort Nieren an seinen Besuch heute Nachmittag und das bevorstehende Gespräch mit seiner Frau, vor dem er sich fürchtet. Wie wird sie diese Neuigkeit auffassen? Er beschließt, dieses Gespräch auf morgen zu verschieben.

„Ich gehe gern barfuß", entgegnet sie, wie jedes Mal, wenn Hansueli sie ermahnt, Hausschuhe anzuziehen. Sobald es im Frühling warm wird, zieht Melanie so oft es geht ihre Schuhe aus und läuft barfuß. Sie hat Hansueli einmal erzählt, dass sie sich durch das Barfußgehen besser spüren kann, weil sie direkten Kontakt zum Boden hat. Er dreht seinen Kopf zum Fenster. „Du hast im Garten gearbeitet?" Verschiedene farbige Plastikkübelchen stehen zwischen den Rabatten, die mit Unkraut gefüllt sind. „Hast du auch die Gartenbank unter die Tanne gestellt?" Hansueli ist immer wieder verwundert, wie viel Kraft in dem zierlichen Körper von Melanie steckt.

„Ja und ja", antwortet Melanie.

„War die nicht zu schwer für dich?"

„Die Bank? Nein! Es war so heiß heute, dass ich mir gedacht habe, ich stell die Bank in den Schatten unter die große Tanne."

„Sieht hübsch aus. Doch Mele, du sollst nicht so schwer tragen!"

„Ich habe sie nicht getragen, ich habe sie gezogen. Und ich habe sorgsam darauf geachtet, dass es keine Schleifspuren gibt", berichtigt Melanie.

Hansueli gibt sich geschlagen. „Ich gehe dann schon raus, um den Grill einzuheizen. Kommst du allein klar?"

Melanie antwortet nicht und schnipselt weiter Salat zurecht. Hansueli weiß, dass seine Frau wortkarg ist und ist ihr deswegen nicht böse. Er erhebt sich vom Küchentisch und streichelt ihr über den Rücken, als er an ihr vorbei in den Gang läuft, um nach draußen zu gelangen.

Nachdem Melanie und Hansueli gefrühstückt und danach zusammen die Küche aufgeräumt haben, nimmt Hansueli seine Frau bei der Hand und geleitet sie in das abgedunkelte Wohnzimmer. Es ist noch immer sehr heiß, und sie haben beim ersten Sonnenschein die Fensterläden in der Stube und im Esszimmer geschlossen, damit sich die Räume nicht zu sehr aufheizen. Melanie setzt sich in ihren Polstersessel und nimmt ihre Strickarbeit zur Hand. Hansueli kniet neben ihrem Sessel nieder und nimmt ihr das Strickzeug ab: „Mele, bitte hör mir zu. Ich möchte dir etwas sagen." Melanie lässt ihn gewähren und sieht zu, wie er ihr Strickzeug zurück in den Korb legt. Er bleibt vor ihr knien und hält ihre Hände. „Du musst jetzt tapfer sein, mein Schatz. Ich habe etwas erfahren, was ich dir erzählen möchte."

Melanie spürt, dass Hansueli sich windet. Er muss etwas auf dem Herzen haben. Sie würde ihn gern aufmuntern, ihm helfen. Doch stattdessen schaut sie ihn mit großen Augen unverwandt an und bleibt ruhig sitzen. „Es geht um deine Tochter Tanja", bringt Hansueli schließlich hervor. Melanie reagiert überhaupt nicht, weshalb Hansueli fragt: „Du erinnerst dich doch an Tanja?"

„Tanja? Wer ist Tanja?" Melanie weiß nicht, wovon ihr Mann spricht und wundert sich nun, warum er so angespannt ist.

Hansueli steht auf und setzt sich auf die Lehne des Polsterstuhles. Er legt seinen linken Arm um ihre Schultern und streichelt ihr mit der rechten Hand über ihre Wange. „Schau, Mele, Tanja ist deine Tochter", sagt er ganz vorsichtig. „Dein kleines Mädchen."

„Ich habe nie einem Kind das Leben geschenkt", sagt Melanie sehr sachlich und löst sich aus der Umarmung ihres Mannes. Sie richtet sich kerzengerade auf und greift zu ihrem Strickzeug. Hansueli ist klar, dass das Gespräch damit beendet ist. Sie wird nun nichts mehr sagen. Er seufzt, steht auf und geht in die Küche, wo er sich ein Glas selbst gemachten kühlen Eistee nimmt. Er steckt sich eine Zigarette an, öffnet das Küchenfenster und sieht hinunter in den Garten. Dabei schüttelt er immer wieder den Kopf. *Ist es möglich, dass Mele nicht mehr weiß, dass sie Mutter ist?,* fragt er sich. Er hat mit einem Zusammenbruch gerechnet oder einem Wutausbruch, was er bei ihr auch schon erlebt hat. Doch nicht damit, dass sie sich nicht erinnern kann. *Was jetzt?* Er ist ratlos. Allzu gern würde er die Sache einfach vergessen, ein schönes Wochenende mit seiner Frau verbringen, Sonntagabend noch mal zurück in den Geelig gehen und am nächsten Wochenende endlich zu seiner Mele ziehen. Doch wäre dies gerecht Tanja gegenüber? Er hat keinen Bezug zu diesem Mädchen, denn Tanja war kaum ein Jahr alt, als sie mit Vreni und Giovanni nach Sizilien zog. Doch Verena hat ihm erzählt, was das arme Kind alles durchgemacht hat und dass es nun seine Mutter dringend braucht.

„Ich möchte gern spazieren gehen." Melanie ist in der Küchentür aufgetaucht und unterbricht seine Gedanken. Hansueli dreht sich vom Fenster weg und nimmt den letzten Schluck aus seinem Glas.

„Das ist mir recht." Hansueli drückt seine Zigarette im Aschenbecher auf dem Küchentisch aus und geht seiner Frau entgegen. „Lass uns spazieren gehen. Danach mache ich für uns ein feines Bircher Müesli."

Als sie nach einer knappen Stunde zurück zum Haus kommen, meint Hansueli: „Setz dich doch noch etwas auf die Bank im Schatten der Tanne, bis ich unser Bircher Müesli gemacht habe. Ich bringe dir gleich etwas zu trinken."

Melanie nickt und läuft am Garten vorbei zur hinteren Wiese, wo nebst der großen Tanne auch ein Apfel- und ein Kirschbaum stehen. Sie setzt sich auf die Bank und genießt die Kühle des Schattens. Hansueli ist im Haus verschwunden. Sie schlüpft aus ihren Sandalen und streift mit ihren Füßen durch das Gras. Schon kommt Hansueli mit zwei Gläsern Eistee in der Hand auf sie zu und setzt sich neben sie. „Das Bircher Müesli ist fertig, doch es muss noch etwas ziehen. Wir sollten heute Nachmittag noch einkaufen gehen." Er gibt ihr eines der beiden Gläser in die Hand. „Ich habe mir gedacht, dass wir nach Baden gehen. Dann können wir auch gleich dein gelbes Sommerkleid aus Reinigung abholen."

Melanie antwortet nicht und trinkt gierig ihren eisgekühlten Tee. Hansueli hat sich, während er in der Küche hantierte, überlegt, dass sich seine Frau eventuell an Tanja erinnern könnte, wenn sie Vreni sehen würde. Er ist zum Schluss gekommen, dass er sich weiter bemühen will, Vreni zu helfen und spielt mit dem Gedanken, sie mit Melanie im Hotel aufzusuchen. Bestimmt wäre sie erst etwas verärgert, weil er sie gestern angelogen hat. Doch wenn sie Melanie vor sich sieht, wird sie einfach nur froh sein, sie gefunden zu haben. Er kann ihr danach erklären, warum er so vorsichtig war.

Nach dem kleinen Mittagessen holen sie ihre Velos aus dem Schuppen rechts neben dem Haus. Vor einem halben Jahr haben sie zwei Elektrobikes gekauft, die sie fleißig benutzen. Weil sie beide nicht Auto fahren, ist das Velo ein praktisches Fortbewegungsmittel, zumal sie etwas außerhalb des Dorfes wohnen. Hansueli hat sich außerdem einen leichten Aluminiumanhänger besorgt, in dem sie ihre Einkäufe transportieren. Wenn immer es das Wetter erlaubt, sind sie mit den Rädern unterwegs. Sie brauchen etwas mehr als 20 Minuten, bis sie ihre Velos unter der Treppe, die vom Bahnhofplatz Baden zum Busbahnhof Ost führt, abstellen.

„Lass uns doch erst etwas trinken gehen, mein Schatz", sagt Hansueli, während er auch das Rad seiner Frau abschließt. Sie überqueren den Bahnhofplatz und biegen in die Haselstraße ein. Neben dem Brunnen steht ein kleines Karussell, das sich in der Mittagshitze dreht. Ein sehr alter Mann sitzt im Kassenhäuschen und wischt sich mit einem blau gestreiften Taschentuch den Schweiß von der Stirn. Die Stadt ist fast leer. Es ist nun seit Tagen sehr heiß, weshalb sich die wenigen Menschen auf der Straße nur langsam bewegen. Im Restaurant „Schwyzerhüsli" setzen sie sich in die

Gartenwirtschaft unter einen Sommerschirm und bestellen sich etwas zu trinken. Nachdem der Kellner ein Glas Bier für Hansueli und eine Cola für Melanie auf den Tisch gestellt hat, fragt Hansueli: „Hast du Lust, einen Besuch zu machen?"

Melanie nimmt einen großen Schluck ihrer Cola: „Mmmmhhh, schön kühl!", freut sie sich. „Einen Besuch? Wen möchtest du besuchen?" Melanie stellt das Glas zurück auf den Tisch.

„Eine alte Bekannte von uns ist in der Schweiz. Sie hat mich gestern besucht und mir erzählt, dass sie im Hotel Blue City hier in Baden wohnt. Es ist Vreni …" Während er dies ausspricht, beobachtet er genau das Gesicht seiner Frau. Doch diese scheint ahnungslos zu sein. „Ich kenne keine Vreni."

„Doch, ich weiß, dass du sie kennst. Vielleicht erinnerst du dich, wenn du sie siehst? Sie war früher einmal deine beste Freundin."

„Meine Freundin? Tut mir leid, Hansueli, ich erinnere mich wirklich nicht an eine Vreni." Hansueli kann das nur schwer nachvollziehen. Sie haben nie über die Vergangenheit gesprochen, und Hansueli ist davon ausgegangen, dass Melanie dies einfach nicht möchte. Doch nach und nach wird ihm klar, dass sie deshalb nie ein Wort darüber verloren hat, weil sie ihre Vergangenheit bis zu ihrer Entlassung aus der psychiatrischen Klinik in Königsfelden schlicht und einfach vergessen hat. Er ist ratlos. Was würde passieren, wenn sich Melanie wieder erinnern könnte? Ist das Vergessen ein Schutz ihrer Seele, der es ihr ermöglicht hat, ein zwar zurückgezogenes, doch normales Leben zu führen? Die Idee, Vreni zu besuchen, verwirft er in diesem Moment. Wieder ist er unschlüssig, ob er weiterhin versuchen soll, Melanie mit ihrer Vergangenheit zu konfrontieren. Wie kann er Vreni und damit Tanja helfen, ohne seine Frau zu gefährden? Er fühlt sich plötzlich müde und antriebslos. Die Hitze macht ihm zu schaffen, und ihm wird alles zu viel.

„Lass uns gehen", sagt er, nachdem er sein Bier ausgetrunken hat. Sie gehen den kurzen Weg zur Reinigung gleich neben dem Coop und holen Melanies Kleid ab. Danach bummeln sie durch den Metro Shop vorbei an der Kantonalbank, wo Hansueli CHF 200 aus dem Bancomat zieht.

Sie haben sich für einen kleinen Mittagsschlaf auf zwei Liegestühle im Schatten auf der Wiese gelegt. Hansueli döst vor sich hin, als Melanie mit einem durchdringenden Schrei aufwacht. Er schreckt auf und wendet sich sofort seiner Frau zu, um sie zu beruhigen. Doch diese stößt ihn von sich, steht auf und geht ein paar Schritte Richtung Haus. Dann bleibt sie stehen und dreht sich wieder um. Hansueli ist verwirrt. „Was ist mit dir?", fragt er, während er auf sie zugeht.

„Fass mich nicht an!", schreit sie und weicht einen Schritt zurück.

„Liebes, du hast schlecht geträumt. Bitte beruhige dich." Er bleibt stehen und wagt nicht, sich ihr zu nähern. Melanie beginnt zu weinen. Nun ist Hansueli völlig verwirrt. Niemals, seit er seine Frau kennt, hat er sie weinen sehen. „Mele …" Er ist völlig hilflos und weiß nicht, wie er mit dieser Situation umgehen soll. Melanie weint noch immer, sie weint immer lauter, und schließlich sackt sie in sich zusammen und setzt sich auf den Boden. Sie vergräbt ihr Gesicht in ihren Händen und schluchzt herzerweichend. Hansueli nähert sich ihr vorsichtig. „Mele?" Sie reagiert nicht. Er streichelt ihr ganz zögerlich über den Kopf. Sie lässt ihn gewähren, und er setzt sich neben sie ins Gras. Langsam legt er seinen Arm um ihre Schultern und spürt, wie sie ihren Kopf an seine Schulter legt. „Schschsch … Mele … Es ist alles gut. Ich bin bei dir." Melanie sagt kein Wort und beruhigt sich langsam. Sie sitzen zusammen eine ganze Weile im Gras. Hansueli überlegt sich, was wohl geschehen ist. Bestimmt hat sie etwas Schlechtes geträumt. Doch warum hat sie geweint? Das erste Mal nach all diesen Jahren? Und warum hat sie ihn angeschrien, dass er sie nicht anfassen soll? Er ist beunruhigt. Ob seine Fragen nach Tanja und Vreni etwas damit zu tun haben? Das muss wohl so sein, anders kann er sich ihr ungewöhnliches Verhalten nicht erklären.

Er wird am Dienstag zu Vreni gehen und ihr nicht sagen, dass er weiß, wo Melanie zu finden ist. Im Gegenteil: Er wird versuchen, zu verhindern, dass sie sie findet. Er will sich nicht vorstellen, was mit Melanie passiert, wenn sich ihre Erinnerungen einstellen. Dies war ein Zeichen, eine Warnung. Es soll wohl nicht sein, dass Tanja von ihrer Mutter eine Niere bekommt.

Bis zum Abend hat Melanie kein Wort mehr gesprochen. Auch am Sonntag bleibt sie stumm. Doch Hansueli hat schon einige solche Wochenenden erlebt und will nicht das Schlimmste befürchten. Außer, dass sie nicht spricht, ist alles wie sonst. Sie scheint nicht betrübt zu sein, und es gibt keine Anzeichen, dass es ihr schlecht geht.

Verena ist müde und ausgelaugt. Sie hat am Freitag 200 Flyer kopieren lassen und diese in Wettingen, Baden, Brugg, Windisch, Gebenstorf, Turgi, Nussbaumen und heute auch noch in Untersiggenthal verteilt. Am Sonntagmorgen besuchte sie den Gottesdienst in der katholischen Kirche in Gebenstorf – wie damals, als sie mit Giovanni noch im Geelig gewohnt hat. Mindestens zweimal täglich telefonierte sie mit Giovanni. Sie sprachen über das Befinden von Tanja, über die Verteilaktion, die veränderte Umgebung und machten einander gegenseitig Hoffnung, dass Melanie gefunden werden kann.

Verena kam kurz nach 18 Uhr am Bahnhof West an und stieg noch kurz die Treppen zum Metro Shop herunter, um sich im Coop ein Stück Wähe zu kaufen, das sie auf dem kurzen Weg ins Hotel vertilgte. Nun ist sie endlich im Hotelzimmer. Sie schlüpft aus ihren Schuhen und stellt ihre Handtasche auf den kleinen Schreibtisch im Zimmer. Die Flyer sind nun alle verteilt. Sie lässt sich ein Bad ein und legt sich einen leichten Morgenmantel auf das Bett. Auch wenn die Sonne noch hoch am Himmel steht und von der Straße durch das leicht geöffnete Fenster viele fröhliche Stimmen dringen, wird sie dies nicht davon abhalten, heute keinen Schritt mehr aus dem Zimmer zu tun. Es war wieder ein heißer Tag, und sie freut sich auf ein kühlendes, entspannendes Bad. Sie hat sich im Coop außerdem eine Flasche Wasser und einen halben Liter Wein gekauft.

Nach dem Bad legt sie sich im Morgenmantel aufs Bett, ein Glas Wein in der Hand, und schaltet den Fernseher ein. Es ist kurz vor halb acht.

„Gleich folgt die Tagesschau …", vernimmt sie. *Mal schauen, was so passiert ist*, denkt sie – *und was das Wetter macht* …Sie nimmt einen Schluck Wein, stellt das Glas auf den Nachttisch und lehnt sich zurück in die beiden Kissen, die sie sich zurechtgerückt hat.

„Ennetbaden – Beim Auffüllen des Hanges, der Anfang Mai wegen der starken Regenfälle abgerutscht ist, wurden menschliche Knochen gefunden", hört Verena. Sie kann das, was sie eben gehört hat, nicht glauben. Reglos bleibt sie liegen. Langsam öffnet sich ihr Mund, während sie dem Sprecher weiter zuhört. „Es handelt sich dabei um einen erwachsenen Menschen und ein Kleinkind." Jetzt setzt sich Verena auf und legt sich beide Hände vors Gesicht. Kurz darauf faltet sie die Hände zum Gebet und ruft: „Was jetzt, lieber Gott?" Ihre Müdigkeit ist verflogen. Sie steht auf und läuft im Zimmer auf und ab. *Ich muss Giovanni anrufen!*, denkt sie. Im Hintergrund laufen die Nachrichten weiter, doch sie ist völlig in Gedanken versunken und hört nichts mehr davon. Sie nimmt ihr Handy zur Hand und will eine Verbindung herstellen. Dann lässt sie die Hand sinken. Wie soll sie dies Giovanni sagen? Wie wird er reagieren? Verena kann sich nicht beruhigen. Sie geht zur Minibar und holt sich einen Cognac heraus, den sie in einem Zug leert. „Ich muss hier sofort weg", sagt sie zu sich selbst und öffnet noch einmal die Tür der Minibar. Ein Cognac findet sich nicht mehr, dafür ein Whisky, von dem sie nun aber nur einen kleinen Schluck nimmt. Sie setzt sich mit dem kleinen Whisky-Fläschchen auf den Bettrand und lässt ihre Schultern sinken. „Das ist nicht gerecht, lieber Gott. Warum jetzt? Ich bin gekommen, Melanie zu finden, um Tanja zu retten. Melanie habe ich bis jetzt nicht gefunden, doch die Vergangenheit hat mich gefunden!" In kleinen Schlucken leert sie schließlich auch den kleinen Whisky. Dann greift sie zum Handy und ruft ihren Mann doch an. Sie erzählt ihm, nun ruhiger und gefasster, dass es Anfang Mai wohl in der Schweiz sehr starke Regenfälle gab, und daraufhin sei ein Hang unterhalb der Ehrendingerstraße in Ennetbaden abgerutscht. Danach habe man eine Stützmauer gebaut und heute den Hang wieder aufgefüllt. „Und dabei haben sie die Knochen entdeckt", schließt sie ihren Bericht. Auf der anderen Seite des Telefons bleibt es ruhig. „Giovanni? Bist du noch da?", fragt sie, nun wieder aufgeregt.

„Ja, cara, ich bin da." Eine matte, leise Stimme dringt an ihr Ohr.

„Ich komme sofort nach Hause, Giovanni. Ich muss hier weg!"

„Ja, bitte." Giovannis Stimme ist jetzt immer noch leise, doch sie klingt nun sanft und bittend. „Ich sorge mich sehr um dich."

„Meinst du, dass ich ernsthaft in Gefahr bin? Wie lange kann es dauern, bis die Polizei herausgefunden hat, wer dort zum Vorschein kam? Wie sollen die dann auf mich kommen?"

„Du hast doch die Flyer verteilt. Flyer mit dem Namen Rossi und mit deiner Telefonnummer!"

„Soweit habe ich gar nicht gedacht, Giovanni!", ruft Verena erschreckt.

„Beruhige dich, Verena." Giovanni hat sich nun völlig gefasst, und seine Stimme tönt ruhig und fester. „Vielleicht ist es besser, wenn ich in die Schweiz reise, zu dir. Wir stehen das gemeinsam durch."

„Kommt nicht infrage! Du weißt, dass du nicht fliegen sollst!" Verena wünscht sich nichts sehnlicher, als ihren Mann jetzt im Moment bei sich zu haben, und es graut ihr davor, ihren Flug umzubuchen und allein, unverrichteter Dinge, nach Hause zu fliegen. Doch noch größer ist ihre Angst, dass Giovanni seine Gesundheit aufs Spiel setzt.

„Ich komme in die Schweiz, Cara. Ich fliege nicht. Mauro und Pietro sollen mich begleiten. Sie werden sich beim Autofahren abwechseln, und ich werde es mir hinten im Auto gemütlich machen." Giovanni hat sich das am Sonntag schon überlegt, nachdem er seiner Frau am Telefon eine gute Nacht gewünscht hat. Er ist die halbe Nacht wach gelegen und hat sich überlegt, wie er Verena helfen könnte, Melanie zu finden. Er müsste bei ihr sein. Tanja ist im Moment stabil. Gegen Morgen kam ihm die Idee mit dem Auto. Doch heute Morgen hat er diese wieder verworfen. Nun haben sich die Dinge jedoch sehr verändert, und er sagt: „Die Autofahrt dauert etwa 18 Stunden. Wenn wir im Morgengrauen losfahren, sind wir morgen Abend da. Reservier den Jungs doch bitte ein Zimmer. Ich werde wohl bei dir unterkommen?"

„Giovanni! Es ist jetzt nicht die Zeit für Witze!", empört sich Verena.

„Das ist kein Witz, Verena. Ich meine das ernst." Giovanni ist aufgekratzt. Er ist überzeugt, dass dies die einzig richtige Entscheidung ist.

„Meinst du?" Verena spürt, dass es keinen Zweck hat, ihrem Mann das auszureden.

„Natürlich! Sieh mal, mein Schatz: Vielleicht musste es ja so sein, dass uns die Vergangenheit einholt. So haben wir eine größere Chance, Melanie zu finden. Wir wollten die Vergangenheit ruhen lassen, doch das war vielleicht der falsche Weg."

„Ja, es ist möglich, dass du recht hast. Doch wie soll uns das helfen, Melanie zu finden?"

„Indem wir die Polizei suchen lassen. Wir warten nicht, bis die Polizei dich findet – wir gehen zur Polizei und erzählen ihnen, was wir wissen. Sie werden dann Melanie suchen."

„Du bist der Beste!"

„Du gehst gleich morgen früh zur Polizei. Du stellst dich vor und sagst ihnen, dass du möglicherweise weißt, wen sie in Ennetbaden gefunden haben …"

„Ich soll das morgen tun? Ich glaubte, du wolltest dabei sein?", fragt Verena.

„Schau, Verena, es ist wichtig, dass du dich meldest, bevor sie auf dich zukommen. Das macht dich glaubhafter …"

„Das kann ich nicht! Was soll ich denn sagen? Nein!" Verena hat Angst. „Die werden mich festnehmen!"

„Nein, das werden sie nicht. Du erzählst ihnen, dass du gestern die Nachrichten gesehen hast und dass es sich bei den beiden Knochenfunden um Luigi oder Melanie Rossi mit ihrer kleinen Tochter Maria handeln könnte. Sie seien damals verschwunden."

„Und dann?"

„Du erzählst, dass wir schließlich Tanja, die Zwillingsschwester von Maria, mit nach Italien genommen haben und sie nun erkrankt sei und nur eine Niere ihrer Mutter sie retten könnte. Deshalb seist du in die Schweiz gekommen. Nun wäre es hilfreich zu wissen, ob Melanie noch lebt oder ob dies ihre Leiche sei."

„Aber ich weiß doch, dass dies nicht ihre Leiche ist", interveniert Verena.

„Natürlich, wir wissen, dass Luigi dort begraben ist – Gott sei seiner Seele gnädig." Giovanni bekreuzigt sich. „Doch die Polizei weiß das nicht. Sie werden deinem Hinweis jedoch nachgehen und dabei vielleicht Melanie finden. Die haben bessere Möglichkeiten als wir, jemanden zu finden. Verstehst du?"

„Du meinst, ich erzähle gar nicht, was damals passiert ist. Ich melde nur, dass ich Melanie suche und ich wissen müsse, ob dies ihre Leiche sei … Ich sei wegen des Kindes darauf gekommen."

„Genau!"

„Und am Abend kommst du in Baden an." Verena ist nun ganz ruhig.

„Ja – und bis dahin hat die Polizei vielleicht schon Neuigkeiten", meint Giovanni.

„Und was sage ich Hansueli? Wir wollten uns doch morgen Mittag treffen und das weitere Vorgehen besprechen. Davon habe ich dir ja erzählt."

„Ja, er soll doch kommen. Dann erzählst du ihm gleich, was wir jetzt besprochen haben und dir nun die Polizei bei der Suche nach Melanie behilflich sein wird."

„Ja, das werde ich tun. Ach, Giovanni – wenn ich dich nicht hätte! Nun musst du aber mit Mauro und Pietro sprechen! Die werden sich wundern, dass sie morgen früh Richtung Schweiz fahren sollen!" Verena kann wieder lachen.

„Die werden sich freuen! Aber du hast recht. Ich mach jetzt Schluss und informiere die Familie über meinen Reiseplan – und dann leg ich mich ein paar Stunden hin, bevor wir losfahren. Bis bald, mein Schatz. Schlaf gut. Wir sehen uns morgen!"

„Ciao, Caro! Seid vorsichtig und kommt gesund hier an. Ich werde das Zimmer reservieren. Gute Nacht."

Verena fühlt sich wieder gut. Sie geht ins Bad, putzt sich die Zähne und legt sich ins Bett. Ihr Handy stellt sie auf *Vibrieren* und legt es auf den Nachttisch. Sie nimmt den Hörer des Hoteltelefons in die Hand und ruft in der Rezeption an, wo sie ein Zimmer reservieren lässt und darum bittet, bis morgen früh um halb acht nicht gestört zu werden. Sie braucht nun etwas Schlaf und etwas Ruhe. Morgen wird sie ihren Mann sehen. Im Fernseher läuft ein Quiz. Doch schon nach knapp zehn Minuten fallen ihr ständig die Augenlider zu, weshalb sie den Fernseher ausmacht, sich zur Seite dreht und einschläft.

Sie hört nicht ihr Handy, das zwischen halb zehn und zwölf Uhr in der Nacht heftig vibriert auf dem Nachttisch. Sie hört es auch nicht, als es morgens um sieben erneut ertönt.

Das Erste, was Hansueli macht, als er die Nachrichten gehört hat, ist, Melanie anzurufen. Er muss wissen, ob sie etwas mitbekommen hat, und wenn ja, wie es ihr geht. Er lässt es lange läuten, doch niemand hebt den Hörer ab. Kurz darauf versucht er es nochmals. Nun knackt es in der Leitung. „Mele? Ich bin's, Hansueli." Er hört ein schnelles Atmen.

„Mele? Geht es dir gut?", fragt er.

Seine Frage wird ihm nicht beantwortet. Er horcht angestrengt auf Nebengeräusche, weil er herausfinden will, ob der Fernseher läuft. Doch es ist völlig ruhig.

„Bitte Mele, sprich mit mir … Ich sorge mich um dich." Hansueli erwartet nicht, dass seine Frau ihm antworten wird. Er hat schon oft solche Telefonate geführt. Sie scheint jedoch immer zuzuhören, wenn er spricht und hängt das Telefon jeweils erst auf, wenn er sich verabschiedet hat. Umso mehr ist er erstaunt, als er nun deutlich die Stimme seiner Frau vernimmt: „Ich war eben noch im Garten. Dann habe ich das Telefon gehört und bin ins Haus gelaufen."

„Mele! Schön, dass du mit mir sprichst!" Hansueli ist erleichtert. Seiner Frau scheint es gut zu gehen. Sie hat nichts davon mitbekommen, was in den Nachrichten ausgestrahlt wurde, und das Beste ist: Sie spricht wieder!

„Ich wollte nur nachfragen, wie es dir geht und dir eine gute Nacht wünschen."

„Danke. Ich wünsche dir auch eine gute Nacht", sagt Melanie.

„Ich besuche dich morgen Abend, Mele. Ich bringe uns ein Eis mit, das wir auf der Bank unter der Tanne essen können."

„Das ist schön, Hansueli."

„Dann bis morgen, mein Liebes. Schlaf gut."

„Gute Nacht, Hansueli, bis morgen." Melanie hängt das Telefon ein.

Hansueli ist froh, dass Melanie offensichtlich nichts vom Knochenfund mitbekommen hat. Dass sie sogar mit ihm gesprochen hat, freut ihn sehr. Trotzdem zieht er gierig an seiner Zigarette, die er sich gleich nach dem Telefonat mit Melanie in der Küche angezündet hat und bläst den Rauch zum offenen Küchenfenster hinaus. Seine schlimmsten Befürchtungen sind wahr geworden. Schon Anfang Mai hat er Blut und Wasser geschwitzt, als er vom Hangrutsch gehört hat. Er ist tagelang dort herumgeschlichen und hat alles beobachtet. Die Bauarbeiter, die großen Baumaschinen, der Hang. Oft ist er auch nachts herumgelaufen, einmal sogar mit einer Taschenlampe, um nachzusehen, wo genau die Erde hinuntergerutscht ist. Er beruhigte sich danach etwas, weil die Erde etwa zwei Meter rechts von der vermeintlichen Stelle heruntergekommen ist. Als es auch eine Woche nach dem Hangrutsch ruhig geblieben ist, ging er davon aus, dass er sich vergebens gesorgt hat. Und nun das! Er bekommt Angst und versucht sich vorzustellen, was passieren könnte. Seine größte Angst war, Melanie allein lassen zu müssen. Sie wäre verloren ohne ihn.

Er raucht drei Zigaretten und zündet jeweils die neue an der heruntergebrannten Zigarette an. Einen klaren Gedanken zu fassen fällt ihm schwer. Einerseits hadert er mit seinem Schicksal, andererseits schmiedet er die verrücktesten Pläne in seinem Kopf. Doch nichts will ihm in den Sinn kommen, das ihn beruhigen könnte. Dann denkt er an Verena. „Vreni!", ruft er aus und drückt die angerauchte Zigarette im Aschenbecher aus. Er eilt zum Telefon und stellt ihre Nummer ein. Es ist inzwischen schon neun durch. Doch das beachtet Hansueli nicht. Er versucht sie mehrmals anzurufen. Um halb zwölf zum letzten Mal, vergeblich.

Schließlich nimmt er sich vor, Verena gleich morgen früh im Hotel aufzusuchen. Er muss wissen, ob sie die Nachrichten gesehen hat, und falls ja, wie es ihr damit geht. Was, wenn sie auf die Idee kommt, zur Polizei zu gehen? Diesen Gedanken verwirft er sofort wieder. Warum sollte sie? Sie muss gleichermaßen daran interessiert sein wie er, nicht damit in Verbindung gebracht zu werden. Oder nicht?

Hansueli schläft in dieser Nacht nicht. Erst als die Packung Zigaretten, die er kurz vor den Abendnachrichten geöffnet hatte, fertig geraucht war, legt er sich auf sein Sofa, umgeben von Umzugskartons, und schließt die Augen. Er hört, wie der Mieter unter ihm wie jeden Morgen um 6.15 Uhr das Haus verlässt. Dann schläft er ein. Mit Schrecken erwacht er kurze Zeit später und schaut auf die Uhr. Es ist sieben Uhr. Er steht auf, streckt sich und geht zum Telefon, um nochmals Verena anzurufen. Noch immer geht sie nicht ans Telefon. Er fühlt sich gerädert, verkatert, als wenn er Alkohol getrunken hätte – und er hat Kopfschmerzen.

Ein Gedanke, der im Laufe dieser Nacht Gestalt angenommen hat, geht ihm wieder durch den Kopf. Melanie und er könnten doch mit Verena nach Sizilien ziehen! Tanja könnte geholfen werden, und er müsste keine Angst mehr haben. Alle würden sich gut um Melanie kümmern, und die Sonne und das Meer könnten ihre Seele heilen. Doch nun, im hellen Licht dieses schon warmen Sommermorgens, scheint ihm dieser Gedanke völlig absurd zu sein. Wie sollte Melanie mit einer solchen Veränderung umgehen können? Hansueli macht sich einen Kaffee, öffnet eine neue Packung Zigaretten und zündet sich eine an. Er beschließt, gleich zu Verena zu gehen. Er muss mit ihr sprechen. Vielleicht weiß sie einen Rat.

Dienstag, 7. Juli 2015,
Hotel Blue City Baden

Verena hat eben mit der Polizei telefoniert und will sich auf den Weg dahin machen, als Hansueli ihr im Hotelgang entgegenkommt.

„Guten Morgen, Vreni!", ruft er schon von Weitem. „Entschuldigung für die frühe Störung. Hast du kurz Zeit?" Hansueli ist jetzt vor Verena angelangt.

„Hansueli? Guten Morgen! Du siehst schlecht aus. Geht es dir gut? Hast du Schmerzen in den Beinen?" Verena erschrickt darüber, wie bleich Hansueli ist. Auf seiner Stirn kann sie kleine Schweißtropfen ausmachen.

„Kann ich mit dir sprechen?", fragt Hansueli, ohne auf ihre Bemerkung einzugehen.

„Ich wollte gerade zur Polizei gehen …"

„Nein!", unterbricht Hansueli Verena. „Das darfst du nicht!"

„Was ist mit dir, Hansueli?" Verena ist verwirrt.

„Können wir kurz in dein Zimmer zurück? Ich will unbedingt mit dir sprechen." Nun hört er sich an wie ein kleines trotziges Kind. Verena zuckt mit der Schulter, dreht sich um und läuft die zwei Schritte zurück zur Zimmertür, die sie öffnet. Hansueli folgt ihr.

„Nun, Hansueli, komm, setz dich zu mir auf die Bettkante und erklär mir bitte deinen Auftritt. Möchtest du ein Glas Wasser?"

„Nein danke, es geht schon." Hansueli setzt sich neben sie auf das Bett.

„Hast du gestern die Abendnachrichten gesehen?", fragt er.

„Ja, natürlich! Ich war richtig erschrocken und habe sofort mit Giovanni telefoniert. Er ist übrigens unterwegs hierher. Wir haben uns gedacht, dass ich heute Morgen zur Polizei gehe und mitteile, dass ich möglicherweise wissen könnte, wessen Knochen sie gefunden haben."

„Du willst uns alle verraten?" Hansueli ist entrüstet und springt auf.

„Nein." Verena zieht ihn an seiner Hand wieder neben sich. „Natürlich nicht! Wir haben besprochen, dass ich der Polizei erzählen werde, dass ich in der Schweiz bin, um Melanie zu finden, wegen Tanja, und dass damals Luigi und Melanie mit Maria verschwunden seien und dass ich es für möglich halte, dass die gefundenen Knochen möglicherweise diejenigen von Melanie sein könnten … Ich sei wegen des kleinen Kindes darauf gekommen, das Maria sein könnte. Was meinst du? Das ist doch gut? Dann hilft mir die Polizei bei der Suche nach Melanie."

„Aber das ist Luigi", stottert Hansueli.

„Natürlich, wir wissen das. Doch die Polizei weiß das nicht. Ich will ja nur bezwecken, dass die Polizei uns bei der Suche nach Melanie hilft. Verstehst du?" Verena lacht Hansueli aufmunternd zu.

„Vreni … ich … äh …" Hansueli ist ratlos. In diesem Moment klingelt das Handy von Verena.

„Das ist Giovanni! Er ruft mich sicher von unterwegs an. Schau, Hansueli, mit diesem Telefon kann man sprechen und den anderen sehen beim Telefonieren." Verena nimmt das Gespräch an und ruft: „Bon giorno, Gio …" Weiter kommt sie nicht.

„No, sono io! Sonja!", hört sie die erzürnte Stimme ihrer Schwägerin. Hansueli sieht den Kopf einer dunkelhaarigen Frau, deren fast schwarze Augen vor Wut blitzen. Er schaut erstaunt zu Verena.

„Sonja?" Verenas Stimme ist ganz leise.

„Si! Sonja. Was fällt euch beiden eigentlich ein? Dass mein Bruder auf solch dumme Ideen kommt, in die Schweiz zu fahren, erstaunt mich nicht. Aber Verena, von dir hätte ich mehr erwartet! Ihr benehmt euch wie Teenager! Reicht es nicht, dass wir Luigi und Maria bei einem Autounfall verloren haben? Und Tanja ihren frisch angetrauten Ehemann? Soll Giovanni der Nächste sein, der auf der Straße sein Leben lässt?" Hansueli schaut Verena fragend an, diese schüttelt aber nur kaum merklich den Kopf.

„Sonja, bitte …" Verena versucht den Redeschwall ihrer Schwägerin zu durchbrechen, doch das gelingt ihr nicht.

„Als Giovanni gestern Abend eure tolle Idee verkündete, habe ich gedacht, er spinnt. Mit meinen beiden Söhnen wollte er mitten in der Nacht in die Schweiz aufbrechen! Das habe ich ihm aber ausgeredet, und wie! Mamma war ganz außer sich. Dieser dumme Kerl!"

„Wo ist Giovanni?", fragt Verena nun.

„Er schläft." Sonja hat sich etwas beruhigt.

„Er kommt also nicht in die Schweiz?"

„Am liebsten würde ich ihm das verbieten, das kannst du mir glauben! Da schaut man Tag für Tag, dass er nichts Falsches isst, nichts Falsches trinkt und sich nicht zu sehr aufregt, und mein dummer Bruder verhält sich wie ein Lausbube."

„Sonja, ich bitte dich! Giovanni wollte mir nur helfen, sprich nicht so schlecht von ihm. Gestern Abend fand ich die Idee so schön, dass er bald bei mir sein wird. Ich gebe ja zu, dass dies nicht gut durchdacht war." Verenas Stimme klingt kleinlaut.

„Na, na … Wie geht es dir überhaupt dort in der Schweiz?" Sonja scheint versöhnlicher zu sein.

„Nun, es ist sehr heiß, und ich habe jemanden gefunden, der mir bei der Suche nach Melanie hilft." Verena schwenkt ihr Handy kurz zu Hansueli. „Das ist Hansueli. Ein ehemaliger Nachbar und Bekannter. Aber bitte sag mir, wie es Giovanni geht." Verena befürchtet, dass Giovanni sich sehr über seine Schwester aufgeregt hat und es ihm vielleicht nicht so gut geht. Es ist jetzt immerhin bald neun Uhr, und er schläft normalerweise nie so lange.

„Es geht ihm gut, Verena. Wir haben gestern gestritten, ja. Doch dann hat Mauro vorgeschlagen, dass sie jetzt ins Bett gehen sollten und lange schlafen, weil sie heute Nachmittag in die Schweiz aufbrechen." Sonja lächelt, und Verenas Gesicht hellt sich auf.

„Dann kommen sie doch hierher?", fragt sie.

„Ja, sie kommen. Ich habe Giovanni einen feinen Tee gemacht, damit er gut schlafen kann. Um elf werde ich alle wecken. Dann essen wir zusammen, und danach fahren sie los. Doch sie haben mir versprochen, dass sie auch ab und zu eine Pause machen. Ich denke, sie werden morgen gegen Abend bei dir ankommen."

„Du bist die Beste!", ruft Verena. „Und du hast ja so recht! Danke, Sonja!" Verena ist überglücklich. Auch Sonja lacht jetzt. So sehr ihre dunklen Augen vor Wut gesprüht haben, so sanft war nun ihr Blick. „Pass auf dich auf, Verena, und auf Giovanni, wenn er bei dir ankommt. Ich drück euch die Daumen und wünsche euch viel Glück. Penso a te, sempre!"

„Danke, Sonja. Ich freu mich, dich bald wieder in den Arm schließen zu können. Bis dann, Ciao, Sonja!"

„Ciao, Cara!"

Verena legt ihr Handy beiseite.

„Autounfall?", fragt Hansueli.

„Ja, Hansueli. Wir mussten ja, als wir damals mit Tanja nach Sizilien kamen, etwas erzählen. Also haben wir seiner Mamma und der Familie seiner Schwester erzählt, dass Luigi einen Autounfall hatte."

„Deine Schwägerin ist ja sehr temperamentvoll!"

„Ja, das ist sie." Verena lächelt. „Doch sie hat ein goldenes Herz und ist eigentlich sehr nett." Nun dreht sich Verena zu Hansueli und nimmt seine rechte Hand in die ihre. „Jetzt sag mir aber, Hansueli, was ist mit dir?"

„Ach, Vreni! Wenn du wüsstest!"

„Was? Wenn ich was wüsste?"

Hansueli ist unschlüssig und weiß nicht weiter. Vor einer Woche war alles in seinem Leben geordnet und klar. Er war kurz davor, am Ziel seiner Träume anzulangen, und er freute sich auf einen ruhigen, gemeinsamen Lebensabend mit seiner Mele. Doch nun ist alles durcheinandergeraten. Außerdem spürt er jetzt die durchwachte Nacht und fühlt sich elend.

„Mach es doch nicht so spannend. Erzähl mir, was dir auf dem Herzen liegt. Dir liegt doch etwas auf dem Herzen?" Verena spricht ruhig.

„Ich weiß, wo Mele ist." Nun ist es raus. Hansueli sinkt in sich zusammen und schaut zum Boden.

„Du weißt, wo Melanie ist?", wiederholt Verena ganz langsam.

Ohne vom Boden aufzublicken sagt er: „Ja, Vreni. Ich weiß es. Melanie ist meine Frau." Verena lässt Hansuelis Hand, die sie noch immer hält, abrupt los, springt vom Bett auf und schaut Hansueli mit großen Augen an.

„Hä?" Mehr bringt sie nicht heraus. Hansueli schaut noch immer zum Boden, und Verena beginnt vor dem Bett auf und ab zu gehen. Niemand spricht ein Wort. Nach einer Weile empört sich Verena: „Du lässt mich Flyer drucken und in dieser Hitze verteilen, obwohl du weißt, wo Melanie ist? Ich glaub es nicht!" Nun schaut Hansueli wieder auf. Mit Tränen in den Augen bittet er: „Vreni, sei nicht böse mit mir. Ich war so überrumpelt. Ich wusste nicht, was ich tun sollte. Weißt du, Mele ist noch immer sehr angeschlagen. Sie reagiert sehr sensibel auf jede Veränderung, und ich muss ganz behutsam mit ihr umgehen. Ich habe mich immer davor gefürchtet, seit sie aus der Klinik ist, dass sie mir wieder entgleitet. Sie ist so zerbrechlich ..." Nun stützt Hansueli seinen Kopf auf seine Hände und beginnt laut zu weinen. Verenas Wut ist verflogen, und sie setzt sich wieder neben Hansueli und streichelt ihm über den Kopf: „Ich bin dir nicht böse." Sie lässt ihm etwas Zeit, sich zu beruhigen. Dann sagt sie: „In diesem Fall müssen wir nicht zur Polizei gehen. Lass uns zu Melanie gehen."

„Ich habe mit ihr gesprochen." Leichtes Schluchzen begleitet seine Worte. „Sie kann sich überhaupt nicht erinnern. Nicht an dich, nicht an Giovanni, nicht einmal daran, dass sie zwei Kinder hat."

„Dann warst du gar nicht im Spital? Und sie erinnert sich nicht an Tanja und Maria? Wer kann das glauben?"

„Nein, ich wollte etwas Zeit schinden. Ich musste doch zuerst mit Mele sprechen." Hansuelis Stimme ist wieder fester: „Ich habe das Wochenende mit ihr verbracht. Ich habe sie auf dich und die Kinder angesprochen, doch sie hat keine Reaktion gezeigt. Ich habe solche Angst. Ich will nicht, dass es ihr wieder so schlecht geht wie damals. Bitte versuch mich zu verstehen."

„Und sie erinnert sich nicht?" Verena kann das noch immer nicht glauben.

„Nein, keine Reaktion. Ich hatte mir überlegt, dich zu ihr zu bringen. Vielleicht könnte sie sich dann erinnern. Doch am

Sonntag ist sie ganz verschreckt aus dem Mittagsschlaf aufgewacht und hat mich weggestoßen. Sie hat geschrien, ich solle sie nicht anfassen und war völlig von der Rolle. Da habe ich noch mehr Angst vor einer Begegnung mit ihrer Vergangenheit bekommen."

„Und jetzt? Wie geht es ihr jetzt? Hat sie nicht die Nachrichten gesehen gestern?"

„Nein – sie war im Garten. Sie hat das Intermezzo offensichtlich wieder vergessen. Ich war am Samstag mit ihr in Baden und habe sie gefragt, ob wir dich besuchen wollen im Hotel. Doch sie meinte nur, sie kenne keine Vreni."

„Das ist ja … Ich weiß nicht, was ich davon halten soll." Verena setzt sich wieder neben Hansueli. „Wenn du mit ihr verheiratet bist", will Verena wissen, „warum wohnst du allein im Geelig? Du wohnst doch allein dort? Oder war sie etwa da, als ich bei dir war?"

„Nein. Sie wohnt seit ihrem Austritt aus der Klinik in meinem Elternhaus in Untersiggenthal. Meine Eltern haben damals noch gelebt, und sie haben Mele aufgenommen. Sie haben sich gut mit ihr verstanden. Irgendwann fand sie dann ihre Sprache wieder. Und dann haben wir geheiratet. Doch weil ich sie nicht überfordern wollte, beließen wir alles, wie es war. Ich blieb im Geelig wohnen und habe sie jeweils an den Wochenenden besucht. Nun bin ich pensioniert und habe sie lange darauf vorbereitet, dass sich ab nächster Woche etwas in unserem Leben ändern wird. Ich habe vor, nun zu ihr nach Untersiggenthal zu ziehen. Die Wohnung im Geelig ist gekündigt."

„Ach, Hansueli, du Armer. Jetzt komm ich, ausgerechnet jetzt, und frage nach Melanie."

„Eben!", bestätigt Hansueli. „Deshalb bin ich ja auch so durcheinander. Ich weiß einfach nicht, was ich tun soll. Und dann gestern noch diese Nachrichten. Vreni, ich bin völlig ratlos. Wie soll es jetzt weitergehen?"

„Ich glaube, du machst dir zu viele Sorgen über Melanie. Es ist schön, dass du offensichtlich so gut für sie gesorgt hast. Das ehrt dich sehr. Doch du kannst Melanie nicht immer vor allem beschützen."

„Bis jetzt habe ich das aber gut geschafft", widerspricht Hansueli.

„Ja, das stimmt wohl."

Die beiden sitzen wortlos nebeneinander. Nach einer Weile meint Hansueli: „Vielleicht hast du recht. Vielleicht sollten wir jetzt zu ihr gehen und beide mit ihr sprechen. Was meinst du?"

„Ja, ich glaube, das ist eine gute Idee. Lass uns zu ihr gehen." Verena erhebt sich. „Ich muss noch schnell ins Bad. Hast du schon etwas gefrühstückt?"

„Nein."

„Ich lade dich ein. Ich habe gestern gesehen, dass man auf dem Schlossbergplatz frühstücken kann. Jetzt stärken wir uns, und dann fahren wir zu Melanie." Verena schaut Hansueli aufmunternd an.

„Was mich noch interessieren würde: Ist es richtig, dass du dich damals schon in Melanie verguckt hast?" Verena zwinkert mit den Augen. Hansueli spürt, wie seine Wangen rot anlaufen. „Du wirst ja rot!", bemerkt Verena.

„Du hast recht, Vreni. Mele hat mir vom ersten Augenblick an, als ich sie im Geelig zum ersten Mal gesehen habe, gefallen."

„Hab ich es doch gewusst!" Verena triumphiert.

„Aber ich habe mir doch nie etwas anmerken lassen! Schließlich war sie verheiratet …"

„Nein, nein, Hansueli, du warst immer ein anständiger Kerl. Du hättest dich niemals zwischen Melanie und Luigi gedrängt. Doch ich bin eine Frau. Ich wusste es einfach." Verena verschwindet im Bad.

„Es ist herrlich hier! Spürt ihr den leichten Luftzug?" Anita setzt sich an einen Tisch im Garten des Restaurants Piazza, neben dem Theaterplatz, unter die große alte Linde, die kühlen Schatten spendet.

„Es ist angenehmer als im Büro – doch heiß ist es trotzdem!", stöhnt Urs und setzt sich neben Anita.

„Ach was! Hier ist es nun wirklich sehr angenehm!" Uschi setzt sich Anita gegenüber, als die Kellnerin kommt und die Bestellung aufnimmt.

„Wir haben die Karte noch nicht angeschaut. Doch zu trinken können Sie uns gerne schon etwas bringen. Haben Sie Mineralwasser in der Literflasche?", fragt Anita.

„Ja, haben wir. Noch etwas anderes?" Die Kellnerin schaut in die Runde. „Nein, danke, Mineralwasser und drei Gläser bitte", antwortet Urs.

„Du wolltest uns etwas erzählen, Anita", fordert Urs Anita auf.

„Stimmt – lass uns zuerst bestellen. Ich habe Hunger!" Anita liest das Mittagsmenü vor.

Nachdem sie bestellt haben, erzählt Anita von ihren Recherchen von heute Morgen.

„Also weißt du, Uschi, du hast mich ganz schön gefordert, als du mir die Aufgabe gabst, Vermisstenanzeigen zu durchforsten – ohne Angabe eines Datums! Aber ich habe es versucht. Das sind Unzählige! Bei dieser Gelegenheit möchte ich anmelden, dass es hier systemische Optimierungen geben müsste." Anita nimmt einen Schluck Mineralwasser.

„Das wolltest du erzählen? Dass es systemische Optimierungen braucht?" Uschi schaut Anita fragend an.

„Auch. Wisst ihr eigentlich, dass bei sehr vielen Vermisstenanzeigen die vermisste Person schon kurze Zeit später gefunden wird? Und dass diese Information nicht auf der gleichen Seite zu finden ist, auf der die Vermisstenanzeige steht? Und man jedes Mal, wenn man Details zu dieser Anzeige möchte, sich durchklicken muss – und natürlich wieder zurück, um die Nächste anzuschauen?", empört sich Anita.

„Nein." Urs schaut Uschi fragend an und zieht seine Augenbrauen zusammen. Uschi zuckt mit den Schultern. Sie weiß auch nicht, worauf Anita hinaus will.

„Ja, ihr könnt euch schon wundern. Doch es wäre viel einfacher, wenn bei jeder Anzeige ein Status eingeblendet wäre – das wollte ich unbedingt loswerden. Doch was ich euch sagen will: Ich habe eine Vermisstenanzeige gesehen, die zwar nicht genau passt, doch mir ist der Name aufgefallen: Rossi!" Anita schaut erst Urs und dann Uschi an. „Rossi", wiederholt sie, als niemand etwas sagt.

„Ich habe schon verstanden, Anita. Du hast eine Vermisstenanzeige gefunden, wo ein Rossi gesucht wird – oder eine Rossi? Melanie Rossi? Wie die, die von dieser älteren Frau gesucht wird?", will Uschi wissen.

„Nein. Luigi Rossi mit seinen beiden Töchtern Tanja und Maria."

„Mit seinen Töchtern?" Uschi schaut zu Urs, der seinen Notizblock hervorholt, etwas aufschreibt, aber nichts sagt.

„Nun lass dir nicht alles aus der Nase ziehen!" Uschi mag Anita, doch manchmal ärgert sie sich über ihre dramatische Art.

„Ach, Uschi. Ich wollte es nur etwas spannend machen", schmollt Anita. Doch schnell ist sie wieder zufrieden und erzählt: „Am 24. Juni 1974 ist die Vermisstenanzeige eingegangen. Vermisst wurde ein Vater, dieser Luigi Rossi, mit seinen beiden Zwillingsmädchen Tanja und Maria. Die Vermisstenanzeige aufgegeben hatte damals eine Vreni Rossi …" Anita macht eine Pause.

„Nein!" Uschi hat sich verschluckt und muss husten.

„Dieselbe Frau, die die Flyer verteilt hat? Und die heute Morgen vorbeikommen wollte?", will Urs wissen.

„Das ist sehr wahrscheinlich", fährt Anita fort. „Denn diese Vreni Rossi gab an, die Schwägerin des Vermissten zu sein.

Seiner Frau gehe es nicht gut, weshalb sie die Anzeige für sie mache. Und wisst ihr, wie seine Frau heißt?"

„Melanie." Urs macht eine weitere Notiz in seinem Block.

„Genau! Und alle drei vermissten Personen wurden bis heute nicht gefunden." Anita freut sich offensichtlich.

„Das hast du toll gemacht!" Uschi lächelt Anita an. „Vielleicht hilft uns diese Verena Rossi bei unserem Knochenfund weiter. Das kann ja nicht alles Zufall sein! Doch es gibt schon ein paar Ungereimtheiten …"

„Allerdings!" Urs steckt seinen Block zurück in die Brusttasche seines grünen Sommerhemds. „Was hältst du davon, wenn wir gleich nach dem Mittagessen ins Blue City Hotel gehen, um dieser Frau Rossi einen Besuch zu machen?", fragt er Uschi.

„Gute Idee. Von mir aus können wir gehen." Uschi ruft die Kellnerin an den Tisch und verlangt die Rechnung.

Während Anita sich auf den Rückweg ins Büro macht, begeben sich Urs und Uschi auf die Badstraße und biegen auf der Höhe von McDonald's in die Hirschlistraße ein. Beim Kino Sterk nehmen sie die Unterführung, in der Hoffnung, dass es dort etwas kühler ist. Doch die Wärme ist längst auch in die Unterführung eingedrungen und nährt den penetranten Geruch, der von den Toiletten am Anfang des Tunnels ausgeht. Schnell und ohne zu sprechen, um nicht unnötig einzuatmen, durchqueren Urs und Uschi die Passage und gelangen auf die Stadtturmstraße. Danach überqueren sie die Güterstraße, um im Schatten des Langhauses weiterzulaufen. Die Luft beim Busbahnhof flimmert, und Urs wischt sich alle zwei Minuten die Stirn mit einem Taschentuch ab. „Ich bin nicht gemacht für diese Hitze!", stöhnt er. „Hoffentlich ist das Blue City klimatisiert!"

„Bestimmt", beruhigt Uschi ihn. „In diesem Hotel steigen viele Geschäftsleute ab. Natürlich ist das Hotel klimatisiert."

Nach knapp zehn Minuten erreichen sie ihr Ziel und betreten die kühle Halle. Sie wenden sich zur Rezeption, wo eine Empfangsdame mit sehr gepflegtem Äußeren an ihrem Computer arbeitet. Sie ist so vertieft, dass sie Urs und Uschi nicht gleich wahrnimmt.

„Guten Tag!", grüßt Urs.

Die Empfangsdame schaut kurz auf und murmelt: „Einen Moment bitte. Ich bin gleich für Sie da." Dann schaut sie wieder konzentriert auf ihren Computer.

Urs und Uschi sehen sich in der Hotelhalle kurz um und genießen die angenehme Temperatur. Doch nach kurzer Zeit wird Urs ungeduldig und versucht es noch mal: „Wohnt eine Frau Rossi hier?", fragt er.

Ohne aufzublicken fragt die Empfangsdame zurück: „Wer will das wissen?"

„Die Polizei." Urs holt seinen Ausweis hervor und legt ihn auf den Tresen. Sofort steht die Empfangsdame auf und entschuldigt sich: „Verzeihen Sie. Frau Rossi?" Sie schaut auf den Ausweis von Urs und dann zu Uschi, die ihren Ausweis ebenfalls vorzeigt. „Ja, Frau Rossi wohnt hier."

„Ist sie zu sprechen?", will Urs weiter wissen.

„Warum? Warum wollen Sie Frau Rossi sprechen? Was hat sie mit der Polizei zu tun? Diese alte nette Frau wird doch nichts verbrochen haben?" Uschi merkt, dass Urs ungehalten wird und tritt einen Schritt vor: „Liebe Frau …" Sie liest das Namensschild. „Frau Moser, wir möchten gerne mit Frau Rossi sprechen. Ist sie da?"

„Nein, tut mir leid. Sie ist ausgegangen."

„Hat sie gesagt, wann sie zurück sein wird?", fragt Uschi weiter. Urs ist etwas zur Seite getreten und überlässt Uschi das Gespräch.

„Nein", kommt die einsilbige Antwort von Frau Moser.

„Schade. Bitte geben Sie ihr diese Karte, wenn sie zurückkommt. Wir erwarten dringend ihren Anruf." Uschi holt eine Visitenkarte hervor und reicht sie Frau Moser. „Wie lange hat Frau Rossi ihr Zimmer gebucht?", fragt sie weiter.

Frau Moser tippt etwas in ihren Computer. „Sie wird am 12. Juli abreisen. Außerdem hat sie für morgen ein weiteres Zimmer gebucht. Ihr Mann und ihre Neffen werden morgen hier eintreffen."

„Danke schön. Auf Wiedersehen." Uschi geht mit Urs Richtung Tür, als Urs sich noch mal umdreht: „Hatte Frau Rossi

Besuch?", fragt er Frau Moser, die bereits wieder mit ihrem Computer beschäftigt ist, und wendet sich nochmals Richtung Tresen. Frau Moser steht sofort auf. „Ja, heute Morgen hat sie ein netter älterer Herr … Petermann … Peter … Peters besucht. Sie sind zusammen weggegangen."

„Danke. Und auf Wiedersehen." Urs kehrt sich wieder um und verlässt mit Uschi das Hotel.

„Was hältst du davon?", fragt Urs, als sie wieder in die Sommerhitze hinaustreten.

„Ich weiß nicht. Einerseits kann ich nicht glauben, dass ein Zusammenhang besteht zwischen unserem Knochenfund und dieser Frau Rossi, andererseits ist es schon sehr merkwürdig, dass vor über 40 Jahren diese Vermisstenanzeige aufgegeben wurde, die Vermissten nicht gefunden wurden und Frau Rossi nun wieder auf der Suche nach einer verschollenen Person ist …"

„Ja, und dieses Kind. Vermisst wurden ja zwei Kinder … Doch warum wollte Frau Rossi heute Morgen vorbeikommen?" Urs holt wieder sein Taschentuch hervor.

„Vielleicht hat sie gestern Abend die Tagesschau gesehen?", fragt Uschi.

„Dann gäbe es eine Verbindung. Ich bin sehr gespannt, was Lang uns sagen wird."

„Ich auch! Lass uns zurück ins Büro gehen. Ich möchte versuchen, Frau Rossi anzurufen. Auf diesem Flyer steht doch ihre Telefonnummer." Uschi holt sich eine kleine Flasche Wasser aus ihrer Handtasche und streckt sie Urs hin: „Möchtest du?"

Dankbar nimmt Urs die Flasche entgegen, nimmt drei große Schlucke und gibt die Flasche zurück.

„Peters … Ein nicht sehr verbreiteter Name." Urs hat seinen Block wieder hervorgeholt.

„Wenn sich Frau Moser richtig erinnert hat. Glaubst du, dass dieser Herr Peters wichtig ist?"

„Jedenfalls wollte Frau Rossi heute Morgen bei uns vorbeikommen und tat es nicht. Vielleicht, weil dieser Herr Peters sie besucht hat?"

„Das muss nichts heißen. Wenn sie unverhofft Besuch bekommen hat, hat sie es wohl einfach vergessen."

Urs bleibt kurz stehen und schaut Uschi mit ungläubigem Gesicht an: „Kannst du dir vorstellen, dass du bei der Kantonspolizei anrufst, einen Termin vereinbarst und es dann vergisst?"

„Nein. Wohl eher nicht."

„Dafür gibt es einen Grund. Den würde ich gerne kennen." Urs nimmt seinen Block hervor und macht eine kurze Notiz.

„Meinst du, dass ihr etwas zugestoßen ist?", fragt Uschi und hält sich die Hand vor den Mund.

„Ausschließen können wir das nicht …"

„Ich werde Anita gleich sagen, dass sie nach einem Peters sucht. Frau Moser sagte, dass er ein netter, älterer Herr ist", meint Uschi.

„Da wird sie sich freuen!", lacht Urs. „Erneut ein wenig präziser Auftrag."

Das Taxi fährt auf der Landstraße in Untersiggenthal und biegt in die Einfahrt eines Hauses ein. Auf einem Kiesplatz steigen Hansueli und Verena aus und gehen zum Tor, das das Haus von der Einfahrt trennt.

„Das ist dein Haus! Schön hast du's, Hansueli", freut sich Verena.

Sie stehen auf dem Vorplatz des schon in die Jahre gekommenen Hauses, das jedoch gut gepflegt ist. Rechts neben dem Hauseingang steht eine Holzscheune. Links am Haus vorbei führt ein Weg aus Gartenplatten in den Garten und die Wiese hinter dem Haus, auf der eine alte, große Tanne, ein Apfelbaum und ein Kirschbaum stehen. Diese Wiese ist durch einen Erdhügel vor der dahinter verlaufenden Straße geschützt. Auf diesem Hügel stehen drei Nussbäume, und ab und zu weiden dort Kühe. Hansueli öffnet die Tür. Sie ist offen, und er tritt in den Gang: „Liebes, ich bin hier! Ich habe Eis mitgebracht! Konnte schon etwas früher da sein! Liebes?" Hansueli dreht sich um und schaut fragend zu Verena, die hinter ihm in den kleinen Gang tritt. „Ich glaube, sie ist nicht da", sagt er etwas hilflos. „Ich schaue einmal oben nach." Er verschwindet auf der Treppe, die steil nach oben führt. Verena hört ihn rufen, während sie aus dem Gang versucht, einen Blick in die Küche und das Wohnzimmer zu erhaschen. Hansueli kommt wieder herunter: „Sie ist nicht oben, sie ist nicht im Haus!" Er wirkt panisch. „Sie sagt mir immer, wenn sie ohne mich weggeht. Sie sagt mir, wann sie geht, wohin sie geht und wann sie zurückkommt. Sie hat nichts gesagt."

„Sie geht manchmal ohne dich weg?", will Verena wissen. Nach all dem, was Hansueli ihr über Melanie bis jetzt erzählt hat, hätte sie ihr das nicht zugetraut.

„Ja, mit Herrn Hofer. Sie gehen ab und zu spazieren oder erledigen Einkäufe. Er begleitet sie manchmal zum Arzt. Vreni, sie hat nichts gesagt! Sie ist nicht da!"

„Jetzt beruhige dich erst einmal, Hansueli." Verena spricht sanft und streckt ihm ihre Arme entgegen. Er kommt zu ihr und lässt sich umarmen.

„Komm, wir setzen uns in den Garten."

Hansueli hat sich wieder gefasst: „Ja, ich komme gleich. Geh du bitte schon vor. Ich bringe uns einen kühlen Eistee mit und lege das mitgebrachte Eis in das Tiefkühlfach." Er hält die Plastiktüte mit den drei Cornets, die er in Baden noch gekauft hat, in die Höhe. „Die sind schon ziemlich weich …"

Sie sitzen im Schatten der Tanne. Hansueli hat sich eine Zigarette angezündet. Die Luft ist warm, und kein Luftzug ist zu spüren. „Vielleicht kommt sie ja bald wieder", sagt Verena schon zum fünften Mal. Hansueli sagt nichts und schaut die meiste Zeit gegen den Himmel. Verena fragt sich, ob er betet. „Ich warte hier mit dir. Wir hatten uns alle aus den Augen verloren – warum auch immer. Vielleicht, oder bestimmt, hätten wir etwas daran ändern können, wenn wir wirklich gewollt hätten, findest du nicht auch?"

Hansueli bleibt eine ganze Weile ruhig. Dann meint er: „Ja, man hat eigentlich immer die Wahl. Aber manchmal glauben wir, dass wir so handeln müssen, wie wir handeln. Wir hatten uns aus den Augen verloren. Mele sogar aus dem Sinn."

„Ja, das ist wohl so." Verena schaut jetzt auch zum Himmel. „Aber das Leben hat uns auch wieder zusammengeführt", meint sie lakonisch. Verena faltet kurz die Hände und spricht ein Dankesgebet. Dann: „Während wir hier so warten, Hansueli, erzähl mir doch etwas von Melanie. Wer war sie die letzten Jahre?"

„Willst du die kurze oder die lange Version?"

„Die kurze reicht mir vorerst. Hast du noch Eistee?"

„Ja, ich hole gleich welchen. Magst du ein Eis? Oder etwas anderes?"

„Ein Eis nehme ich gerne."

Hansueli verschwindet im Haus. Verena zieht sich die Schuhe aus und stellt ihre Füße in das kurz geschnittene Gras. Sie lehnt sich zurück und atmet tief ein. Die letzten Tage waren so turbulent, dass sie Mühe hat, ihre Gefühle einzuordnen. „Lebensstrudel", sagt sie leise vor sich hin. „Ich bin wieder in einem Lebensstrudel." Bei dieser Erkenntnis lächelt sie. Manchmal, nicht oft, ändern sich im Leben Dinge grundlegend. Sie hat inzwischen gelernt, dass es trotzdem immer weitergeht. Deshalb versucht sie, in Lebensstrudeln kluge Entscheidungen zu treffen und immer daran zu glauben, dass Gott ihr bei ihren Aufgaben zur Seite steht. Ihr Glaube gibt ihr Kraft und Mut. Sie atmet tief, schließt die Augen und genießt den Moment, als sie plötzlich ein lautes Knacken wahrnimmt. Sie erschrickt, öffnet die Augen und schaut zum Hügel, der den Gartenbereich von der Landstraße trennt. Doch nun ist nichts mehr zu hören. Sie lehnt sich zurück und entspannt sich wieder. Kurz darauf kommt Hansueli um die Ecke zurück zum Gartensitzplatz.

„Also, Hansueli, erzähl mal", fordert Verena ihn auf.

„Tja, wo soll ich da beginnen?"

„Vielleicht sag ich dir mal, wie ich Melanie gekannt habe. Dann kannst du mir erzählen, ob sie sich verändert hat. Weißt du, wir haben uns an der Arbeit kennengelernt und wurden schnell Freundinnen. Ich war immer sehr beeindruckt, welche Lebensenergie diese kleine, zierliche Frau hat. Sie war meist fröhlich und gut gelaunt. Sie war so lebensbejahend, und was immer sie auch anpackte, sie hatte Erfolg damit. Ich bewunderte sie und fühlte mich in ihrer Gesellschaft wohl, sicher und angenommen. Sie war eine richtige Powerfrau!" Verena lächelt bei diesem Gedanken. „Doch dann, kurz nach ihrer Heirat mit Luigi, schien sie oft etwas zerstreut zu sein. Sie wurde stiller, und manchmal hatte ich das Gefühl, dass sie unglücklich ist. Ich habe sie auch mehrmals darauf angesprochen. Sie hat mir jedoch immer wieder versichert, dass es ihr gut gehe."

„Ich weiß, was du meinst", bestätigt Hansueli. „Manchmal war sie so abwesend. Einmal, als ich sie im Treppenhaus begrüßt habe, hat sie überhaupt nicht reagiert und ging wortlos in ihre Wohnung – so, als hätte sie mich nicht bemerkt. Ich habe damals aber noch nicht gewusst, wie mies Luigi zu ihr war."

„Ja, er war ein Hitzkopf – doch lassen wir die Toten ruhen." Verena bekreuzigt sich. Sie will jetzt nicht über Luigi sprechen.

Sie hat sich deswegen auch schon viele Vorwürfe gemacht, nicht besser hingeschaut zu haben. Bestimmt wäre alles anders gekommen, wenn sie sich nicht immer von Melanie hätte beschwichtigen lassen.

„Damals, am Montag nach dem Unglück", fährt sie fort, „als ich zur Polizei ging, um die Vermisstenanzeige zu machen, bin ich allerdings schon sehr erschrocken. Ich kam zurück und ging gleich in Melanies Wohnung, um nach ihr zu sehen. Tanja weinte laut in ihrem Bettchen und war ganz verschwitzt. Ich nahm das Kind auf den Arm und ging mit ihm in die Küche, wo Melanie noch genauso dasaß und ins Leere schaute wie am Morgen, als ich ging. Die Flasche, die ich für Tanja vorbereitet hatte, stand unberührt auf dem Tisch. Tanja hatte sich in meinen Armen etwas beruhigt, und ich wärmte die Flasche auf. Dann setzte ich mich mit ihr neben Melanie. Während das kleine Mädchen gierig die Milch trank, versuchte ich mit Melanie zu sprechen. Doch sie sagte kein Wort, und ich weiß nicht, ob sie mir zugehört hat."

„Diesen Zustand bei Mele kenne ich sehr gut." Hansueli hat sein Eis fertig gegessen und zündet sich eine Zigarette an. Wieder ertönt ein lautes Knacken.

„Hast du das auch gehört, Hansueli?", will Verena wissen. Beide schauen zum rechten Nussbaum auf dem Hügel.

„Ja, hört sich an wie Holzknacken." Hansueli steht auf.

„Vielleicht eine Kuh? Du hast doch gesagt, dass auf diesem Hügel manchmal Kühe weiden."

Hansueli schaut nach rechts: „Nein, die Kühe sind nicht auf der Weide."

„Vielleicht hinter dem Hügel?"

„Nein, sicher nicht. Wenn die Kühe hier wären, dann stünden nicht alle hinter dem Hügel. Hörst du noch etwas?"

„Nein, jetzt ist es wieder ruhig. Aber als du im Haus warst, hat es schon einmal geknackt."

Hansueli setzt sich wieder hin: „Vielleicht ist die Katze vom Nachbarn auf den Baum geklettert."

„Ja, das könnte sein. Weißt du, an diesem Montagabend, als Giovanni von der Arbeit nach Hause kam", kommt Verena wieder auf Melanie zu sprechen, „habe ich ihm von Melanies Verhalten erzählt. Tanja habe ich, wie am Wochenende zuvor, zu uns in die Wohnung genommen. Melanie war völlig unfähig, für das Kind zu sorgen. Es war ein sehr trauriger Abend."

„Ja, ich kann mich auch erinnern. Ich war zwar tagsüber auch aus der Arbeit, doch ich weiß gar nicht mehr, wie ich danach nach Hause gekommen bin. Meine Gedanken kreisten ständig um Luigi, Maria und euch alle. Glaubst du, dass wir das alles hätten verhindern können? Das frage ich mich heute noch oft …" Hansueli lässt den Kopf sinken.

„Es war ein großes Unglück. Wenn wir nichts gemacht hätten, hätte es noch viel größer werden können", beruhigt ihn Verena. „Und außerdem war Maria schon tot, als Giovanni und ich wegen des Lärms nach nebenan gingen." Wieder bekreuzigt sich Verena.

Eine ganze Weile sagt keiner von ihnen ein Wort. Es fällt ihnen schwer, an diese Vorkommnisse in der Vergangenheit zu denken.

„Wo Mele nur bleibt?", fragt Hansueli, auch um nicht mehr weiter über die damalige Katastrophe nachdenken zu müssen. Verena nimmt diese Worte dankbar auf. Auch sie möchte ihrem Kummer entkommen und beschwichtigt: „Sie wird bestimmt bald da sein." Ermunternd schaut sie zu Hansueli: Erzähl mir … Ging es Melanie wieder schlechter, als wir dann im Oktober nach Italien zogen? Wir haben doch alle geglaubt, dass es ihr bald besser gehen werde und sie uns dann folgen kann. Hat sie Tanja sehr vermisst?"

„Es war schon gut, dass ihr das Kind mitgenommen habt", antwortet Hansueli. „Ich glaube nicht, dass sie für Tanja hätte sorgen können. Wir haben damals ja unzählige Male miteinander gesprochen, ob Tanja bei Melanie bleiben soll oder ihr sie mitnehmt. Sie wäre nicht fähig gewesen, dem kleinen Geschöpf gerecht zu werden. Ich habe bis zum Jahreswechsel zwar geglaubt, dass Mele sich langsam erholt. Ich bin immer gleich nach der Arbeit zu ihr gegangen und habe meine Abende mit ihr verbracht. Sie hat mich ab und zu angelächelt, und ich war sicher, dass sie bald wieder die Alte sei."

„Dafür danke ich dir sehr, Hansueli, dass du so gut für Melanie gesorgt hast! Das möchte ich dir jetzt einmal gesagt haben. Ich habe so oft an sie gedacht und war nicht sicher, ob es richtig war, wegzugehen. Doch Giovanni hielt es nicht mehr aus in der Schweiz. Der Tod seines Bruders hat immer mehr an ihm genagt. Er wäre krank geworden, dessen bin ich mir sicher, wenn wir nicht zu seiner Familie nach Castelmolo gezogen wären." Verena legt zur Bekräftigung ihrer Worte ihren Arm um Hansuelis Schultern: „Danke, mein Lieber. Vielen herzlichen Dank. Gott sei mit dir. Es hat mich immer getröstet, zu wissen, dass Melanie nicht allein ist."

„Ich habe das gern getan, Vreni. Es war nicht mehr als recht. Du hast ja schon festgestellt, dass ich Mele sehr gut leiden konnte. Sie wurde zum Mittelpunkt meines Lebens."

„Dann hättest du doch zusammen mit ihr zu uns nach Italien kommen können …"

„Auch wenn du das jetzt nicht glaubst: Ich habe mir das damals überlegt. Ich habe sogar mit Mele darüber gesprochen, wenn man das so sagen kann. Gesprochen habe ja immer nur ich. Ob sie mich verstanden hat, weiß ich nicht. Doch Ende des Winters ging es ihr zusehends schlechter. Sie stand überhaupt nicht mehr auf. Sie blieb im Bett liegen, und wenn ich nicht ab und zu die Bettwäsche gewechselt oder sie gewaschen hätte, wäre sie komplett verwahrlost. Ich habe sogar begonnen, sie zu füttern. Dann bekam sie hohes Fieber, und ich vermutete eine Lungenentzündung. Den Rest kennst du ja: Der Arzt ließ sie nach Königsfelden einweisen."

„Schrecklich! Wenn ich das gewusst hätte!" Verena ist noch immer bestürzt darüber.

„Ja, es war eine schlimme Zeit. Ich hatte ja nicht die Gelegenheit, mich um sie zu kümmern. Ich musste zur Arbeit und habe mir oft große Sorgen um sie gemacht. Als sie in Königsfelden war, wusste ich, dass gut für sie gesorgt wird. Es gab dort einen Krankenpfleger, zu dem sie wohl Vertrauen gefasst hat. Ich habe sie häufig besucht und mich ab und zu auch mit ihm über sie unterhalten. Sie war in guten Händen, aber ich bin mir nicht sicher, ob sie realisierte, dass sie in einer psychiatrischen Klinik war."

„Und warum wurde sie schließlich entlassen? Sie hat doch auch danach noch lange nicht gesprochen?"

„Ja, das stimmt wohl. Nach ein paar Monaten hat sie wieder begonnen, allein zu essen. Nach und nach begann sie sich auch wieder zu pflegen. Außerdem war sie eine unauffällige und ruhige Patientin, die niemals negativ aufgefallen ist. Ich habe damals auch mit dem behandelnden Arzt gesprochen. Eines Tages, nach knapp zwei Jahren, meinte er, dass Mele aus der Klinik entlassen werden könnte, wenn sich jemand findet, bei dem sie wohnen kann."

„Hast du dem Arzt etwas über Luigi oder die Kinder gesagt?", will Verena wissen.

„Niemals."

„Und der Arzt wollte nicht wissen, was vor der Einweisung mit Melanie war?", fragt Verena weiter.

„Natürlich wollte er das. Ich habe ihm gesagt, dass ich ein Nachbar sei und die Lebensumstände von Mele nicht weiter kannte. Dass ich begonnen habe, mich um sie zu kümmern, als sie krank geworden sei und ich schließlich auch den Arzt geholt habe."

„Das hat er dir abgenommen? Ich meine, das wäre ja eine etwas unwahrscheinliche Geschichte, nicht? Mindestens, dass sie Kinder hatte, müsste dir als Nachbar doch aufgefallen sein!"

„Ob er mir geglaubt hat, weiß ich nicht. Doch er hat meine Aussagen akzeptiert und war, glaube ich, froh, dass es jemanden gab, der Mele besuchte. Außer mir hatte sie nämlich keinen Besuch. Jedenfalls: Nachdem mir der Arzt eröffnete, dass sie entlassen werden könnte, begann ich eine Lösung zu suchen. Schließlich habe ich auch mit meinen Eltern gesprochen, und diese haben sich sofort bereit erklärt, Mele aufzunehmen."

„Das finde ich sehr bemerkenswert! Schade, dass ich deine Eltern nicht mehr kennenlernen durfte. Sie waren bestimmt sehr gute und liebe Menschen." Verena nimmt sich noch etwas Eistee, der inzwischen nicht mehr kühl ist.

„Soll ich neuen Tee holen?", fragt Hansueli.

„Nein, der ist doch gut! Es ist nicht gesund, in solcher Hitze eiskalte Getränke zu trinken", mahnt Verena. „Aber irgendwann hat doch Melanie wieder zu sprechen begonnen, hast du mir erzählt. Ist sie dann nicht auch wieder dieser fröhliche Mensch geworden, der sie früher war?"

„Nein! Wie kommst du darauf? Sie ist ein ruhiger, stiller und zurückgezogener Mensch. Sie meidet fremde Menschen und kann mit Veränderungen ganz schlecht umgehen. Nur schon das Frühstück am Sonntag kann zum Problem werden, wenn dieses nicht genau um 9 Uhr auf dem Tisch steht."

„Das kann ich kaum glauben. Melanie war immer so spontan und sehr praktisch veranlagt. Sie hat für jede Situation eine Lösung gefunden und mich mit ihrem Optimismus immer wieder herausgefordert. Wie sehr sie sich verändert hat …" Verena schüttelt ungläubig den Kopf.

„Ja, das hat sie wohl. Ich meine, nur schon die Tatsache, dass sie sich offensichtlich nicht einmal mehr an ihre Kinder erinnern kann, lässt doch tief blicken!"

„Allerdings – das ist auch so unglaublich! Ich jedenfalls kann das nicht glauben. Weißt du was? Wenn Melanie zurückkommt, werde ich mit ihr reden. Ich werde ihr von Tanja erzählen und sie bitten, mit mir nach Italien zu kommen. Und du bist natürlich auch herzlich willkommen, Hansueli. Schließlich sind wir eine Familie! Na, was meinst du?"

Hansueli dreht sich zu Verena und schaut ihr direkt in die Augen: „Ganz ehrlich? Ich würde nichts lieber tun. Doch ich weiß nicht, ob …"

„Jetzt hör auf zu zaudern und dich über alles zu sorgen! Es wird dir bei uns gefallen. Giovanni wird sich auch freuen. Und Melanie soll wieder zu dem Menschen werden, der sie war. Die Familie, die Sonne und die Wärme sind da sicher hilfreich." Verena streckt ihm seine Hand hin: „Abgemacht?"

Hansueli nimmt sie: „Dein Wort in Gottes Ohr! Abgemacht!"

Wieder vernehmen sie ein Geräusch vom Hügel, diesmal jedoch eher eine Art Surren. „Da oben ist doch etwas! Hansueli, willst du nicht mal nachschauen gehen?"

In diesem Moment hören sie das Ächzen des Tores vor dem Haus. Gleich darauf kommt Melanie um die Ecke. In den Händen trägt sie eine kleine Holzkiste mit verschiedenen Setzlingen.

Hansueli springt auf: „Mele! Gott sei Dank, bist du da! Ich habe mir große Sorgen gemacht!" Er geht seiner Frau entgegen, nimmt ihr die Setzlinge ab und stellt sie beiseite. Dann nimmt er ihre Hand und will sie zu Verena führen. „Ich habe jemanden mitgebracht", sagt Melanie und dreht sich zum Tor. Eine ältere, rundliche Frau mit kurzen grauen Haaren und einer knallroten Brille kommt auf sie zu. „Das ist Frau Leu. Wir haben uns in der Gärtnerei Weber in Nussbaumen kennengelernt. Sie war so nett und hat mich nach Hause gefahren."

Hansueli öffnet seinen Mund, doch er ist unfähig, etwas zu sagen.

„Schließen Sie den Mund, junger Mann! Sie trocknen sonst bei dieser Hitze noch aus!", lacht Frau Leu und streckt ihm die Hand zur Begrüßung hin: „Ich bin Flora Leu. Sie sind bestimmt der nette Ehemann von Frau Peters. Sie hat mir von Ihnen erzählt. Wir haben uns in der Gärtnerei im Café getroffen und etwas geplaudert. Die haben dort Himbeeren im Sonderangebot. Ihre Frau meinte, dass sich nun in ihrem Leben einiges ändern wird und ihr Mann – also Sie – nun endlich zu ihr zieht. Sie sagte mir, dass sie Sie überraschen will, weil Sie doch so gerne Himbeeren essen …"

„Mele! Du hast mir gar nicht gesagt, dass du heute weggehst!", unterbricht Hansueli den Redefluss von Frau Leu. Er ist noch ganz aufgeregt und kann sich nicht beruhigen. Melanie schaut beschämt zu Boden: „Entschuldigung, Hansueli, ich wollte dir keine Sorgen machen."

Hansueli hebt mit seiner rechten Hand leicht das Kinn von Melanie und schaut ihr tief in die Augen. „Bitte, sei nicht traurig. Ich wollte dir keinen Vorwurf machen. Ich bin ein Narr!" Hansueli geht der Satz von Verena durch den Kopf: *Du kannst*

Melanie nicht vor allem beschützen! Hat *er* all die Jahre verhindert, dass seine Frau selbstständiger wird? Er hat sie wie ein Kleinod behandelt, wie einen kostbaren Besitz. Er hat sie umhegt und gepflegt, ihr nichts zugemutet und alles von ihr fern- gehalten, was er als schädlich beurteilte. Und das war vieles! Wäre seine Mele heute wieder die unternehmenslustige Frau, von der die Vreni ihm eben erzählt hat? Hat er alles falsch gemacht? Er schüttelt fast unmerklich den Kopf, um diese unangenehmen Gedanken loszuwerden.

„Es tut mir leid, Mele. Ich freue mich, dass du zur Gärtnerei gefahren bist." Aufmunternd lächelt er sie an und streichelt ihr über das Haar. Melanie lächelt zurück: „Da bin ich aber froh, Hansueli."

„Ich will ja nicht stören – doch wer lädt denn nun die Himbeeren aus meinem Auto?", fragt Flora Leu.

„Entschuldigung, Frau Leu. Das ist sehr nett, dass Sie meine Frau nach Hause gefahren haben. Ich werde die Himbeeren gleich holen. Möchten Sie etwas mit uns trinken?" Und zu Melanie gewandt: „Mele, ich habe auch einen Besuch mitgebracht." Er dreht sich etwas zur Seite, um den Blick zur Bank unter der Tanne freizugeben. Verena ist inzwischen aufgestanden, hat aber gewartet, bis Hansueli sich umdreht. Nun geht sie langsam auf die kleine Gruppe zu, die am Eingang des Gartens steht.

Melanie schaut Verena entgegen, als diese auf sie zukommt. Zu Hansueli gewandt fragt sie leise: „Kenne ich diese Frau?"

„Ja, sie ist eine alte Bekannte …" Weiter kommt er nicht, weil Frau Leu Verena nun entgegenruft: „Ah, die Frau Rossi! Guten Tag, Frau Rossi! Ich bin's, Flora Leu! Erinnern Sie sich nicht an mich? Sie sind doch die Frau mit den Flyern! Haben Sie ihre Schwägerin schon gefunden?"

Verena ist nun bei Frau Leu angekommen und nimmt zur Begrüßung die Hand, die ihr entgegengestreckt wird: „Stimmt! Guten Tag, Frau Leu, und ja, ich habe sie eben gefunden."

Sie dreht sich Melanie zu. Tränen vor Freude kullern über ihre Wangen, und sie nimmt beide Hände von Melanie in die ihren: „Melanie, meine Melanie. Endlich!" Melanie scheint verwirrt zu sein. Unsicher schaut sie zu Hansueli, der ihr erwartungsvoll zunickt.

Auch Flora Leu hat nun verstanden, dass Verenas Suche genau in diesem Moment endet, und schweigt. Sie fixiert genau wie Hansueli die beiden Frauen, die sich noch immer Hand in Hand gegenüber stehen. Lange spricht niemand ein Wort. Verena ist gerührt und schaut ihr Gegenüber erwartungsvoll an. Doch Melanie reagiert überhaupt nicht. Hansueli ist so gespannt, was nun geschieht, dass er Frau Leus Hand sucht und findet und sie fest zudrückt. Flora Leu sieht, wie auch seine Augen sich mit Tränen füllen, und ihr ist sofort klar, dass sie unverhofft Zeugin eines großen Moments für diese Menschen geworden ist. Sie lässt ihn gewähren und tätschelt mit ihrer freien Hand aufbauend seine Hand, die die ihre so fest umschließt.

Endlich durchbricht Melanie das Schweigen: „Oh, mein Gott!" Dabei starrt sie Verena regelrecht an. Ihre Lippen zucken, und sie beginnt heftig zu atmen. Hansueli löst seinen Handgriff und stellt sich hinter seine Frau. Er befürchtet, dass sie jede Sekunde umkippen könnte. Doch er fasst sie nicht an, steht nur bereit und beobachtet weiter gebannt seine Frau und Verena.
 Schließlich lässt Verena Melanies Hände frei und fällt ihr um den Hals: „Ich kann es nicht fassen! Ich habe dich gefunden! Wenn du wüsstest, wie sehr ich dich vermisst habe!"
 Hansueli bekommt Angst. Das wird seine Mele nicht verkraften! Im selben Moment, als er sich entschließt, nun doch einzugreifen, vernimmt er Melanies Worte: „Vreni! Wo warst du denn so lange?"

Hansueli kann nicht fassen, was sich in diesem Moment vor seinen Augen abspielt. Wie sehr hatte er doch seine Frau unterschätzt! Er hat die ganzen Jahre verstreichen lassen, ohne Melanie eine Chance zu geben, sich mit ihrer eigenen Vergangenheit auseinanderzusetzen. Er hat ihr ein Leben mit ihrer überlebenden Tochter verwehrt. Er wollte nur ihr Bestes, doch damit hat er ihr Bestes aus ihrem Leben verbannt. *Ich habe alles falsch gemacht*, denkt er, *ich bin ein Versager!* Voller Scham wendet er sich nun ab, senkt den Kopf und geht Richtung Haus. Frau Leu versteht seinen Weggang falsch und ruft ihm nach: „Ein kühles Glas Weißwein wäre der Situation angemessen! Darauf müssen wir doch anstoßen!" Hansueli schaut kurz zurück. In diesem Moment stösst Melanie Verena von sich. „Nein!", schreit sie in die Sommerhitze.

Während Frau Leu keine Ahnung hat, weshalb Melanie nun *NEIN* geschrien hat, ist Verena und Hansueli sofort klar, woran sie sich erinnert. Verena weiß nicht, was sie sagen soll und bleibt ruhig stehen, während Hansueli sich seiner Frau wieder nähert. Er traut sich jedoch nicht, sie zu berühren und stellt sich neben sie.

„Kann mir bitte jemand erklären, was hier los ist?", fragt Frau Leu. Niemand antwortet ihr.

„Ich glaube, mir wird schlecht", bringt Melanie hervor und beugt sich auch schon vornüber, um sich zu übergeben.

„Um Himmels willen!", ruft Frau Leu. „Was ist mit Ihnen?" Zu Hansueli und Verena gewandt meint sie: „Tun Sie doch etwas!" Doch diese bleiben wie angewurzelt stehen. Also wird Frau Leu aktiv. Sie stellt sich neben Melanie, die inzwischen auf dem Rasen kniet, und streichelt ihr über den Rücken. „Wie kann ich Ihnen helfen?", fragt sie mitfühlend.

Sie bekommt keine Antwort. Melanie übergibt sich erneut. Mit einem strengen Blick schaut Frau Leu zu Hansueli: „Holen Sie ihr wenigstens ein Glas Wasser!" Hansueli löst sich aus seiner Starre und eilt ins Haus. Verena bleibt noch immer stehen.

Kurz darauf erhebt sich Melanie. Frau Leu streckt ihr die Hand als Hilfe hin, führt sie zum nahen Gartentisch und setzt sie auf einen Stuhl. „Geht es Ihnen etwas besser?", will sie wissen.

„Ja, danke. Es geht schon", antwortet Melanie.

Hansueli kommt mit dem Wasser zurück und reicht es Melanie, die es in einem Zug leert. „Danke, Hansueli", sagt sie und stellt es auf den Tisch. Sie sieht ihren Mann dankbar an.

„Eigentlich geht mich das alles ja gar nichts an …"

„Ja, Frau Leu. Das ist eine private Sache. Darf ich Sie bitten, uns nun allein zu lassen?", unterbricht Hansueli die alte Dame. „Ich will nicht unhöflich sein, und ich danke Ihnen sehr für Ihre Hilfe."

„Keine Ursache. Das habe ich gerne gemacht. Ich werde dann also gehen. Doch die Himbeeren sind noch in meinem Auto …" Frau Leu zeigt zum Kiesplatz vor dem Haus.

„Ach ja, die Himbeeren …" Hansueli möchte seine Frau nun nicht allein lassen. „Verena, setzt du dich bitte zu Mele, während ich die Himbeeren hole?"

Jetzt bewegt sich auch Verena zum Gartentisch. Vorsichtig setzt sie sich rechts neben Melanie auf den Stuhl, sagt aber kein Wort.

„Dann auf Wiedersehen. Und alles Gute", verabschiedet sich Frau Leu. Sie schickt sich an, mit Hansueli zum Auto zu gehen, als Melanie ihr zuruft: „Herzlichen Dank, Frau Leu. Es geht mir wieder gut. Machen Sie sich keine Sorgen, bitte. Mein Mann und meine Freundin sind ja bei mir." Frau Leu geht die zwei Schritte noch einmal zurück und reicht Melanie die Hand: „Ja, ich sehe es. Ihr Gesicht bekommt wieder Farbe. Passen Sie auf sich auf!" Sie zwinkert ihr zu, bevor sie sich auch mit einem Händeschütteln von Verena verabschiedet.

Als Hansueli zum Tisch zurückkommt, setzt er sich links neben seine Frau. Melanie nimmt erst seine, dann auch Verenas Hand und sagt mit klarer Stimme: „Es ist alles wieder da." Sie schaut vom einen zum anderen. „Ich kann nicht verstehen, wie ich das alles aus meinem Leben verdrängen konnte. Doch nun ist alles wieder da."

„Oh Mele, verzeih mir bitte!", fleht Hansueli sie an.

„Verzeihen? Es gibt nichts zu verzeihen, Hansueli. Du warst mir immer ein guter Freund und ein fürsorglicher Ehemann. Du hast es gut mit mir gemeint."

„Ich hätte mit dir über das Vergangene sprechen sollen! Ich hätte nicht alles von dir fernhalten dürfen." Hansueli schüttelt den Kopf.

„Nein. Ich hatte mich selber verloren. Ab und zu hatte ich Ahnungen. Doch ich fand keinen Zugang zu diesen Gedanken. Ich kann mir nicht erklären, wie so etwas geschehen kann."

„Vielleicht hätte ich nicht so lange warten dürfen. Ich hätte mich früher aufmachen sollen, um dich zu suchen", meldet sich nun auch Verena zu Wort.

„Die Zeit war vielleicht noch nicht reif", beschwichtigt Melanie die beiden.

„Gottes Wege sind unergründlich", murmelt Verena.

Nun huscht Melanie ein Lächeln übers Gesicht: „Oh, Vreni! Du gute Seele! Du hast dich kaum verändert."

„Ja, dich erkenn ich auch wieder – wie früher", schluchzt Verena. Wieder laufen ihr Tränen übers Gesicht. Sie hält mit beiden Händen Melanies Hand, so als hätte sie Angst, sie wieder zu verlieren.

Hansueli staunt noch immer. Er kennt seine Frau stumm, später als wortkarg, verschlossen, zerbrechlich und scheu. Diese Mele, die jetzt neben ihm sitzt, deren Hand er hält und deren Zuneigung er spürt, kannte er bisher nicht. Sie fasziniert ihn, er hängt förmlich an ihren Lippen.

„Was wohl Giovanni zu all dem sagt! Dio mio! Und meine arme Kleine! Wie es ihr wohl geht?" Verena schnäuzt in ein Papiertaschentuch, das sie in der Tasche ihres Sommerrocks hervorgekramt hat. Sie hat es sich eingepackt, um sich in dieser Hitze ab und zu den Schweiß von der Stirn zu wischen.

„Mit ‚meine arme Kleine' meinst du Tanja?", fragt Melanie leise.

„Ja, meine Liebe, deine Tochter. Ach, ich habe dir so viel zu erzählen!" In den letzten Stunden ist so vieles auf Verena eingestürmt, dass sie Mühe hat, ihre Gefühle zu ordnen. Sie schnäuzt sich noch einmal die Nase und setzt sich gerade hin. Bevor sie beginnt, Melanie alles über den Grund ihrer Reise zu berichten, atmet sie ein paarmal tief durch. Hansueli rückt indessen näher zu seiner Frau und legt ihr seinen Arm um ihre Schultern. Er spürt, wie sie sich bei ihm anlehnt, und sein Herz quillt vor Freude fast über. Obwohl Melanie sich auch schon bei Hansueli eingekuschelt hat, war er sich nie ganz sicher, ob sie einfach nur Schutz suchte oder seine Nähe spüren wollte. Nun hat er keine Zweifel. Sie möchte ihm nahe sein.

Verena beginnt mit ihrer Erzählung, als sie damals mit Giovanni und Tanja zu seiner Familie in Sizilien gezogen sind. Sie schildert, wie Tanja groß geworden ist, wie sie studiert hat, geheiratet und kurz darauf ihren Mann verloren hat – und schließlich über den Grund, weshalb sie gerade jetzt in die Schweiz zurückkommt. Auch davon, dass die Leichen von Luigi und Maria gefunden worden sind und Giovanni mit ihren Neffen morgen Abend in der Schweiz ankommen wird.

Hansueli und Melanie hören aufmerksam zu. Manchmal stellt sie eine Frage, er kennt die Geschichte ja schon. Als Verena endet, ist es plötzlich ganz still. Die Temperatur ist nun, kurz nach Mittag an diesem 7. Hitzetag in Folge, so hoch geklettert wie noch nie. Sogar die Vögel sind still. Nur das Rauschen der gelegentlich vorbeifahrenden Autos ist zu vernehmen. In diese Stille sagt Melanie: „Wie hast du gesagt? Gottes Wege sind unergründlich? Aber du hast ihm immer vertraut, Vreni. Deshalb ist alles so, wie es ist. Ich bin froh, dass du mich gefunden hast." Zu Hansueli gewandt: „Und dass du all die Zeit bei mir warst und mich nie allein gelassen hast. Ich danke euch."

Die drei hören, wie ein Auto auf den Kiesplatz vor das Haus fährt. Kurz darauf kommt Frau Leu zurück. „Das ist mir jetzt etwas unangenehm, dass ich Sie störe. Verzeihen Sie bitte", sagt sie schon, bevor sie beim Gartentisch angekommen ist.

   „Frau Leu, haben Sie etwas vergessen?", fragt Melanie und steht auf.

„Geht es Ihnen wieder gut, Frau Peters? Sie schauen so … glücklich aus!", bemerkt Frau Leu und schaut in die Gesichter der beiden anderen. „Sie alle sehen so glücklich aus!"

„Es geht uns sehr gut! Wir haben in der Zwischenzeit alles klären können und sind nun einfach froh darüber, dass wir uns wieder haben." Um diese Worte zu bekräftigen, steht nun auch Hansueli auf und gibt seiner Frau einen Kuss.

„Das freut mich jetzt aber! Ich hatte mich ehrlich gesagt etwas um Sie gesorgt."

„Sind Sie deshalb zurückgekommen?", will Melanie wissen.

„Nein! Ich komme wegen der Himbeeren. Herr Peters, Sie haben alle Stauden ausgeladen. Zwei davon gehörten aber mir …"

„Das tut mir leid! Das wusste ich nicht!", entschuldigt sich Hansueli.

„Das konnten Sie ja auch nicht wissen. Ich hätte es Ihnen sagen müssen, doch ehrlich gesagt war ich sehr verwirrt, als ich von hier losfuhr", schämt sich Frau Leu. „Ich habe es erst bemerkt, als ich schon zu Hause war."

„Jetzt setzen Sie sich erst einmal zu uns, Frau Leu. Ruhen Sie sich etwas aus. Ich bringe gleich ein Glas kühlen Weißwein. Den wollten Sie doch vorhin mit uns trinken? Um die Himbeeren kümmere ich mich später." Hansueli zwinkert ihr zu.

„Ja, meinen Sie?", fragt Frau Leu unsicher.

Verena zieht den Stuhl neben sich nach hinten und deutet Frau Leu an, sich zu setzen: „Kommen Sie, setzen Sie sich! Es tut uns leid, dass Sie den ganzen Weg noch mal fahren mussten."

„Ach, wissen Sie", sagt Frau Leu, während sie sich an den Tisch setzt. „Es ist schön kühl im Auto!"

Hansueli und Melanie gehen ins Haus und kommen kurz darauf mit einer Flasche Weißwein in einem Kübel mit Eis, einer Flasche Mineralwasser und einer kleinen Platte mit Brot, Aufschnitt und Oliven zurück.

„Man soll die Feste feiern, wie sie fallen!", ruft Hansueli, als er vom Haus zum Gartentisch kommt. Sie stoßen an und unterhalten sich über den heißen Sommer, ein ständiges Thema in dieser Zeit, über den Garten und weitere belanglose Themen.

Nachdem Verena ihr Glas ausgetrunken hat, entschuldigt sie sich: „Ich würde jetzt gerne zurück ins Hotel gehen, meine Lieben. Ich bin müde, und ich möchte mich etwas hinlegen. Ich bin nicht mehr die Jüngste!"

„Du kannst dich bei uns etwas hinlegen, wenn du willst, Vreni", bietet Melanie an.

„Das ist lieb von dir. Doch ich möchte noch mit Giovanni telefonieren und ihm alles erzählen. Außerdem möchte ich mich umziehen und duschen. Ich bin ganz verschwitzt."

„Ja, das verstehe ich gut. Wollen wir heute Abend zusammen essen? Um sieben? Ich mache meinen Spezialsalat." Melanie schaut zu ihrem Mann und sieht, dass er nickt: „Der ist ausgezeichnet! Und ich werde uns etwas grillen. Frau Leu, dürfen wir Sie auch einladen? Sie sind schließlich so etwas wie eine Glücksbringerin für uns."

„Das ist sehr nett von Ihnen, danke schön. Leider habe ich mich schon mit meinen Freundinnen verabredet. Wir spielen dienstags immer Rommé. Doch ich kann Sie mit nach Baden mitnehmen, Frau Rossi, wenn Sie mögen."

„Sie sind ein Schatz! Ja, gerne." Verena erhebt sich.

„Dann lade ich jetzt Ihre Himbeersträucher ein … und Liebes …" Hansueli dreht sich zu Melanie. „Ich fahre gleich noch mit dem Velo zum Einkaufen nach Nussbaumen. Ist dir das recht? Oder brauchst du meine Hilfe?"

„Ehrlich gesagt, wenn du jetzt schon hier bist, würde es mich freuen, wenn du mir zuerst hilfst, die Setzlinge und meine Himbeersträucher einzupflanzen, bevor sie verdursten."

„Gern! Das mache ich sehr gern. Ich gehe dann etwas später einkaufen."

„Ja, während ich das Gemüse schneide."

„Es besteht kein Zweifel, Lang?" Urs, Uschi und Dr. Lang sitzen im abgedunkelten Büro.

„Nein, das ist ganz sicher. Das kleine Mädchen starb an einem Genickbruch. Der Mann, ihr Vater, wie wir aus der DNA der beiden bestimmen konnten, ist auch keines natürlichen Todes gestorben."

„Du meinst die Bruchstellen im Schädel?", fragt Uschi.

„Ja, diese Bruchstellen wurden dem Mann zugefügt, als er noch lebte. Sie sind nicht erst später entstanden."

„Gibt es einen Hinweis auf das Tatwerkzeug?" Urs hat seinen kleinen Block hervorgeholt und schaut Dr. Lang auffordernd an.

„Es muss ein relativ großer Gegenstand gewesen sein, der mindestens eine rechtwinklige Ecke aufweist. Der Bruch verläuft in einem rechten Winkel, die Schenkel sind auf der einen Seite 5 cm und auf der anderen Seite 7 cm lang."

Uschi ist aufgestanden und ergänzt auf der Pinnwand die beiden Zettel Mann/Frau und Kind mit Vater und Tochter. „Das ist ja schrecklich! Da hat jemand den Vater und seine Tochter umgebracht und diese dann verscharrt!"

„Weißt du schon etwas über den Zeitpunkt des Todes?", will Uschi wissen.

„Wir haben eine Zahnfüllung des Mannes untersucht. Genaues kann ich nicht sagen, doch es muss vor den 80ern gewesen sein. Die Amalgamfüllung enthält gegenüber späteren Praxen etwas weniger Kupfer und etwas mehr Zinn. Andererseits wurde bereits Silberamalgam benutzt, was erst nach den 50ern eingesetzt wurde."

„Das bedeutet, das Tötungsdelikt geschah zwischen 1950 und 1980?"

„Gut kombiniert, Uschi!", lacht Dr. Lang.

„Rossi", meint Urs, „warum ruft uns diese Frau nicht an? Da ist doch etwas faul …"

„Hm. Zeitlich würde das passen", überlegt Uschi.

„Zeitlich schon – doch wo ist die 2. Tochter geblieben?", fragt Urs.

„Vielleicht haben wir nicht gut genug geschaut? Vielleicht liegen ihre Knochen noch im Hang?"

„Das glaube ich eher nicht. Würdest du in diesem Fall zwei Gräber ausheben? Welchen Grund sollte es dafür geben?" Urs hat seinen Block zur Seite gelegt und öffnet eine Flasche Wasser. „Hat jemand Durst?", fragt er.

„Ja, ich nehme gern ein Glas Wasser", antwortet Dr. Lang.

„Ein Stein? Es könnte doch einfach zu steinig gewesen sein, weshalb der Täter ein zweites Loch grub?", überlegt Uschi weiter. „Außerdem waren die Gräber nicht sehr tief angelegt, da wurde nicht lange gegraben – ein Wunder, dass die Leichen so lange verborgen blieben!"

„Der Boden ist eher weich. Wir fanden viele Lehmspuren. So viel Lehm, dass wir sogar noch etwas Gewebe gefunden haben", wirft Dr. Lang ein.

„Dann wäre es ja ein Leichtes gewesen, ein zweites Grab auszuheben! Urs, lass uns noch mal nach Ennetbaden fahren!", fordert Uschi.

„Braucht ihr mich noch?", fragt Dr. Lang, bevor Urs antworten kann.

„Ja, du kommst mit nach Ennetbaden. Vielleicht siehst du etwas, was wir übersehen haben", anwortet Uschi.

„Nein, danke! Ich habe mir meinen Feierabend anders vorgestellt!" Dr. Lang steht auf und schickt sich an, zu gehen.

„Ich auch, Uschi. Ich fahre jetzt nicht mehr nach Ennetbaden." Urs steckt seinen kleinen Block zurück in die Hosentasche. Dies ist ein untrügliches Zeichen dafür, dass er seine Arbeit für den Moment abgeschlossen hat.

„Was ist bloß los mit euch? Wir sind so nahe dran!", entrüstet sich Uschi.

Dr. Lang und Urs schauen sich an. „Willst du oder soll ich?", fragt Dr. Lang Urs.

„Meine liebe Kollegin. Du bist übereifrig." Die beiden Männer nicken sich zu, bevor Urs weiterfährt: „Außerdem möchte ich erst mit Frau Rossi sprechen. Wenn es sich dabei um die Vermissten der Familie Rossi handelt, kann sie uns vielleicht weiterhelfen, ohne dass wir in dieser Hitze auf einer Wiese herumkraxeln müssen, um wahrscheinlich nichts zu finden. Auf einen Tag mehr oder weniger kommt es wohl nicht an – schließlich lagen die beiden Toten schon über 30 Jahre in diesem Hang."

Uschi seufzt: „Na ja. Wenn ihr meint!" Etwas beleidigt setzt sie sich wieder an den Besprechungstisch.

„Also, tschüss dann, ihr beiden. Schönen Feierabend!" Dr. Lang geht zur Tür und verlässt das Büro.

„Uschi? Darf ich dich etwas fragen?" Urs reibt sich die Hände und schaut etwas verlegen zu Boden.

„Klar!"

„Hast du … Was machst du heute Abend?"

Uschi horcht auf. *Was kommt jetzt?*, denkt sie und fragt: „Warum?"

„Ich möchte … Es würde mich freuen …" Urs stockt.

„Was würde dich freuen, Urs?" Uschis Stimme ist wieder versöhnlicher.

„Ach, nichts!"

„Komm, raus mit der Sprache! Was wolltest du mich fragen?" Nun ist Uschi sehr gespannt. Warum druckst Urs so herum? Das hat er ihr gegenüber noch nie gemacht, und wenn sie es nicht besser wüsste, würde sie glauben, dass er sich mit ihr verabreden will.

Urs fasst noch mal Mut: „Ich würde mich freuen, wenn du mich heute Abend ins Restaurant Rebstock begleitest!"

Sie waren schon ein paarmal zusammen essen. Der Unterschied zu heute bestand allerdings darin, dass sie dies, ohne Zweifel, als Berufskollegen taten. Selbst wenn sie bei seiner Mutter eingeladen waren, was ab und zu vorkam, war klar, dass sie nur Kollegen sind. Doch diese Einladung heute ist anders. Uschi spürt, wie sie rot anläuft.

Sie antwortet nicht gleich.

„Wenn du schon etwas anderes vorhast, ist das überhaupt kein Problem." Urs' Stimme klingt wieder fester und sogar etwas erleichtert.

„Nein. Ich habe nichts vor heute Abend. Ich komme gerne mit dir in den Rebstock." Uschi steht auf. „Ich würde allerdings gern erst nach Hause gehen, duschen und mich umziehen."

Nun strahlt Urs Uschi an: „Schön! Dann … sehen wir uns später! Um sieben?"

„Gern!"

Nachdem Urs gegangen ist, geht Uschi zu Anita ins Büro. „Du bist noch da?", fragt sie.

„Ja, aber ich mache gleich Feierabend. Was ist mit dir?", fragt Anita, während sie ihren PC herunter- fährt. Uschi würde ihr am liebsten von ihrer Verabredung mit Urs erzählen. Doch dann lässt sie es bleiben.

„Ah, hier habe ich noch Adressen für dich. Du suchst doch einen Herrn Peters." Anita streckt ihr einen kleinen Zettel entgegen. „Ich schaue mir das morgen noch mal an. Habe lediglich Peters im search.ch eingegeben und im Kanton Aargau gesucht. Da gibt es nur diese drei. Keine Ahnung, ob es sich dabei um einen netten alten Herrn handelt …"

„Danke, Anita. Schönen Feierabend!"

Während Uschi den kurzen Weg nach Hause geht, ist sie verwirrt. Hat Urs sie wirklich zu einem Date eingeladen? Sie stellt fest, dass ihr etwas mulmig ist. *Das ist ja wie mit sechzehn, nur viel besser!*, gesteht sie sich schließlich ein. Urs hat ihr schon immer gut gefallen. Nicht nur sein Äußeres, auch seine Art, die Dinge zu sehen, zu sprechen, sich zu bewegen. Doch dass er je einen diesbezüglichen Schritt auf sie zu macht, hätte sie niemals zu hoffen gewagt.

In ihrem ersten gemeinsamen Arbeitsjahr hat sie manchmal mit ihm geflirtet. Doch ein Stück Holz hätte wohl mehr gespürt als Urs. Anita und Ilona haben sie deswegen manchmal aufgezogen. Ihnen sind ihre Annäherungsversuche nicht entgangen. Sie war wohl nicht sein Typ, schloss sie daraus und ließ es schließlich dabei bewenden.

Hansueli kann nicht glauben, was ihm gerade widerfährt. Nachdem Frau Leu mit Verena nach Baden gefahren ist, hat er begonnen, mit Melanie den Salat und die Himbeeren zu setzen. Dabei albern sie herum, und Melanie ist nicht wiederzuerkennen. Sie lacht, ist fröhlich und sprüht geradezu vor Energie. Hansueli ist so glücklich wie seit langem nicht mehr. Es scheint, als sei alles Schwere von Melanie abgefallen.

Stefan Hofer, der Pfleger, der sich ab und zu um Melanie kümmert, kommt ihm in den Sinn. Er wird es ebenfalls nicht fassen können. Er ist der einzige Mensch, der Melanie fast so lange kennt wie er und sie all die Jahre mitbegleitet hat. Er ist gespannt, wie er auf diese Veränderung reagieren wird. Obwohl er wenig von seinem Privatleben erzählt, so weiß er doch, dass er mit einer Ärztin verheiratet ist. Er überlegt, ob sie vielleicht einmal zu viert essen gehen werden, bevor er mit Melanie nach Sizilien geht. Er schüttelt leicht den Kopf und lächelt: Ein Wunder! Hätte ihm jemand vor 24 Stunden gesagt, dass er über ein gemeinsames Essen mit Hofer und seiner Frau nachdenken würde, hätte er diesen zum Spinner erklärt.

Melanie holt Wasser am nahen Brunnen und spritzt Hansueli damit an. Kreischend lässt sie dann die Spritzkanne fallen und rennt laut lachend auf die Wiese neben den Beeten. Hansueli rennt ihr nach, holt sie ein und umarmt sie. Sie küssen sich, dann löst sie sich wieder von ihm, legt sich ins Gras und zieht Hansueli zu sich auf den Boden. Sie liegen beide auf dem Rücken nebeneinander und schauen in den wolkenlosen, sommerblauen Himmel, als Melanie fragt: „Meinst du, Tanja wird mir böse sein?"

„Warum? Warum fragst du das?" Hansueli stützt sich auf seinen linken Ellenbogen und schaut Melanie an.

„Ich bin so gespannt auf sie! Hansueli, ich habe eine Tochter! Wie konnte ich das je vergessen?"

„Es ist, wie es ist. Alles braucht seine Zeit, und ich freue mich, Mele." Er greift mit seiner freien Hand nach der ihren und schaut ihr ganz tief in die Augen „Ich freue mich so, dass du erwacht bist." Sanft küsst er sie auf den Mund.

„Begleitest du mich nach Sizilien?", will sie wissen.

„Natürlich! Was glaubst du denn? Wir besprechen alles heute Abend mit Vreni."

„Ich hoffe so sehr, dass ich Tanja helfen kann. Ich kann es kaum erwarten, sie bald zu sehen!" Dann sagt sie leise: „Es ist so traurig, dass Maria nicht mehr bei uns ist."

„Ja, das ist es."

„Was damals passiert ist …" Melanie schaut Ueli direkt in die Augen. „Werden wir dafür eingesperrt?"

„Ach, Mele! Ich hatte so viele Jahre Angst, dass irgendwann die Polizei vor der Tür steht! Doch sie ist nicht gekommen. Dann habe ich versucht, es zu vergessen, was mir mal besser, mal weniger gut gelang. Ich weiß es auch nicht …"

„Wir müssen darüber reden. Wir müssen zur Polizei gehen und ihnen alles erklären."

„Meinst du?" Hansueli steht wieder auf und hilft Melanie ebenfalls auf die Beine.

„Ich glaube schon. Lass uns heute Abend mit Vreni auch darüber sprechen. Morgen kommt Giovanni. Wie er wohl aussieht? Wir müssen alle miteinander darüber reden", sagt Melanie bestimmt. „Doch jetzt gehe ich erst mal in die Küche!" Sie lächelt Hansueli an. „Gehst du nun gleich einkaufen, während ich die Salate vorbereite?"

„Ja, mach ich. Und ich gehe gleich noch kurz beim Velomechaniker vorbei. Irgendetwas stimmt nicht mit dem Akku meines Velos. Der ist so schnell leer, viel schneller als deiner. Vielleicht bekomme ich einen neuen. Ist es okay, wenn ich so in etwa zwei Stunden wieder hier bin? Oder kann ich dir noch etwas helfen?"

„Nein, geh du nur. Es ist ja noch nicht mal vier Uhr. Ich habe genug Zeit, alles vorzubereiten. Bis später! Und vergiss meinen Lammspieß nicht!"

Kurz nach sechs Uhr kommt Hansueli zurück. Er hat auch noch bunte Servietten gekauft und Kerzen. Er freut sich auf einen schönen Abend und stellt sein Velo in der Holzscheune ab, bevor er mit seinen Einkäufen ins Haus geht. Die Tür ist offen, was ihn nicht überrascht. Als er in die Küche kommt, erstarrt er. Er lässt die beiden Papiertüten fallen und ruft: „Mele!" Doch er weiß schon, dass er keine Antwort bekommen wird. Trotzdem ruft er laut weiter ihren Namen und sucht sie in jedem Raum. Melanie ist nicht da. Er rennt hinaus in den Garten, vergebens. Als er zurück in die Küche geht, stolpert er beinahe über den umgekippten Stuhl. Im Küchentrog liegt ein Salatkopf. Ein paar Blätter des Salates befinden sich gewaschen im Sieb neben dem Trog. Auf dem Holzbrett auf dem kleinen Küchentisch liegen geschnittene Zwiebeln und Schnittlauch. Ein Küchenmesser ist zu Boden gefallen. In einer Schüssel ist eine Salatsauce angerichtet.

„Nein!", schreit er und greift sich mit beiden Händen in die Haare. Er lässt alles stehen und liegen und rennt hinaus in die Holzscheune, ohne die Haustür zu schließen. Er steigt auf sein Velo und fährt Richtung Baden. Sein ganzer Körper zittert vor Aufregung und Angst. Es ist noch immer sehr heiß, doch davon spürt er nichts. Seine Augen füllen sich mit Tränen. Er hat Mühe, auf den Verkehr zu achten und stammelt ständig Melanies Namen. Er ist außer sich und ahnt, dass etwas Schlimmes passiert ist. Auf der Obersiggenthalerbrücke wechselt er, ohne sich umzusehen, die Spur. Nur weil der Autofahrer sehr aufmerksam ist, kommt es nicht zu einem Unfall. Zwanzig Minuten später stellt er sein Velo vor dem Hotel Blue City ab und stürmt, ohne es abzuschließen, in die Empfangshalle.

Die Dame an der Rezeption ist gerade mit einem Hotelgast beschäftigt. Sie schaut kurz zu ihm, er nickt und versucht zu lächeln. Dann wendet sie sich wieder dem anderen Hotelgast zu, und er nutzt die Gelegenheit, zum Aufzug zu gehen, der von der Rezeption aus nicht gesehen werden kann. Er drückt den Knopf und wartet kurz. Dann entscheidet er sich, die Treppe zu nehmen. Vreni wohnt im 1. Stock, und über die Treppe ist er schneller. Als er oben um die Ecke biegt und auf den Gang tritt, steuert er Richtung Zimmertür. Dann bleibt er abrupt stehen.

„Vreni!", ruft er und hält sich gleich danach mit beiden Händen den Mund zu. Er traut seinen Augen nicht. Die Zimmertür steht offen, und er kann Verenas Schuh erkennen. Daneben liegt ihre Handtasche. Langsam geht er weiter. Als er vor der Tür ankommt, sieht er Verena am Boden liegen. „Vreni!", ruft er beschwörend, aber leise. „Was ist mit dir?" Sie antwortet nicht. Er kniet sich neben sie, und erst jetzt sieht er den Blutfleck auf der rechten Seite ihres Oberkörpers und einen schwarzen Messergriff, der herausragt. Ihm wird kurz schwarz vor den Augen, und er schluckt. „Hilfe!", ruft er mit gebrochener Stimme, doch niemand scheint ihn zu hören. „Vreni, sprich mit mir … bitte … Hilfe!", ruft er noch einmal, diesmal etwas lauter. Es bleibt ruhig im 1. Stock. Er kann erkennen, dass Verena flach atmet, doch sie ist bewusstlos. „Das darf doch alles gar nicht wahr sein", sagt er zu sich selber und denkt: *Ich muss Melanie finden.*

„Vreni, ich hole Hilfe. Bitte stirb nicht, halte durch!" Mit diesen Worten erhebt er sich und läuft den Gang weiter, bis zum Ende. Dort führt eine Steintreppe nach unten und aus dem Hotel, ohne dass er an der Rezeption vorbei muss. Er hat keine Zeit für lange Erklärungen. Melanie ist verschwunden, und er will keine Zeit verlieren, sie zu suchen. Verena wird ihm dabei nicht helfen können, so viel steht nun fest. Er läuft um das Hotel herum zu seinem Velo und fährt den kurzen Weg zur Post. Dort steht eine öffentliche Telefonkabine, die selten bis nie benutzt wird. Er besitzt zwar ein Handy, doch er hat es selten bei sich. Meist liegt es irgendwo ungeladen zu Hause. Außerdem will er nicht, dass er erkannt wird. Er besitzt eine Telefonkarte, die er nun aus seinem Portemonnaie nimmt, und wählt die 117.

„Stadtpolizei Baden, mit wem spreche ich?"

Hansueli erschrickt kurz, als er das Wort Polizei hört. Dann flüstert er: „Im Hotel Blue City liegt eine verletzte Frau, im 1. Stock. Bitte helfen sie ihr." Sofort hängt er den Hörer wieder ein und verlässt die Telefonkabine.

Uschi duscht und zieht sich mehrmals um, bevor sie mit ihrem Spiegelbild zufrieden ist. Sie hat ein schlichtes, weißes T-Shirt-Kleid gewählt, in dem sie sich bei diesen Temperaturen auch wohl fühlt. Auf eine Kette verzichtet sie und trägt nur kleine Perlohrringe, die bei ihrem kurzen Haar gut zur Geltung kommen. Sie ist nervös, obwohl sie sich die ganze Zeit selber sagt, dass es gar keinen Grund dafür gibt. Punkt sieben verlässt sie ihre Wohnung. Sie will auf keinen Fall zu früh da sein! Für den Weg ins Restaurant Rebstock braucht sie keine fünf Minuten.

Urs sitzt bereits an einem kleinen Tisch im Freien. Es ist noch immer sehr warm. Urs trägt eine knielange, karierte Hose in Weiß, Blau und Grün und ein weißes, kurzärmeliges Leinenhemd. Er scheint die Speisekarte zu studieren und bemerkt ihr Kommen nicht gleich.

„Hey Urs!", ruft Uschi, als sie nur noch drei Schritte vom Tisch entfernt ist. Sofort springt Urs von seinem Stuhl auf und geht ihr einen Schritt entgegen. „Guten Abend, Uschi. Schön, dass du da bist!" Er rückt ihr einen Stuhl zurecht und wartet, bis sie sich gesetzt hat, bevor er sich selber auch wieder hinsetzt. *Er kann also auch ein Gentleman sein*, denkt sie und fragt: „Hast du dir schon etwas bestellt?"

„Nein." Urs winkt mit der Speisekarte. „Aber ich weiß schon, was ich essen will!", lacht er.

„So? Was denn?"

„Das Lammcurry." Er reicht Uschi die Karte. „Willst du auch schauen? Darf ich dir inzwischen ein Glas Weißwein bestellen?"

„Gerne – aber gespritzt!"

„Süß oder sauer?", will Urs wissen.

„Sauer – ich trink doch keine Limo zum Weißwein!" Uschi öffnet die Speisekarte und beginnt sie zu studieren.

„Ich nehme auch das Lammcurry", sagt sie schließlich und legt die Karte beiseite.

Nachdem Urs bestellt hat, sagt er: „Ich war noch kurz im Blue City, nachdem ich das Büro verlassen habe."

„Ah ja? Wie war das mit übereifrig?", meint Uschi spitz.

Urs schaut beschämt nach unten: „Ertappt. Doch es ließ mir keine Ruhe. Ich verstehe nicht, warum diese Frau Rossi uns noch nicht angerufen hat."

„Sie wird noch nicht ins Hotel zurückgekommen sein! Es ist Sommer …"

„Ja, das habe ich mir auch gedacht", unterbricht Urs Uschi. „Trotzdem ging ich kurz vorbei. Meine Mutter hat mich angerufen, gleich nachdem ich aus dem Büro kam. Sie wollte mir dringend etwas erzählen, doch ich konnte dies zum Glück abwenden. Dann bat sie mich, ihr aus dem Asiashop im Langhaus etwas zu besorgen. Sie sei noch am Einkaufen in Wettingen und schaffe es nicht, vor halb sieben zurück zu sein. Weil ich also in der Nähe des Hotels war, habe ich mich an der Rezeption nach Frau Rossi erkundigt. Die Dame an der Rezeption … wie hieß sie gleich?"

„Moser."

„Ja, Frau Moser. Sie war sehr nett und hat mich freundlich darauf aufmerksam gemacht, dass Frau Rossi im Hotelzimmer sei, aber nicht gestört werden möchte. Unsere Karte habe sie ihr gegeben."

„Aha?" Das Kribbeln in Uschis Bauch lässt nach. Offensichtlich wird dies ein Arbeitsessen und hat überhaupt nichts mit Romantik zu tun.

Er fährt fort: „Ich habe mir kurz überlegt, ob ich sie trotzdem stören soll, doch dann ließ ich es bleiben. Ich wollte noch duschen und mich umziehen, bevor meine Mutter nach Hause kommt. Findest du das nicht auch seltsam? Erst ruft sie an und will vorbeikommen. Dann kommt sie nicht, ohne sich abzumelden, und jetzt ist sie offensichtlich im Hotelzimmer und ruft uns nicht zurück, obwohl Frau Moser ihr unsere Nachricht ausgerichtet und unsere Karte gegeben hat."

„Ja, ich weiß auch nicht …" Uschi ist enttäuscht. Sie versucht, dies nicht zu zeigen und sich in die Situation zu schicken. Doch dann hört sie sich fragen: „Sag mal, Urs, hast du mich deshalb heute Abend eingeladen? Um mit mir weiterzuarbeiten?" Schnell nimmt sie einen großen Schluck aus ihrem Weinglas und schaut ihn trotzig an.

„Nein! Nein, absolut nicht! Entschuldige." Urs schaut auf sein Gedeck und schiebt seine Gabel hin und her. Dann sieht er sie an. „Nein, Uschi, deshalb wollte ich nicht mit dir essen gehen."

„Was ist also der Grund für die Einladung?" Uschi will jetzt wissen, woran sie ist.

„Ich … meine Mutter", stammelt er.

„Deine Mutter? Was hat sie damit zu tun?" Uschi wird langsam ungehalten.

„Nichts! Natürlich nichts. Es ist nur so, dass sie heute Abend ihre Freundinnen eingeladen hat."

„Das ist jetzt aber nicht wahr! Du gehst mit mir essen, weil deine Mutter Freundinnen erwartet, denen du lieber nicht begegnest, und anstatt den Abend allein zu verbringen, hast du mich zum Essen eingeladen?"

„Ja! Nein! Du verstehst das falsch. Ich dachte, es ist eine gute Gelegenheit, dich endlich einmal zum Essen einzuladen." Auf Urs' Stirn bilden sich kleine Schweißtropfen.

Uschi erwidert nichts. Sie überlegt, ob sie aufstehen und gehen soll.

„Uschi, bitte entschuldige mein … linkisches Verhalten." Er macht eine kurze Pause: „Ich habe mich sehr gefreut, dass du meine Einladung angenommen hast. Schau, ich bin nicht sehr geübt in solchen Sachen. Ich habe nur versucht, ein Gesprächsthema zu finden. Ich …"

„Schon gut, Urs." Ihr Ärger ist verflogen. Urs ist wirklich sehr unbeholfen, und er beginnt ihr leidzutun. „Ich wollte dich nicht in Verlegenheit bringen."

Dann sind beide still. Uschi könnte sich ohrfeigen. Was hat sie sich nur dabei gedacht, Urs so anzugehen? Selbst wenn er sie ein-

geladen hätte, weil er den Abend nicht allein verbringen wollte, hätte sie kein Recht gehabt, sich darüber zu ärgern. Urs fühlt
sich hilflos. Er hat wohl alles falsch gemacht und nimmt sich vor,
solche Situationen zukünftig definitiv zu vermeiden. Es ist nicht
das erste Mal, dass er sich bei einer Verabredung als kompletter
Versager vorkommt. Er hat gehofft, dass der Umgang mit Uschi
leichter sein würde.

„Soll ich die Rechnung verlangen? Möchtest du lieber gehen?", fragt er schließlich traurig.

„Nein. Es tut mir leid, dass ich so zickig war … Weißt du,
ich habe mich darüber gefreut, diesen Abend mit dir zu verbringen. Ich war wohl einfach nur enttäuscht, dass …" Uschi spricht
nicht weiter.

Wieder spricht niemand ein Wort. Schließlich fasst Urs doch noch
einmal Mut, räuspert sich und meint: „Uschi, ich mag dich."

Sofort kehren die Schmetterlinge zurück in Uschis Bauch, und
sie atmet tief durch. Sie lächelt ihn an: „Dein Telefon klingelt."

„Was? Ach so!" Nun hört Urs das Klingeln auch und schaut
auf den Display. „Was wollen die denn? Ich muss da kurz ran …"
Uschi nickt. Während Urs dem Anrufer zuhört, lässt sie sich seine letzten Worte immer wieder durch den Kopf gehen: *Er mag
mich.* Dann reißt Urs sie aus ihren Gedanken: „Wir müssen sofort ins Blue City." Er sucht nach der Bedienung und ruft: „Ser-
vice! Zahlen bitte!"

„Was ist los?", will Uschi wissen.

„Frau Rossi wurde überfallen. Sie ist verletzt und wird gleich
ins Kantonsspital gebracht." Urs' Unsicherheit ist verflogen.

„Ist nicht wahr! Gehen wir zu Fuß?" Uschi ist schon aufgestanden und trinkt im Stehen noch den letzten Schluck aus ihrem Glas.

„Ja. Und das Abendessen holen wir nach, okay?"

„Gern!"

Als Uschi und Urs fünfzehn Minuten später im Hotel eintreffen, steht die Ambulanz noch immer da. Frau Moser an der Rezeption erkennt die beiden sofort und ruft: „1. Stock! Welch ein Unglück!" Bevor Urs weitergeht, sagt er zu ihr: „Wir werden die Hotelgäste und die Angestellten befragen. Bitte sorgen Sie dafür, dass dies möglich ist und niemand das Hotel verlässt, bevor die Befragung stattgefunden hat." Frau Moser nickt nur und nimmt sofort den Telefonhörer in die Hand.

Auf dem Gang stehen ein paar Hotelgäste, die gespannt zuschauen, wie die Sanitäter sich um Frau Rossi kümmern. Sie liegt inzwischen auf einer Trage und hat eine Infusion gesteckt bekommen. An ihrem rechten Oberkörper, etwa 20 cm unter der Achselhöhle, ragt der Messergriff, der mit weißer Gazebinde umwickelt ist, heraus.
Urs und Uschi bahnen sich den Weg zu den Rettungssanitätern.
„Guten Abend, Kantonspolizei, Leu." Urs zeigt seinen Ausweis.
„Ich glaube, sie hat Glück gehabt", meint einer der beiden Rettungssanitäter. „Sie ist bewusstlos. Er zeigt auf die Stelle mit dem Messergriff. „Hier steckt ein Messer. Wir haben es umwickelt, damit keine Spuren verloren gehen. Der Anästhesist hat sie bereits narkotisiert."
„Sie wird also überleben?", fragt Uschi und zeigt dem Rettungssanitäter ebenfalls ihren Ausweis: „Kantonspolizei, Frei", ergänzt sie.
„Ja, ich denke schon. Wir wären jetzt bereit, sie ins Kantonsspital zu fahren." Zu seinem Kollegen gewandt, der ihren Blutdruck misst, fragt er: „Alles in Ordnung, Karl?"
„Ja, sie ist stabil. Wir können sie transportieren."
„Ich begleite Sie zum Wagen", meint Urs. „Ich habe noch einige Fragen." Zu Uschi gewandt: „Gehst du bitte schon zur Rezeption und fragst Frau Moser, ob ihr etwas aufgefallen ist?"

„Ja, mache ich – wir sehen uns dann in der Hotelhalle, okay?"
Uschi dreht sich um und läuft die Stufen ins Erdgeschoss zurück.

Keine 10 Minuten später ist Urs zurück. „Hast du etwas?", fragt
er Uschi.

„Allerdings! Frau Moser hat gesehen, wie dieser Herr Peters
kurz nach halb sieben in die Hotelhalle kam. Sie sei gerade mit einem Gast beschäftigt gewesen und habe bemerkt, dass er zum Lift
geht. Sie habe sich nichts dabei gedacht, weil Frau Rossi ihn heute Morgen ja als alten Freund vorgestellt hatte, als sie ein zusätz-
liches Zimmer für ihre Neffen buchte. Sie ging davon aus, dass er
ebenfalls noch oben ist, denn sie hat ihn nicht weggehen sehen."

„Das ist ja interessant." Urs blättert in seinem Notizblock eine
Seite zurück: „Da! Das Messer steckt, gemäß Einschätzung der
Rettungssanitäter, noch nicht so lange in Frau Rossis Oberkörper.
Sie habe großes Glück gehabt, dass offensichtlich gleich nach der
Tat ein anonymer Hinweis bei der Polizei eingegangen sei. Die
Wunde habe zwar nicht so stark geblutet, doch die kleinste Er-
schütterung hätte dazu führen können, dass es zu einem Druck-
ausgleich gekommen und die Lunge in sich zusammengefallen
wäre." Urs schaut Uschi erwartungsvoll an.

„Dieser Peters kommt also ins Hotel, sticht einmal zu, verschwindet unbemerkt und meldet sich bei der Polizei?", fasst
Uschi fragend zusammen. „Warum sollte er das tun?"

„Das weiß ich im Moment auch noch nicht. Die Rettungssanitäter meinten, dass wir Frau Rossi voraussichtlich morgen
dazu befragen können."

„Erst morgen?" Uschi ist enttäuscht. Sie hatte gehofft, mit
Frau Rossi noch in dieser Nacht sprechen zu können.

„Bis dahin haben wir einiges zu tun, Uschi. Wir müssen alle
anwesenden Personen aufnehmen und …"

„Bereits geschehen. Frau Moser hat mir eine Liste gegeben,
mit den Namen und Adressen aller Gäste. Um die Personallis-
te kümmert sie sich gleich." Uschi hält Urs die Liste hin: „Diese
beiden …", Uschi zeigt auf zwei Gäste, die mit einem Kreuz ge-
kennzeichnet sind. „Die haben vor, morgen abzureisen."

„Aha." Urs blättert in seinem Notizblock wieder nach vorn und notiert sich die Namen. „Diese Frau Moser ist flink! Dann schlage ich vor ..."

„... dass wir diesen Peters aufsuchen!", vervollständigt Uschi seinen Satz.

„Aufsuchen? Du weißt, wo er wohnt?"

„Ja, mit ziemlicher Sicherheit. Anita hat mir heute Abend, bevor sie nach Hause ging, noch ein paar Adressen gegeben. Du warst schon weg. Unter anderem war ein Hansueli Peters dabei. Als ich vorhin bei Frau Moser war, habe ich ihr die Vornamen genannt, und sie meinte, dass Frau Rossi ihren Freund Hansueli genannt hat."

„Wo wohnt er?", will Urs wissen.

„In Gebenstorf. Gehen wir?"

„Nicht so schnell! Erst möchte ich die Gäste, die morgen abreisen wollen, befragen. Die Spurensicherer sind ja schon hier. Vielleicht ist dieser Peters ja auch noch im Hotel?"

„Nein, davon gehe ich nicht aus. Die Gäste warten auf dich dort drüben." Uschi zeigt auf drei Personen, die in der Lobby der Hotelhalle sitzen und sich angeregt unterhalten. „Soll ich inzwischen im 5. Stock die anderen Gäste informieren?"

„Was ist im 5. Stock?" Urs geht das jetzt alles etwas zu schnell, und er fühlt sich überrumpelt.

„Frau Moser hat nur getan, worum sie gebeten wurde. Sie hat dafür gesorgt, dass sich die Gäste im Meeting-Raum einfinden. Außerdem wartet dort auch das Personal, das heute Dienst hat. Inzwischen müssten alle da sein."

„Aha. Ja, dann geh du rauf, und ich spreche erst kurz mit der Spurensicherung und dann mit den Herrschaften hier unten."

„Gut, zwanzig Minuten? Wir treffen uns dann wieder hier", sagt Uschi, während sie schon Richtung Treppenhaus geht.

„Glaubst du, dass einer der Hotelgäste Frau Rossi überfallen hat?", fragt Uschi, als sie gegen halb neun in Uschis Wagen sitzen und Richtung Gebenstorf unterwegs sind.

„Nein, das glaube ich nicht. Und du?"

„Ich bin davon überzeugt, dass Hansueli Peters unser Mann ist. Er kennt Frau Rossi, er war zur fraglichen Zeit da, und er wurde weder gesehen, als er das Hotel verließ noch hat ihn jemand unserer Kollegen im Hotel gefunden. Und die haben wirklich jeden Winkel abgesucht!" Uschi sitzt auf dem Beifahrersitz, obwohl sie mit ihrem Auto unterwegs sind. Sie weiß, dass Urs Mühe damit hat, wenn er einen Wagen nicht selber lenken kann, und sie fährt nicht besonders gern.

„Aber warum sollte er das tun? Frau Moser hat doch gemeint, dass Hansueli Peters ein Freund von Frau Rossi ist", bemerkt Urs.

„Vielleicht hat dieser Peters ein dunkles Geheimnis, und Frau Rossi ist dahintergekommen. Heute Morgen hat sie ja aufgeregt angerufen und wollte vorbeikommen. Es würde mich nicht wundern, wenn diese Frau Rossi etwas mit unserem Knochenfund zu tun hat! Und dieser Peters vielleicht auch?"

Sie klingeln mehrmals. Doch die Tür wird nicht geöffnet. „Wir versuchen es bei einem Nachbarn", meint Urs und drückt auf eine Klingel im Erdgeschoss.

Eine Frau um die vierzig öffnet das Küchenfenster: „Wer ist da?", fragt sie.

„Mein Name ist Leu, Kantonspolizei Baden. Das ist meine Kollegin Frau Frei", antwortet Urs. „Entschuldigen Sie die späte Störung. Wir suchen Herrn Peters."

„Moment, ich komme raus." Das Küchenfenster wird geschlossen, und kurz darauf kommt die Frau durch die Haustür nach draußen.

„Herr Peters ist nicht da. Warum suchen Sie ihn?", fragt sie und stemmt die Arme in die Hüfte.

„Frau …"

„Kellermann."

„Frau Kellermann, das dürfen wir Ihnen nicht sagen. Wann haben Sie Herrn Peters zum letzten Mal gesehen?" Während er diese Frage stellt, zeigen Urs und Uschi ihre Ausweise.

„Hm … gestern! Ich habe ihn im Keller angetroffen. Er ist am Packen. Er meinte, die Wohnung sei mehr oder weniger eingepackt, jetzt müsse er sich noch um den Keller kümmern." Sie nimmt eine lockerere Haltung ein und verschränkt nun ihre Arme vor dem Bauch.

„Er zieht aus?", fragt Uschi.

„Ja, er zieht zurück in sein Elternhaus. Seine Mutter ist vor etwa drei Jahren gestorben. Doch der Weg zur Arbeit, meinte er, sei von hier aus kürzer. Er fährt ja nicht mehr Auto. Nun ist er pensioniert, vorzeitig, und jetzt zieht er nach Untersiggenthal. Seine Eltern haben dort gelebt", weiß Frau Kellermann zu berichten.

Während Urs seine Notizen macht, plaudert Frau Kellermann weiter: „Er ist ja ein sehr verschlossener Mensch. Er hat selten bis nie Besuch und lebt ganz zurückgezogen. Deshalb war ich auch erstaunt, als er letzten Freitag Damenbesuch hatte …" Frau Kellermanns Stimme nimmt einen verschwörerischen Ton an. „Sie war etwa zwei Stunden bei ihm und ist dann allein weggegangen." Uschi spürt, dass sie die richtige Nachbarin herausgeklingelt haben. Sie scheint eine Bewohnerin zu sein, der nicht viel entgeht, was im Haus passiert.

„Ich habe gedacht, dass sie vielleicht seine Frau sei", fährt Frau Kellermann fort.

„Er ist verheiratet? Das habe ich eben ganz anders verstanden. Ich dachte, er lebt allein." Uschi ist erstaunt.

„Das dürfte ich eigentlich nicht wissen", antwortet sie. „Er hat nie etwas davon gesagt. Wie gesagt: Er ist ein stiller und verschlossener Mann. Aber einmal, das ist jetzt bestimmt schon zwei Jahre her, habe ich gehört, wie er telefonierte. Ich habe nicht gelauscht! Ich war auf dem Weg nach oben, auf den Dachboden. Doch seine Wohnungstür war nicht ganz geschlossen, und so habe ich halt zugehört. Er sprach ganz liebevoll mit einer … Mele, glaube ich, oder Mani oder so … Und er sprach vom Hochzeitstag und dass sie zusammen essen gehen wollen."

„Das ist ja interessant. Und wo lebt seine Frau? Wissen Sie das auch?", fragt Uschi weiter.

„Nein, leider nicht. Ich habe sie auch nie gesehen. Aber ich bin ganz sicher, dass er verheiratet ist, denn ich habe ihn, kurz nachdem ich das gehört hatte, darauf angesprochen. Ich sage Ihnen! Der wurde richtig böse! Ich hatte sogar etwas Angst vor ihm. Ich habe ihm nicht zugetraut, dass er so aggressiv werden könnte. Er schnauzte mich an, ich soll mich um meine eigenen Dinge kümmern und schmetterte den Besen, mit dem er gerade das Treppenhaus wischte, auf den Boden. Der war richtig wütend!" Frau Kellermann bekräftigt ihr Unverständnis über diesen Vorfall mit Kopfschütteln.

Urs hat sein Handy hervorgeholt und hält Frau Kellermann nun ein Foto vor die Augen: „Haben Sie diese Frau schon einmal gesehen?" Er hatte vorhin ein Foto von Verena Rossi gemacht. Die Augen sind zwar geschlossen, doch es zeigt keinerlei Umstände, unter denen das Bild gemacht wurde.

„Ist sie tot?", fragt Frau Kellermann.

„Nein, sie schläft. Sie wurde verletzt, und auf diesem Foto schläft sie. Ich habe leider kein anderes." Uschi schaut Urs fragend an. *Du spielst etwas mit dem Feuer*, denkt sie, sagt aber nichts. Urs bemerkt ihren Blick, sieht sie kurz an und zieht fast unmerklich eine Schulter hoch, bevor er sich wieder Frau Kellermann zuwendet. *Wie gut ich ihn doch kenne*, überlegt sie. Das Schulterzucken kommt immer, wenn er etwas tut, was gewagt, nicht konform oder unkonventionell ist, er es aber trotzdem tut, wenn er sich davon Erfolg erhofft.

„Das ist die Frau vom Freitag!", ruft Frau Kellermann. „Die war hier! Was ist mit ihr? Und was hat Herr Peters damit zu tun? Ist das doch seine Frau?" Frau Kellermann scheint Herrn Peters nicht in Verbindung mit der Verletzung der Frau zu sehen, umso mehr in der Verbindung als Ehefrau.

„Nein, nein." Mehr antwortet Urs nicht.

„Sie haben uns sehr geholfen, Frau Kellermann. Ich gebe Ihnen meine Visitenkarte. Bitte melden Sie sich, wenn Ihnen noch etwas einfällt oder wenn Sie Herrn Peters sehen. Danke sehr und auf Wiedersehen."

Während Urs und Uschi zum Parkplatz laufen, meint Uschi: „Glück gehabt!"

„Vielleicht." Urs lächelt.

„Diese Frau Kellermann hätte penetrant werden können."

„Ich weiß. Dafür wissen wir jetzt mit Sicherheit, dass Verena Rossi schon am Freitag mit Herrn Peters Kontakt hatte. Gehen wir nach Untersiggenthal. Suchst du schnell die Adresse?" Urs öffnet das Auto.

„Mist, ich habe nur die Liste mit den männlichen Peters mitgenommen. Keiner ist in Untersiggenthal gemeldet." Uschi schaut im search nach und hofft, etwas zu finden: „Das glaubst du nicht! Sagt dir Melanie etwas?"

Urs ist schon losgefahren: „Melanie Rossi!"

„Genau, Melanie Peters steht hier. Frau Rossi sucht Melanie und wird von Herrn Peters niedergestochen? Macht irgendwie Sinn, findest du auch?"

„Ich finde, du versteifst dich zu sehr auf diesen Herrn Peters", antwortet Urs in seiner ruhigen Art.

„Glaubst du nicht, dass es einen Zusammenhang gibt?", fragt Uschi interessiert.

„Doch, einen Zusammenhang gibt es. Doch ob dieser Peters der Täter ist, ist damit nicht bewiesen."

Als sie vor dem Haus in Untersiggenthal parken, neigt sich der Tag seinem Ende entgegen. Mehr und mehr verschwindet die Umgebung im diffusen Licht der Nacht. Sie finden die Haustür offen vor und treten ein. Auf ihr Rufen reagiert niemand. „Er ist nicht hier", stellt Urs fest. In der Küche liegen Einkäufe am Boden, ein Stuhl ist umgekippt, und es sieht aus, als wäre jemand mitten im Kochen davongelaufen. „Rufst du die Spurensicherung?", bittet Urs und sieht zum Messerblock: „Siehst du? Da fehlt eines."

„Du meinst …"

„Ja, genau."

Uschi telefoniert zweimal. „In zwanzig Minuten sind sie hier. Ich suche mal nach einem Foto, okay?"

„Gute Idee. Ich gebe inzwischen eine Fahndung raus."

Urs bleibt in der Küche stehen und schaut sich weiter um.

„Wo wohl seine Frau ist?" Uschi kommt kurze Zeit später mit einem Hochzeitsfoto zurück in die Küche.

„Eben."

„Meinst du, das war ein Eifersuchtsbesuch bei Frau Rossi?"

„Das können wir zumindest nicht ausschließen."

Es ist kurz vor halb zwölf, als Urs Uschis Auto in der Allmendstraße parkt. Nach Hansueli und Melanie Peters wird gefahndet. Die Spurensicherungsleute sind noch in Untersiggenthal, werden wohl aber auch bald durch sein und das Haus versiegeln. Außerdem wurde jemand angefordert, um das Haus zu beobachten, falls das Ehepaar nach Hause kommt.

„Magst du noch auf einen Kaffee mit reinkommen?", fragt Urs. „Die Kolleginnen meiner Mutter dürften inzwischen gegangen sein", lacht er.

Uschi zögert kurz. Doch dann sagt sie: „Gerne ein anderes Mal, ich bin sehr müde. Und wir haben morgen viel zu tun."

„Du hast recht. Ich sollte auch schlafen gehen. Dann bis morgen!" Einen kurzen Moment schauen sie sich tief in die Augen. Dann steigt Urs aus und Uschi auch. Sie wechselt zum Fahrersitz und fährt den kurzen Weg nach Hause.

„Hey! Du bist schon hier?" Anita schaut erstaunt auf.

„Ja, du ja auch!", kontert Uschi.

„Ich bin jeden Tag kurz nach sieben hier. Kaffee?"

„Gerne. Ich muss dir einiges erzählen."

Anita bereitet zwei Kaffees zu, und sie setzen sich zusammen an den Besprechungstisch. „Dann schieß mal los!", sagt Anita und steckt sich ein Schöggeli in den Mund.

Uschi informiert Anita über die Vorkommnisse vom gestrigen Abend. Von ihrer Verabredung mit Urs sagt sie jedoch nichts. Anita hört aufmerksam zu und steckt sich dabei weitere Schöggeli in den Mund. „Das nenn ich mal Neuigkeiten", bemerkt sie, als Uschi endet. „Ich habe auch etwas. Ich konnte mir erst keinen Reim darauf machen, doch nun ergibt das einen Sinn. Die Spurensicherung hat im Schlafzimmer des Hauses in Untersiggenthal in einer Schachtel am Boden des Kleiderschrankes Geld gefunden. Viel Geld. Die Kartonschachtel haben sie samt Inhalt sichergestellt. Es befinden sich darauf verschiedene Fingerabdrücke. Wahrscheinlich Fingerabdrücke des Ehepaares, weil die gleichen Fingerabdrücke im ganzen Haus zu finden waren, aber auch weitere, unbekannte."

„Echt jetzt?"

„Ja, sicher. Warum sollte ich dir das sonst erzählen? Sag mal, geht es dir gut?"

„Sorry, ich bin nur etwas überrascht. Die Einrichtung des Hauses ließ nicht darauf schließen, dass irgendwo ein Karton voller Geld herumstehen würde. Von wie viel Geld sprechen wir überhaupt?"

„120000. In bar."

„Wow!"

„Ja, wow. Das Geld ist wertlos." Anita zuckt mit den Schultern.

„Hä? Wie meinst du das?" Uschi versteht nicht, worauf Anita hinaus will.

„Die Banknoten, alles Hunderter, stammen aus der Zeit vor 1976. Sie sind inzwischen wertlos – haben bestenfalls noch einen Sammlerwert. Es sind die mit diesem Heiligen, der sein Gewand teilt."

„Das ist doch komisch, findet du nicht?"

„Allerdings! Das wäre mir nie passiert! Ich hätte das Geld innerhalb nützlicher Frist umgetauscht oder ausgegeben, darauf kannst du wetten!"

„Eben. Außer du hättest vergessen, dass …"

„… dass ich im Besitz von 120000 Franken in bar bin?", unterbricht Anita und verzieht ihren Mund zu einem schiefen Lächeln. „So etwas würde ich bestimmt nicht vergessen! Du etwa?"

„Nein …"

In diesem Moment geht die Tür auf. Urs kommt herein, und hinter ihm betritt Flora Leu das Büro.

Uschi und Anita stehen sofort auf und begrüßen die beiden. „Guten Morgen, Frau Leu!" Uschi reicht ihr die Hand zur Begrüßung. Dann schaut sie Urs fragend an.

„Meine Mutter hat eine Aussage zu machen." Er geht zur Kaffeemaschine. „Magst du auch einen Kaffee, Mutter?"

„Welch eine Frage, Junge! Natürlich!" Frau Leu setzt sich an den Besprechungstisch. „Den hast du mir versprochen, als du mich heute Morgen in aller Frühe aus dem Haus gescheucht hast!"

Zu Anita und Uschi gewandt fragt Urs: „Gibt es schon etwas Neues bezüglich der Fahndung?"

„Nein", antwortet Uschi und setzt sich wieder hin. „Aber ich habe eben etwas anderes Interessantes erfahren."

„Ihr irrt euch gewaltig, wenn ihr glaubt, dass das Ehepaar Peters etwas mit dem Überfall auf Frau Rossi zu tun hat!", unterbricht Frau Leu. „Darf ich?", fragt sie, während sie zu den kleinen Schöggeli greift.

„Sicher." Uschi ist gespannt auf eine Erklärung. „Warum?", fragt sie.

Flora Leu schaut zu ihrem Sohn, der noch immer bei der Kaffeemaschine steht. „Erzähl es ihnen", fordert er seine Mutter auf.

„Wird meine Aussage protokolliert?", will Frau Leu wissen.

„Später." Urs reicht seiner Mutter den Kaffee.

„Na gut. Ich war gestern Zeugin, wie Frau Rossi ihre Schwägerin gefunden hat!", platzt sie nun heraus. Nachdem niemand etwas sagt und sie nur erstaunt angeschaut wird, fährt sie fort: „Frau Rossi! Das ist die Frau, die die Flyer verteilt hat! Die Frau, die ihre Schwägerin suchte! Sie hat sie gefunden. Frau Peters, nach der nun gefahndet wird, ist ihre Schwägerin. Ich habe sie gestern in der Gärtnerei Weber in Nussbaumen kennengelernt und sie sogar nach Hause gefahren. Dort wurde sie schon sehnsüchtig von ihrem Mann erwartet – und dieser Frau Rossi." Frau Leu erzählt von ihrer Begegnung gestern Nachmittag. „Niemals haben die Peters dieser Frau Rossi etwas angetan. Das sind Freunde, die sich nach vielen Jahren wiedergefunden haben! Da geht man doch nicht hin und sticht sich ab!", empört sie sich.

„Nein, wahrscheinlich nicht", bemerkt Uschi. „Doch können Sie sich erklären, weshalb das Ehepaar Peters wie vom Erdboden verschwunden ist?"

„Nein, das ist allerdings sehr seltsam", wundert sich auch Frau Leu. „Die waren doch zum Abendessen verabredet! Ich wurde auch eingeladen, aber ich hatte mich ja schon mit meinen Freundinnen verabredet."

„Und diese Frau Peters hat sich übergeben?", mischt sich nun Anita ein.

„Ja. Sie ist eine sehr zarte Frau, fast schon zerbrechlich. Ich glaube, die Überraschung und die Hitze waren zu viel für sie. Als ich kurz danach ein zweites Mal dort auftauchte, waren die drei ein Herz und eine Seele."

Uschi schüttelt den Kopf: „Das alles ist sehr interessant, doch macht es die Sache nicht einfacher."

„Ich möchte mehr wissen über dieses Ehepaar Peters. Anita, nimmst du bitte die Aussage meiner Mutter auf? Uschi und ich werden Frau Rossi im Krankenhaus besuchen. Vielleicht kann sie uns weiterhelfen." Zu seiner Mutter gewandt bemerkt er weiter:

„Mutter, Anita wird deine Aussage protokollieren. Und ich weiß ja, wo ich dich finde, wenn ich weitere Fragen habe!", scherzt er.

„Sehr lustig. Sag Frau Rossi einen Gruß von mir! Ich hoffe, sie hat sich gut erholt, und es geht ihr besser. Eine sehr nette Frau! Was wohl ihr Mann sagen wird? Der Arme! Frau Rossi hat mir gestern erzählt, dass er gesundheitliche Schwierigkeiten hat. Wenn ihn das nur nicht umhaut!"

„Richtig, der wird heute im Hotel erwartet!" Uschi steht auf und stellt ihre Kaffeetasse weg. „Ich rufe kurz an. Sie sollen sich gleich bei uns melden, wenn Herr Rossi eincheckt."

„Das haben wir doch gestern schon klargestellt!", wundert sich Urs.

„Sicher ist sicher. Außerdem ist es vielleicht gut, wenn ich darauf aufmerksam mache, dass Herr Rossi gesundheitliche Schwierigkeiten hat und sie darauf achten können. Was fehlt ihm denn?"

„Er leidet offensichtlich an zu hohem Blutdruck", antwortet Frau Leu. „Deshalb konnte er seine Frau auch nicht in die Schweiz begleiten. Der Arzt hat ihm das Fliegen verboten, und außerdem soll er sich nicht aufregen!"

„Gut zu wissen, danke, Frau Leu", bemerkt Uschi, und zu Urs gewandt: „Ich telefoniere schnell. Nicht, dass Herr Rossi auch gleich ins Spital eingeliefert werden muss." Uschi geht zu ihrem Bürotisch und wählt die Nummer des Blue City Hotels. Urs folgt ihr.

„Hey! Verabschieden könntest du dich schon von mir!", ruft ihm Flora Leu empört nach.

„Ich bin ja noch nicht weg, Mutter!" Urs scheint etwas nervös zu sein.

„Wir nehmen nun Ihre Aussage auf, Frau Leu", beschwichtigt Anita. „Mögen Sie noch eine Tasse Kaffee?"

„Ja, sehr gerne."

Auf dem Weg zum Kantonsspital erzählt Uschi Urs von dem Geld, das gestern sichergestellt wurde – und den unbekannten Fingerabdrücken.

„Ziemlich viel Geld", bemerkt Urs, als er den Wagen parkt.

„Und alles wertlos! Woher das wohl stammt?"

„Wir fragen Herrn Peters, sobald wir ihn gefunden haben. Vielleicht hatte er im Lotto gewonnen?"

„Findest du das nicht etwas komisch?" Uschi ist über die eher nüchterne Antwort von Urs etwas enttäuscht. Sie hoffte, eine neue Verbrechensspur gefunden zu haben. Doch Urs scheint dies nicht besonders zu interessieren.

„Doch, natürlich. Normal ist es nicht. Aber ich könnte mir wirklich vorstellen, dass er im Lotto gewonnen hat. Er scheint ein schüchterner und auch eher bescheidener Mensch zu sein, der offensichtlich sein Geld lieber zu Hause aufbewahrt, als es zur Bank zu bringen."

„Hältst du ihn auch für dumm?"

„Warum?"

„Würdest du das Geld nicht umgetauscht haben, als neue Banknotenserien eingeführt worden sind?"

Urs lacht kurz auf: „Ja, natürlich! Du hast recht. Daraus lässt sich schließen, dass er das Geld entweder vergessen hat…"

„Sorry, Urs. Vergessen?", lacht Uschi ungläubig.

„Wohl eher nicht", gibt Urs zu.

„Geht es dir gut?" Uschis Frage überrascht Urs, und er nimmt seinen Blick kurz von der Straße und schaut sie an.

„Ja. Warum fragst du?" Sein Blick ruht wieder auf der Straße.

„Du wirkst auf mich etwas nervös und scheinst Mühe zu haben, logisch zu denken. Das bin ich von dir nicht gewohnt."

Urs antwortet nicht. Er stellt den Blinker und biegt Richtung Kantonsspital ab. Es sind nur noch wenige Meter bis zum

Parkplatz, und nachdem Urs den Motor abgestellt hat, dreht er sich zu Uschi: „Ich bin okay. Und du hast recht. Natürlich vergisst niemand einfach so, dass er in einem Karton 120000 Franken aufbewahrt. Und jeder normal denkende Mensch hätte dieses Geld eingetauscht. Ich gehe also davon aus, er hat davon nichts gewusst."

„Hm." Uschi überlegt. „Vielleicht war das Geld schon im Haus, bevor er einzog. Vielleicht haben seine Eltern dieses Geld aufbewahrt, und er hat es gar nicht bemerkt."

„War der Karton verschnürt?", will Urs nun wissen.

„Gute Frage. Ich weiß es nicht. Ich weiß nur, dass es verschiedene Fingerabdrücke darauf gibt. Von Herrn und Frau Peters und weitere. Du meinst, wenn die Schachtel zugeklebt oder verschnürt gewesen wäre, dann wurde sie womöglich einfach hin und her geschoben, ohne dass jemand rein- geschaut hätte?"

„Zum Beispiel." Urs öffnet die Autotür und steigt aus. „Diese Hitze ist definitiv nichts für mich!"

Uschi ist auch ausgestiegen. „Ich werde mit Anita noch einmal über diese Kartonschachtel sprechen. Wenn die Eheleute Peters nichts vom Inhalt gewusst haben – und das scheint auf der Hand zu liegen –, dann bringt uns das wohl in diesem Fall auch nicht weiter."

„Guten Morgen." Urs zeigt seinen Ausweis und stellt sich vor. „Wir würden gern mit Frau Rossi sprechen."

„Guten Morgen. Moment bitte." Die Dame an der Information des Kantonsspitals tippt etwas in ihren Computer und schaut dann hoch: „Frau Verena Rossi?", fragt sie.

„Ja, sie wurde gestern Abend ins Spital eingeliefert", fügt Urs hinzu.

„Sie liegt auf der Intensivstation. Bitte melden Sie sich bei Frau Doktor Sarbach, gleich hier um die Ecke finden Sie den Lift." Die Dame zeigt nach rechts. „1. Stock".

Als Urs und Uschi auf der Intensivstation ankommen, werden sie fast von einer Krankenpflegerin umgerannt. „Hoppla!", ruft Uschi.

„Entschuldigung." Die Pflegerin ist in Eile. „Notfall!", ruft sie und verschwindet gleich darauf im Gang. Urs und Uschi gehen zum Anmeldebüro, finden dort aber niemanden vor.

„Scheint viel Betrieb zu sein", bemerkt Uschi.

„Wir sind auf der Intensivstation. Es wird bestimmt bald jemand kommen."

„Was ich dir noch sagen wollte", beginnt Urs. „Wegen gestern. Ich habe mir ein paar Gedanken gemacht."

„Was meinst du?" Uschi ist nicht sicher, ob er ihre Verabredung von gestern ansprechen will oder ihren Fall.

„Vielleicht hast du bemerkt, dass mir etwas an dir liegt." Urs schaut verlegen zum Boden. „Setzen wir uns kurz hin?", fragt er und zeigt auf die Stühle, die im Gang stehen.

„Wie gesagt", fährt Urs fort, nachdem sie sich gesetzt haben. „Ich habe mir ein paar Gedanken gemacht."

„Entschuldigung, Urs, wenn ich dich jetzt unterbreche." Sie ist nun sicher, dass Urs auf der Fahrt auf sie unkonzentriert gewirkt hat wegen ihrer Verabredung gestern Abend. Uschi selber konnte, auch wenn es spät war, gestern nicht einschlafen. Sie war aufgewühlt, und ihre Gedanken kreisten immer wieder um Urs. Schließlich kam sie zum Schluss, dass sie mit ihm sprechen muss.

Urs schaut Uschi verwundert an. Sie spürt wieder seine Nervosität und überlegt kurz, ob sie doch ihn sprechen lassen soll. Der Mut, offen mit ihm zu sprechen, verlässt sie. Doch dann fasst sie sich ein Herz und fährt fort: „Ich konnte gestern lange nicht einschlafen, und ja, ich habe bemerkt, dass ich dir nicht egal bin. Ehrlich gesagt: Ich mag dich auch sehr gerne. Aber ..." Uschi sucht nach den richtigen Worten. Als sie sich in der Nacht vorgestellt hat, was sie ihm zu sagen hat, ging das viel leichter. „Aber wir sind doch auch ein gutes Team. Ich meine damit, dass wir uns bei der Arbeit gut ergänzen und auch sonst gut miteinander auskommen. Und ich habe ja nun meine Ausbildung zur Kriminalassistentin gemacht, und deshalb ..." *Mist*, denkt Uschi, *das ist viel schwerer, als ich gedacht habe!*

Urs' Gesicht hellt sich auf: „Ich weiß, was du mir sagen möchtest. Und ich bin sehr erleichtert. Du möchtest mir sagen, dass wir an unserer Beziehung nichts ändern sollten! Ist das so?"

Uschi lächelt: „Ja, so ist es. Ich hätte es nicht besser formulieren können. Ich möchte unser gutes Einvernehmen nicht gefährden. Ich gebe zu, mich in dich verliebt zu haben, und ich hatte mich über deine Einladung gestern sehr gefreut. Doch wie du sagst: Es soll alles so bleiben, wie es ist."

Urs streckt ihr mit einem breiten Grinsen im Gesicht seine Hand hin: „Freunde?"

„Freunde!", sagt Uschi, ebenfalls erleichtert, und nimmt seine Hand.

In diesem Moment klingelt Uschis Handy. Nach einem kurzen Gespräch informiert sie Urs: „Das war das Blue City Hotel. Herr Rossi ist soeben eingetroffen. Sie haben ihm wie besprochen gesagt, dass seine Frau nicht im Zimmer sei und sie ihm ausrichten sollen, dass er abgeholt werde. Er wartet nun in der Hotelhalle. Ich fahre gleich hin und komme mit ihm hierher zurück. Unterwegs kann ich ihm schonend beibringen, was seiner Frau zugestoßen ist, okay?"

„Ja, mach das. Ich warte hier auf euch. Vielleicht kann ich in der Zwischenzeit schon mal mit Frau Rossi sprechen."

Etwa vierzig Minuten später kommt sie mit Giovanni Rossi zurück in die Intensivabteilung des Kantonsspitals. Urs sitzt nicht mehr im Gang.

„Fühlen Sie sich okay, Herr Rossi?", erkundigt sich Uschi.

„Es geht schon, danke. Ich möchte nun gerne meine Frau sehen." Herr Rossi hat die Nachricht, dass seine Frau mit einem Messer verletzt wurde, relativ gefasst aufgenommen. Er meinte, dass er eine Ahnung gehabt habe, dass etwas passiert sei, und er ist nun sehr froh, dass Verena außer Lebensgefahr ist.

„Übrigens …" Herr Rossi nimmt Uschis Hand. „Danke, dass Sie vor meinen Neffen in der Hotelhalle nichts gesagt haben. Sie lieben ihre Tante und wären sicher sehr beunruhigt."

Mauro und Pietro haben mit ihrem Onkel auf Uschi gewartet, obwohl beiden vor Müdigkeit fast die Augen zugefallen sind.

Uschi hat dies bemerkt, weshalb sie mit keinem Wort erwähnt hat, was passiert ist. Sie stellte sich als Frau Frei vor, die den Auftrag hatte, Herrn Rossi zu seiner Frau zu bringen. Die beiden jungen Männer waren so müde, dass ihnen das überhaupt nicht seltsam vorkam, und es war ihnen anzusehen, wie sehr sie sich darauf freuten, gleich auf ihr Zimmer gehen zu können, um endlich zu schlafen. Sie waren beide die ganze Nacht wach und haben sich beim Fahren abgewechselt, während ihr Onkel auf dem Rücksitz des Autos tief schlief und schnarchte.

„Gern. Mein Kollege ist nicht mehr hier", bemerkt Uschi. „Ich frage mal nach. Wollen Sie sich inzwischen hinsetzen?" Sie deutet auf die Stühle im Gang und geht zum Anmeldebüro, um nach dem Verbleib von Urs zu fragen.

„Ihr Kollege ist in der Cafeteria. Er konnte leider nicht zu Frau Rossi, weil sie heute Morgen erneut in ein künstliches Koma versetzt werden musste."

„Was bedeutet das? Ist sie in Lebensgefahr?"

„Nein. Doch ihr Kreislauf ist instabil. Wir werden später noch einmal versuchen, sie aufwachen zu lassen."

Uschi geht zurück zu Giovanni Rossi und teilt ihm mit, dass sie noch etwas warten müssen, bis sie zu seiner Frau können.

„Was ist los?" Nun verliert Herr Rossi seine Fassung. „Ich muss sie sehen! Jetzt!" Ohne eine Antwort abzuwarten geht er selber zum Anmeldebüro. „Signora!", ruft er, bevor er dort angekommen ist. „Ich bin der Ehemann von Frau Rossi! Ich möchte meine Frau sehen!" Uschi folgt ihm. Die Krankenpflegerin versucht derweil, ihn zu beruhigen und bittet ihn, Verständnis zu zeigen. Doch Giovanni Rossi lässt sich nicht beruhigen. Schließlich gestattet sie ihm, fünf Minuten zu seiner Frau ins Zimmer zu gehen, nicht ohne ihn zu ermahnen, sich ruhig zu verhalten. Uschi begleitet ihn. Bevor er in das Zimmer tritt, meint er: „Ich möchte allein mit ihr sein."

Uschi beobachtet ihn durch das Fenster. Sie sieht, wie Herr Rossi die Hand seiner Frau sanft streichelt, Tränen in den Augen hat.

Schließlich faltet er die Hände zum Gebet und bekreuzigt sich kurz darauf. Noch einen kurzen Augenblick bleibt er am Bett stehen und kommt schließlich zur Tür.

„Alles gut mit Ihnen?", fragt Uschi. Er nickt. „Kommen Sie mit mir in die Cafeteria? Mein Kollege wartet dort auf uns."

Nachdem sie sich vorgestellt und begrüßt haben, holt Uschi für alle ein Getränk. Herr Rossi sitzt am Tisch, gegenüber von Urs, und schaut ins Leere. Er wirkt müde und traurig. Urs lässt ihn in Ruhe und wartet, bis Uschi zurückkommt. Während er wartet, holt er seinen Notizblock hervor und schreibt etwas hinein. Herr Rossi scheint in seine eigenen Gedanken versunken zu sein und nimmt seine Umgebung nicht wahr. Auch nicht, als Urs die Kette, die er um den Hals trägt, fixiert.

Uschi hat Herrn Rossi einen Espresso mitgebracht und stellt diesen nun vor ihm auf den Tisch. In diesem Moment scheint er aus seinem Tagtraum zu erwachen und bedankt sich für den Kaffee.

Urs beginnt das Gespräch: „Herr Rossi, es tut uns sehr leid, was Ihrer Frau zugestoßen ist."

„Grazie, danke schön. Dio mio! Ich hätte sie nicht allein in die Schweiz fahren lassen dürfen! Sie darf nicht sterben!" Herr Rossi faltet seine Hände zum Gebet und schaut kurz nach oben.

„Können Sie sich vorstellen, wer ihr das angetan hat?", will Urs wissen.

„Nein! Das ist verrückt! Das ist unglaublich! Sie ist eine liebe und nette Frau. Sie hat nie jemandem etwas zuleide getan! Wer sollte ihr etwas antun wollen?" Mit gequältem Gesichtsausdruck schaut er erst Urs und dann Uschi an.

„Das wissen wir leider noch nicht. Wir versuchen aber, es herauszufinden, und Sie, Herr Rossi, können uns dabei vielleicht behilflich sein. Könnten Sie sich vorstellen, dass Herr Peters …"

„Hansueli?", unterbricht Herr Rossi Uschis Frage. „Niemals! Hansueli könnte keiner Fliege etwas zuleide tun – nicht einmal aus Versehen! Ich habe ihn lange nicht gesehen, doch Hansueli ist kein Mörder! Er ist ein liebevoller, sanfter Mensch. Nicht einmal, wenn er verärgert gewesen sein sollte, warum auch immer, könnte er jemanden verletzen. Dann könnte ich mir noch eher vorstellen, dass Melanie …" Herr Rossi hält inne.

Uschi schaut zu Urs und macht große Augen. Zu Herrn Rossi gewandt meint sie: „Sie meinen Melanie Peters?"

„Si … ja. Ich will damit nicht sagen, dass ich sie verdächtige. Warum sollte sie das tun? Doch im Gegensatz zu Hansueli verfügt sie über viel Temperament. Ich möchte damit nur bekräftigen, dass Hansueli zu einer solchen Tat überhaupt nicht fähig wäre. Es gibt doch sicher Spuren auf dem Messer?", will Herr Rossi wissen.

„Leider …" Urs blättert in seinem Notizblock. „Ah ja, hier … Ich habe mich erkundigt, während meine Kollegin Sie abgeholt hat. Das Messer war sauber abgewischt. Es konnten keine Fingerabdrücke gefunden werden. Er schaut zu Uschi. „Doch wir haben gestern festgestellt, dass in der Küche der beiden ein Messer fehlt. Das kann ein Zufall sein – oder nicht."

„Was soll ich dazu sagen?" Herr Rossi ist verwirrt. „Sie meinen, einer der beiden hat möglicherweise meine Frau niedergestochen?"

„Es besteht zumindest die Möglichkeit."

„Das kann ich nicht glauben. Sie sind auf dem Holzweg!" Herr Rossi schüttelt den Kopf.

„Nun." Urs räuspert sich. „Vielleicht hat die Tat mit Ihrer Vergangenheit zu tun?" Er hat sich ein paar Gedanken gemacht, während Uschi die Getränke holte, und kam zum Schluss, dass der Angriff auf Frau Rossi nichts mit der Gegenwart zu haben kann. Uschi schaut ihn verwundert an, sagt aber nichts.

Herr Rossi erschrickt. Sein Puls geht hoch, und er ahnt, dass es nun an der Zeit ist, zu reden. Er nimmt den letzten Schluck seines Espressos und setzt sich gerade hin. Urs und Uschi bemerken seine Unruhe und sind beide gespannt. Doch Herr Rossi sagt nichts. Er weiß, dass er nicht weiter schweigen darf, aber er bringt kein Wort über die Lippen.

„Ihre Kette", versucht Urs ihm zu helfen. „Wir haben eine Kette gefunden, die genauso aussieht wie die Ihre." Herr Rossi greift sofort zu seinem Kreuzanhänger. Uschis Mund öffnet sich, und sie schaut fragend zu Urs. Als Herr Rossi seine Kette wieder loslässt, erkennt auch sie den gleichen Anhänger, der bei ihnen im Büro hängt. Sie ärgert sich, dass sie dies nicht bemerkt hat. Doch dann beruhigt sie sich wieder. Kurz nachdem Herr Rossi das Kreuz wieder losgelassen hat, verschwindet es unter seinem hellblauen Leinenhemd. Urs muss es zufällig entdeckt haben.

„Ja, ich weiß. Und mir ist klar, wo sie die Kette gefunden haben. Ein Goldschmied in Taormina hat sie für uns geschmiedet. Es sind Taufgeschenke. Ein guter Freund meines Großvaters, er war Goldschmied, hat ihm zur Taufe seines ersten Sohnes, also meines Vaters, denselben Anhänger geschmiedet, wie ihn mein Großvater trug. Seither erhält jedes Kind unserer Familie bei der Taufe dieses Kreuz. Der Freund meines Großvaters ist inzwischen gestorben, doch sein Sohn ist in seine Fußstapfen getreten." Herr Rossi hält kurz inne. Er atmet tief ein und aus, bevor er weiterredet. „Meine Frau hat mir erzählt, dass Sie Luigi und Maria gefunden haben." Herr Rossi bekreuzigt sich. Dann beginnt er, das Geheimnis aus seiner Vergangenheit zu lüften.

„Hallo, meine Liebe! Ich bin zu Hause!", ruft Giovanni Rossi und schließt die Wohnungstür. Es ist Freitagabend, und Giovanni Rossi kommt vom Restaurant Waldheim nach Hause. Dort kehren sein Bruder Luigi und er jeweils am Freitag nach der Arbeit auf ein Feierabendbier ein, bevor sie den kurzen Weg nach Hause gehen. Als seine Frau Verena ihn hört, stellt sie die Spinatwähe, die sie eben aus dem Backofen geholt hat, auf den Küchentisch und geht ihm entgegen.

„Guten Abend, Giovanni. Wir können gleich essen. Und? Hast du mit Luigi gesprochen?" Sie nimmt ihm die Jacke ab und hängt sie an die Garderobe. Giovanni küsst seine Frau auf die Stirn. „Ja."

Er schlüpft in seine Pantoffeln und geht durch das Wohnzimmer in die Küche. Verena folgt ihm: „Nun sag schon! Was hat er dazu gesagt?"

„Setz dich erst mal." Giovanni setzt sich an den Küchentisch.

Schnell nimmt Verena die Salatschüssel, die noch neben dem Spülbecken steht, stellt sie neben die Wähe, schenkt sich und ihrem Mann ein Glas Wein ein und setzt sich ebenfalls: „Ich sitze."

Gespannt schaut sie ihren Mann an, der ein Stück Wähe in seinen Teller legt, einen Bissen davon abschneidet und sich in den Mund steckt: „Mmh, Cara …", lässt er mit vollem Mund verlauten: „Oh, heiß!" Er nimmt seinen Wein: „Salute, Verena."

Verena nimmt ihr Glas und prostet ihrem Mann zu. Sie nimmt einen Schluck und legt sich dann ebenfalls ein Stück der Spinatwähe in den Teller: „Nun erzähl mir bitte, was er dazu gesagt hat!" Verena ist nervös und angespannt.

„Nun, er hat mich beruhigt. Erst wurde er etwas wütend, weil ich ihn gefragt habe, ob er Melanie schlage."

„Du hast ihn einfach so gefragt, ob er seine Frau schlägt?" Verena nimmt noch einmal einen Schluck Wein.

„Ja, was sonst hätte ich ihn fragen sollen? Du hast mich doch gebeten, das herauszufinden."

„Nun ja. Vielleicht hättest du etwas diplomatischer sein können …"

„Er ist mein kleiner Bruder. Diplomatie ist etwas für Politiker. Er wollte wissen, warum ich das frage und ob Melanie sich beklagt habe. Doch ich versicherte ihm, dass Melanie nichts dergleichen gesagt habe."

„Ja, das stimmt. Bis heute …" Verena ist völlig aufgewühlt.

„Bis heute? Was meinst du damit?"

„Ach, Giovanni!" Verena lässt ihre Gabel sinken, legt sie auf den Teller und lehnt sich im Stuhl zurück. Sie schaut ihren Mann traurig an und räuspert sich: „Ich bin jetzt sicher, dass die Wesensveränderung von Melanie nichts mit dem Babyblues zu tun hat."

„Sondern?" Nun ist Giovanni gespannt.

„Luigi. Es ist wegen Luigi. Heute Morgen, als ich zum Briefkasten ging, kurz nachdem ihr zur Arbeit gegangen seid, hörte ich etwas in der Waschküche. Ich stieg die Treppe hinunter und sah noch, wie jemand sich hinter den aufgehängten Bettlaken verstecken wollte. Es war Melanie. Sie stand da. Im Nachthemd!"

„Das ist zwar seltsam, dass sie sich nicht angezogen hat, aber vielleicht hat sie sich ja nur Luigis Ermahnungen zu Herzen genommen." Giovanni entspannt sich wieder. „Darüber hat sich Luigi eben bei mir beklagt. Er meinte, seine Frau sei ungehorsam geworden. Seit der Geburt sei der Haushalt mehr schlecht als recht geführt. Er hat dann eingeräumt, dass ihm deswegen einmal die Hand ausgerutscht sei. Das habe ihm auch leidgetan. Aber wir sollen uns keine Sorgen machen. Offensichtlich will sie sich nun mehr Mühe geben. Siehst du? Es wird alles gut."

„Nein! Luigi lügt! Und was soll das heißen? Ungehorsam! Wir leben doch im 20. Jahrhundert! Das weiß dein Bruder schon, oder?"

„Warum regst du dich so auf, Cara?" Giovanni versteht nicht, warum seine Frau so aufgewühlt ist.

„Weil Luigi lügt! Und weil er grausam ist zu Melanie!"

„Nun übertreibst du aber! Mein Bruder ist ein Hitzkopf, und dass ihm einmal die Hand ausgerutscht ist, ist sicher nicht richtig. Aber grausam?"

„Melanie hat sich mir heute anvertraut. Ihm ist die Hand nicht *einmal* ausgerutscht – sondern mehrmals. Ich war sehr gespannt, was Luigi dir sagen würde. Aber ich bin nicht überrascht, dass er alles abstreitet. Ein Wunder, dass er zugegeben hat, dass er sie einmal geschlagen hat!"

„Sie hat sich dir anvertraut? Was hat sie dir erzählt?" Giovanni ist nun voller Anteilnahme und legt seine Hand beruhigend auf Verenas Unterarm.

Verenas Augen füllen sich mit Tränen, und das Sprechen fällt ihr schwer: „Nachdem ich sie heute Morgen in der Waschküche gefunden habe, rannte sie an mir vorbei in ihre Wohnung und schloss die Tür. Ich lief ihr nach und klingelte – einmal, dreimal, fünfmal. Dann öffnete sie schließlich und ließ mich hinein. Maria und Tanja schliefen noch in ihren Bettchen. Melanie setzte sich auf das Sofa im Wohnzimmer und weinte. Sie sagte mir, dass sie sich schäme, weil sie eine so schlechte Hausfrau und Mutter sei. Natürlich versuchte ich sie zu beruhigen. Sie habe zwei kleine Babys zu versorgen, und das sei viel Arbeit, und es sei doch kein Problem, wenn in dieser Zeit der Haushalt nicht immer auf Vordermann sei. Doch sie ließ sich nicht beruhigen. Sie erzählte mir, wie sehr sie sich wünschte, tot zu sein. Doch sie sei sogar dafür zu feige." Verena hält kurz inne und holt sich ein Papiertaschentuch aus der Küchenschublade.

„Das hört sich ja schrecklich an!" Giovanni kann kaum glauben, was ihm seine Frau erzählt.

„Ja. Aber das ist so!", fährt Verena fort, nachdem sie sich die Nase geschnäuzt hat. „Luigi hat Melanie gestern Nacht ausgesperrt! Deshalb war sie in der Waschküche. Sie hat die ganze Nacht dort verbracht."

„Ausgesperrt? Das kann doch nicht sein! Mein Bruder war heute völlig locker drauf! Gut gelaunt, und er hat mit keinem Wort erwähnt, dass irgendetwas nicht stimmen könnte. Im Waldheim war er kurz verärgert, weil ich ihn gefragt habe, ob er Melanie schlage, doch kurz darauf hat er mich – wie gesagt – beruhigt und war wieder bester Laune."

„Dieser Heuchler! Spielt überall den Sunnyboy und behandelt seine Frau wie Dreck! Und nicht nur seine Frau! Er hat auch Tanja schon geschlagen!"

„Nein! Niemals!"

„Doch. Er sollte ihr die Flasche geben, und sie hat gequengelt. Da schmiss er die Flasche quer durch das Wohnzimmer, hat Tanja in den Bauch geboxt und neben sich aufs Sofa geworfen." Verenas Blick erstarrt, und ihre Stimme wird ganz leise. Giovanni hat inzwischen seinen Teller weggeschoben. Es wäre ihm nicht möglich gewesen, auch nur einen weiteren Bissen herunterzuschlucken. Er stützt seinen Kopf, indem er sein Gesicht in seine Handflächen legt, und hört seiner Frau still zu.

„Gestern Abend, nachdem Melanie die beiden Mädchen zu Bett gebracht hatte, kam er auf die absurde Idee, die Holzleisten in der Wohnung auf Sauberkeit zu prüfen. Hast du gewusst, dass er sich extra weiße Baumwollhandschule gekauft hat, um zu kontrollieren, ob die Wohnung auch staubfrei sei? Er sei mit den weißen Handschuhen also über die Holzleisten gefahren, und diese seien leider nicht weiß geblieben. Er wurde wütend, schaute sie aber nur böse an. Stell dir vor, wie erniedrigend das ist. Dann ging er in die Küche und öffnete den Geschirrschrank. Er holte ein Glas heraus und hielt es ins Licht. Melanie hat mir erzählt, dass sie vor Angst gezittert und gehofft habe, dass das Glas sauber sei. Zum Glück habe sie an diesem Nachmittag die oberen Küchenschränke ausgeräumt und gereinigt. Sie war sich aber nicht sicher, ob die Gläser auch alle abgewischt waren. Doch sie habe Glück gehabt. Stell dir das mal vor! Du hättest sie sehen sollen, als sie mir dies alles erzählte. Glück gehabt! Weißt du, was diese Frau durchmacht? Kein Wunder, dass wir sie kaum noch zu Gesicht bekommen haben! Jedenfalls: Das Glas war sauber. Er habe ihr gesagt, dass ihn das freue, das saubere Glas. Doch sie könne sicher verstehen, dass er sie bestrafen müsse, wegen der Holzleisten. Und er schickte sie ins Bett. Wie ein kleines Kind!

Sie sagte, dass sie froh gewesen sei, schlafen zu gehen, obwohl es kurz vor acht Uhr war. Sie sei immer so müde. Und dass es schon dunkel gewesen sei, als er sie wieder geweckt habe. Offensichtlich suchte er in der Küche nach Schokolade und fand keine. Das hat ihn so wütend gemacht, dass er ins Schlafzimmer ging, sie an den Haaren packend aus dem Schlaf riss und aus dem Bett zog. Er versetzte ihr einen Faustschlag in die Magengegend und nannte sie eine Schlampe, die zu blöd sei, ihrem Mann Schokolade zu kaufen. Dann zog er sie an den Haaren zur Wohnungstür, stellte sie davor und schloss ab."

Verena hält inne. Einen kurzen Augenblick ist es ganz ruhig. Dann hebt Giovanni den Kopf, und sie kann sehen, wie er weint. „Dieser Cretino! So gehen wir Rossis mit unseren Frauen nicht um! Niemals! Ich gehe jetzt gleich rüber und knöpf ihn mir vor!"

„Nein!", ruft Verena. „Tu das nicht!"

„Warum ist Melanie eigentlich noch da? Warum hast du sie nicht gleich zu uns geholt? Dieser Stronzo erzählt mir, er habe alles im Griff und es werde alles gut! Nichts ist gut!"

„Ich habe Melanie gesagt, dass sie sofort mit den Zwillingen zu mir kommen soll, aber sie wollte nicht. Sie habe noch viel zu tun, sie müsse abstauben, habe noch viel Bügelwäsche, und sie wolle ihren Mann heute nicht schon wieder verärgern. Sie hat mittlerweile eine vollkommen verschobene Wahrnehmung. Sie glaubt tatsächlich, dass sie selber Schuld habe, weil sie eine schlechte Frau sei. Glaube mir, Giovanni, ich habe alles versucht. Schließlich zog ich mich zurück. Ich habe mir den ganzen Tag das Gehirn zermartert, wie wir ihr helfen könnten. Ich kam zum Schluss, dass ich hören wollte, was du heute Abend über euer Gespräch sagst. Vielleicht wäre er ja einsichtig, und wir könnten vernünftig mit ihm sprechen ..."

„Sprechen? Ich werde mit Luigi nicht mehr sprechen! Ich will jetzt da rüber!" Giovanni steht auf.

„Du machst nur alles schlimmer! Wir müssen behutsam vorgehen. Melanie wird nicht weggehen. Sie hat mich inständig gebeten, Luigi nicht wissen zu lassen, dass sie mit mir gesprochen hat. Sie hat große Angst vor ihm."

„Sie kann nicht bei einem solchen Mann bleiben. Er ist mein Bruder, doch das ändert nichts an der Tatsache, dass sie ihn verlassen muss. Das muss sie doch einsehen!"

„Giovanni, ich verstehe dich so gut. Und es tut mir so leid, dass Luigi dich so sehr enttäuscht. Aber schau, ich muss Melanie erst klarmachen können, dass sie keine Schuld hat. Anderenfalls wird sie ihn nicht verlassen. Eine Arbeitskollegin hat mir einmal erzählt, wie sie in einer ähnlichen Situation kläglich gescheitert ist, weil die Frau, der sie helfen wollte, sich hinter ihren Mann gestellt hat. Durch ihre vermeintliche Hilfe wurde alles noch schlimmer. Ihre Freundin hat sich danach völlig von ihr zurückgezogen und war dann ganz allein. Ich will Melanie auch helfen. Doch so aufgeregt, wie du jetzt bist, können wir das nicht. Bitte beruhige dich erst einmal. Ich habe Melanie versprochen, Luigi nichts zu sagen. Wenn du nun rübergehst, wird sie mir nicht mehr vertrauen. Wir müssen ganz genau überlegen, was wir nun tun."

In diesem Moment vernehmen die beiden einen markerschütternden Schrei durch das offene Küchenfenster. Erschrocken schauen sie sich an, und nun ist Giovanni nicht mehr zu halten. Er rennt zur Wohnungstür ins Treppenhaus, überquert den Gang und öffnet ohne Klopfen oder Klingeln die Wohnungstür seines Bruders. Verena rennt ihm hinterher. Sie gelangen ins Wohnzimmer und bleiben abrupt stehen.

Aus dem Kinderzimmer neben dem Elternschlafzimmer hören sie ein leises Wimmern. Melanie kauert im Wohnzimmer vor dem Sofa am Boden. Sie hält eines ihrer Mädchen im Arm, streichelt ihm unaufhörlich über den Kopf und wiegt dabei mit dem ganzen Oberkörper vor und zurück. Sie summt leise mit weinender Stimme ein Lied und bemerkt nicht, dass Giovanni und Verena herein- gekommen sind. Sie trägt ein weißes Nachthemd mit Blutflecken, die ein schauerliches Bild abgeben. Weil sie ihren Kopf vornüber hält und die Haare ihr Gesicht fast ganz verdecken, können Giovanni und Verena die aufgesprungene Oberlippe von Melanie nicht sehen. Anders Luigi. Er steht etwa zwei Meter vor seiner Frau und dreht sich sofort um, als er die Besucher vernimmt. „Was sucht ihr hier? Habt ihr noch nie gehört, dass man anklopft?", fragt er mit gereizter Stimme.

„Luigi! Es reicht! Stai zita!" Giovanni geht auf seinen Bruder zu und baut sich vor ihm auf, während Verena sich neben Melanie auf den Boden setzt und versucht, sie zu beruhigen. „Du erklärst mir jetzt sofort, was hier passiert ist!", fordert Giovanni seinen Bruder auf. „Und diesmal lügst du mich nicht an! Sag mir nicht, dass du alles im Griff hast! Ich weiß Bescheid!"

„Aha, hat sich Melanie also doch beschwert! Dachte ich's mir doch. Warum sonst hättest du mich vorhin im Restaurant gefragt, ob ich meine Frau schlage?"

„Offensichtlich war meine Frage berechtigt!"

„So, meinst du? Was geht es dich an, wie ich mit meiner Frau umgehe? Schau dir das doch einmal an! Nicht einmal das Bügelbrett hat sie wegräumen können! Nichts kann sie, nichts!" Luigi zeigt auf das Bügelbrett, das gegenüber dem Sofa steht. Das Bügeleisen steht ausgesteckt darauf, und die Wäsche liegt gebügelt und zusammengelegt im Wäschekorb daneben.

„Ja und? Deine Frau hat zwei Kleinkinder zu versorgen. Und es geht mich sehr wohl etwas an, wie du mit deiner Frau umgehst. Wo hast du gelernt, dass man Frauen schlägt?", schreit Giovanni ihn an.

„He, he, nicht so laut! Schrei mich nicht an! Sonst …" Luigi ballt seine rechte Hand zur Faust.

„Sonst was? Du willst mich schlagen? Versuch es doch!" Giovanni ist kräftiger gebaut als sein kleiner Bruder und auch fast 10 cm größer. Er packt den rechten Unterarm von Luigi und hält ihn umklammert. Dabei schaut er ihm unentwegt in die Augen.

Melanie summt noch immer eine Melodie, ihre Stimme hört sich beschwörend an. Verena streichelt ihr über den Rücken. Plötzlich schreit sie auf: „Giovanni!"

Ihr Mann schaut zu ihr, lässt den Arm seines Bruders los und sieht in ein völlig erschrecktes Gesicht: „Das Kind! Es ist tot!"

Giovanni lässt Luigi los und dreht sich um. „Was sagst du?"

„Die Kleine ist tot!"

Giovanni dreht sich zu seinem Bruder um. Dieser hat die Gelegenheit genutzt und will sich eben davonmachen. „Du, bleibst hier! Wage es nicht, dich davonzuschleichen. Was hast du getan?", fragt er ihn. Nun klingt seine Stimme verzweifelt.

„Nichts! Ich habe nichts getan! Maria hat nicht aufgehört zu weinen, da habe ich sie ein wenig geschüttelt. Bis sie ruhig war. Deine Frau ist wohl auch etwas dumm. Kann ein schlafendes Kind nicht von einem Toten unterscheiden. Gut, dass ihr keine Kinder bekommen könnt", bemerkt Luigi abfällig.

Ohne ein weiteres Wort versetzt Giovanni Luigi nun einen Kinnhaken. Dieser taumelt kurz und lacht dann höhnisch auf. „Ah, das ist alles, was du kannst! Deinen kleinen Bruder schlagen." Er fährt mit seinem Handrücken über die Lippen. „Ich blute! Siehst du das? Ich blute!" Giovanni sagt noch immer kein Wort und gibt Luigi einen Stoß, sodass dieser im Polstersessel zum Sitzen kommt. Der Blick, den er dabei seinem Bruder zuwirft, ist voller Verachtung und lässt diesen verstummen.

Er wendet sich seiner Frau und Melanie zu. Melanie wiegt sich noch immer vor und zurück. Giovanni stellt sich vor sie hin und legt ihr seine Hand auf den Kopf. Er spricht ihr einfühlsam zu. „Melanie, wir sind hier. Du brauchst keine Angst mehr zu haben. Ich nehme dir jetzt Maria ab." Das Wiegen von Melanie verlangsamt sich, und ihr Summen verklingt. Sie lässt zu, dass er ihr das Kind aus den Armen nimmt. Verena schaut ihm dabei lautlos weinend zu, bleibt aber bei Melanie auf dem Boden sitzen. Sie nimmt diese in die Arme und streichelt ihr weiter tröstend über den Kopf.

Währenddessen hält Giovanni die kleine Maria auf seinen beiden Händen vor sich und stellt nun selber fest, dass das Mädchen nicht mehr lebt. Seine Augen werden dunkel, und er beginnt laut durch die Nase zu atmen. Seine Mundwinkel ziehen sich nach unten. Niemand sagt ein Wort. Auch das leise Weinen von Tanja im Kinderzimmer ist inzwischen verstummt.

Behutsam legt Giovanni die kleine, leblose Maria auf das Sofa. Dann dreht er sich zu seinem Bruder um. „Du hast dein Kind getötet!", zischt er ihn an. „Du hast dein eigenes Kind getötet."

„Spinnt ihr jetzt alle?" Luigi steht aus dem Sessel auf und will an Giovanni vorbei zum Sofa. Dieser stellt sich ihm in den Weg. „Lass ... mich ... durch", sagt Luigi leise, und in seiner Stimme kriecht nun die Angst nach oben. Giovanni lässt ihn gewähren. Luigi geht drei Schritte zum Sofa und schaut fassungslos auf seine Tochter. Dann schreit er: „Du bist schuld! Du Schlampe! Vecchia scema!" Er greift über Verena hinweg in Melanies Haare und will sie daran hochziehen. Sofort stellt sich Giovanni hinter ihn, bekommt seinen linken Arm zu greifen und dreht ihm diesen auf den Rücken. „Aua!", schreit Luigi und lässt von Melanie ab. Dafür tritt er nun mit seinen Füßen nach Verena: „Du bist auch eine blöde Schlampe. Ihr seid schuld, ihr seid alle schuld!", schreit er. Verena steht sofort auf und zieht Melanie mit sich von Luigi weg. „Lass meinen Arm los!", schreit er Giovanni an. Doch dieser denkt nicht daran. „Verena, ruf die Polizei!", sagt er stattdessen.

„Du willst die Polizei holen? Ich bin dein Bruder! Wir sind eine Familie!"

„Du bist nicht weiter mein Bruder, Luigi. In unserer Familie gibt es keine Mörder." Giovannis Stimme ist jetzt ruhig. Nun steigt Luigi mit voller Kraft auf Giovannis Fuß, sodass dieser den Arm seines Bruders loslässt, und er will sich auf seine Frau stürzen. Verena stellt sich sofort schützend vor Melanie. Also geht Luigi auf Verena los und bekommt sie am Hals zu fassen. Er beginnt zuzudrücken, bevor Giovanni reagieren kann. In diesem Moment nimmt Melanie das Bügeleisen, das neben ihr auf dem Bügelbrett steht, in die Hand und schlägt es ihrem Mann an den Kopf. Sie holt noch einmal damit aus, trifft ihn seitlich am Kopf und lässt es schließlich fallen. Verena spürt, wie sich der Griff um ihren Hals zu lösen beginnt und sieht, wie das Licht in Luigis Augen bricht. Dann sackt er in sich zusammen und stößt mit dem Kopf auf die Glasplatte des Salontisches. Er bleibt reglos liegen.

„Hmmm …", hören sie von der Wohnzimmertür. Giovanni, Verena und Melanie stehen mit weit aufgerissenen Augen und offenem Mund da, unfähig, etwas zu sagen und schauen zur Tür, wo Hansueli Peters steht.

„Entschuldigung, ich bin eben nach Hause gekommen. Die Wohnungstür stand offen. Bei euch übrigens auch, Vreni. Ich habe komische Geräusche gehört und bin hereingekommen."

Giovanni findet als Erster wieder Worte: „Hansueli!" Dann schaut er fragend zu Melanie und seiner Frau, die beide noch immer wie erstarrt da stehen. Er wendet sich wieder dem Besucher zu. „Wie lange stehst du schon da?"

„Lange genug. Lange genug, um zu sehen, dass Luigi auf Verena losgehen wollte", antwortet Hansueli ruhig.

„Geh, schließ die Tür!", ruft nun Verena. Melanie ist noch immer schockiert. Verena nimmt ihre Hand, führt sie an Luigi vorbei zum Schlafzimmer und bedeutet ihr, sich ins Bett zu legen. Diese folgt ihr wortlos. Verena deckt ihre Freundin zu, streichelt ihr über den Kopf und ruft Hansueli zu sich. „Bitte, bleib du kurz bei Melanie." Dann nimmt sie aus dem Schlafzimmerschrank ein Leinentuch und geht damit ins Wohnzimmer.

Sie nimmt die kleine leblose Maria vom Sofa, kniet sich neben ihren leblosen Schwager und legt sie ihm behutsam in die Arme. Nachdem sie Luigis Augen geschlossen hat, legt sie das mitgebrachte Leinentuch über die leblosen Körper. Sie steht auf und stellt sich neben ihren Mann, der seiner Frau wortlos zugeschaut hat. Die beiden falten ihre Hände zum stillen Gebet, bevor sie sich bekreuzigen.

„Geht es Ihnen gut?", fragt Uschi anteilsvoll und legt ihre Hand auf Giovannis Arm. „Si, si … ja." Giovanni läuft eine Träne über die Wange.

„Es ist nur … es ist nicht einfacher geworden, daran zu denken. Wir sind damals weit weggegangen, nach Hause, nach Sizilien. Doch dieser schmerzhaften Erinnerung konnten wir damit nicht entrinnen."

„Das ist eine sehr traurige Geschichte, Herr Rossi. Ich verstehe, dass es nicht einfach ist, darüber zu sprechen. Mein tief empfundenes Beileid." Urs hält kurz inne. „Darf ich Ihnen trotzdem noch ein paar Fragen stellen?"

Giovanni antwortet nicht gleich. „Ja, natürlich", meint er dann leise.

„Ich nehme an, dass es sich bei den beiden Toten, die wir kürzlich in Ennetbaden gefunden haben, um ihren Bruder Luigi und seine Tochter Maria handelt?"

„Ja."

„Und Ihre Frau kam nun in die Schweiz, um ihre Schwägerin zu suchen, weil sie die Mutter von Tanja ist, die Sie wie ein eigenes Kind großgezogen haben?"

„Ja. Tanja ist sehr krank. Sie braucht eine Spenderniere, und wir hofften, Melanie zu finden. Sie könnte eine geeignete Spenderin sein."

„Ihre Frau hat sie ja auch gefunden. Sie ist heute die Frau von Hansueli Peters, das ist doch richtig so?"

„Ja, Hansueli hat sich um sie gekümmert, nachdem wir mit Tanja zurück nach Sizilien gingen. Sie wurde offensichtlich kurz nach unserem Weggang in die psychiatrische Klinik eingewiesen. Hansueli hat sie dort regelmäßig besucht und sich um sie gekümmert. Schließlich hat er sie zu sich geholt."

„Was ich nur schwer verstehen kann, Herr Rossi", will Uschi nun wissen. „Sie hatten niemals Kontakt mit der Kindsmutter? In all den Jahren?"

„Ja. Wir haben versucht, Kontakt zu halten. Doch wir haben nie etwas von ihr gehört. Nun wissen wir ja auch, warum. Melanie litt an einer vollkommenen Amnesie. Sie wusste überhaupt nicht mehr, wer sie war, dass sie Kinder hatte. Vielleicht war das ja gut so." Giovanni ist nun wieder gefasster.

„Und nun weiß sie es wieder?"

„Seit gestern! Sie hat sich gestern, als sie meine Frau getroffen hat, plötzlich wieder an alles erinnert! Erst sei sie zusammengebrochen, hat meine Frau mir am Telefon gesagt. Sie musste sich übergeben, und Hansueli habe sich große Sorgen gemacht. Doch dann habe sie sich schnell erholt. Verena sagte, sie sei jetzt wieder die Alte und dass sie ihr alles über Tanja erzählen konnte."

„Aha." Urs macht sich eine Notiz und meint zu Uschi: „Das war also nicht die Hitze, es war die Erinnerung, die Frau Peters zusammenbrechen ließ."

Giovanni schaut Urs fragend an.

„Entschuldigung, Herr Rossi. Wir haben heute Morgen eine Zeugin befragt, die dabei war, als Ihre Frau Melanie Peters getroffen hat …"

„Ja, diese Flora. Meine Frau hat mir von der netten Dame erzählt. Warum Hitze?"

„Nun, diese Flora wusste ja nicht, warum sich Melanie Peters übergeben hatte. Sie dachte, es sei die Hitze", erklärt Urs.

„Aha, ja. Das ist verständlich."

„Wenn Sie sagen, Melanie Peters war wieder die Alte – was genau meinen Sie damit?"

Giovanni antwortet nicht gleich. Er atmet erst ein paarmal tief ein und aus.

„Es ist schrecklich, was der Mann getan hat, mit dem ich als Bruder aufgewachsen bin. Melanie war … sie war …" Das Sprechen scheint Giovanni wieder schwerzufallen. Noch einmal holt er Luft und fährt dann fort: „Ich schäme mich sehr dafür, und ich fühle mich mitschuldig. Es hätte mir viel früher auffallen sollen. Ich hätte viel früher etwas unternehmen sollen. Es hätte nie so weit kommen dürfen. Heute erscheint mir ihre Wesensveränderung so eindeutig, doch damals habe ich das nicht bemerkt ... Also: Bevor sie begann, sich vom Leben zurückzuziehen, war sie eine mutige, lustige und quirlige Frau, die selbstbewusst durchs Leben ging. Sie ließ sich von niemandem bevormunden und hatte zu allem eine klare Meinung, die sie auch jedem mitteilte – egal ob danach gefragt wurde oder nicht."

„Deshalb trauen Sie Melanie ein Verbrechen eher zu als Hansueli Peters?"

„Ja. Nein. Das habe ich so nicht gemeint. Ich weiß nur, dass Hansueli niemals fähig wäre, jemandem ein Messer in die Brust zu rammen. Wenn einer der beiden etwas damit zu tun hätte, dann wäre Melanie eher eine Täterin als Hansueli. Doch niemals würde sie dies tun! Niemals würde sie Verena etwas antun. Sie sind beste Freundinnen."

„Was mir nicht ganz klar ist: Warum haben Sie damals nicht die Polizei gerufen? Warum haben Sie die beiden in Ennetbaden begraben und am darauffolgenden Montag eine Vermisstenanzeige aufgegeben?" Urs blättert in seinem Notizblock. „Sie haben erzählt, dass Luigi Ihre Frau gewürgt hat. Melanie hat also aus Notwehr gehandelt. Sie hatten sogar diesen Zeugen, Herrn Peters."

„Melanie ist, kurz nachdem Verena sie zu Bett gebracht hat, eingeschlafen. Hansueli, meine Frau und ich haben uns dann in der Küche bis kurz nach Mitternacht beraten. Ich habe mich so sehr für meinen Bruder geschämt. Ich wusste nicht, wie ich das der Familie beibringen soll. Er ist eine Schande für die Rossis. Er hat seine Frau geschlagen und sein Kind getötet. Meine Mamma und mein Papa hätten das nicht überlebt. Hansueli hat versucht, mich davon zu überzeugen, dass es trotz allem besser sei, nun die Polizei anzurufen. Doch ich hatte Angst."

„Und dann haben Sie schließlich beschlossen, die Angelegenheit selber zu regeln", hält Urs fest.

„Ja, das haben wir. Wir haben es gemeinsam beschlossen und uns geschworen, dass wir niemals mehr über diesen Abend sprechen werden. So haben wir es gehalten. Bis gestern."

„Und nach Ennetbaden sind Sie gegangen, weil …?", will Uschi nun wissen.

„Zufall. Das war reiner Zufall. Nachdem mich Hansueli nicht von einer Meldung an die Polizei überzeugen konnte, bot er uns an, uns beim Begraben der beiden Toten zu helfen. Er besaß ein Auto. Wir packten die beiden bei Nacht und Nebel ins Auto und fuhren Richtung Ennetbaden. Hansueli hatte die Idee, den lockeren Boden des kleinen Wäldchens oberhalb der Heuwiese eines Ennetbadener Bauers dafür zu nutzen. Sie müssen wissen, dass wir durch einen damaligen Kollegen in der BBC, ein Bekannter dieses Bauern, gelegentlich zu einem Zusatzverdienst kamen, indem wir dem Bauern bei der Heuernte oder anderen Arbeiten auf dem Hof halfen. Am Wochenende vor diesem schrecklichen Unglück waren wir dort, Luigi, Hansueli und ich. Wir hatten zwei kleine Bäume oberhalb der Heuwiese mitsamt den Wurzeln aus dem Boden geholt. Die Erde dort konnte noch nicht sehr fest sein. Außerdem kommt dort selten bis nie jemand vorbei. Wir fuhren auf die Ehrendingerstraße und stellten das Auto dort ab. Dann holten wir die mitgebrachte Schaufel aus dem Kofferraum und schlichen über die Straße, zur kleinen Baumgruppe am Hang unterhalb der Straße. Die Stelle, an der wir die Bäume entwurzelt haben, war weich, und wir haben in kurzer Zeit ein tiefes Loch ausgehoben. Ich wollte ein zweites Loch buddeln, doch Hansueli hielt mich davon ab. Der Gedanke, dass die kleine Maria bei ihrem Mörder begraben wurde, war mir unangenehm. Schließlich hörte ich aber auf Hansueli, und wir legten die beiden, in Leinentuch eingewickelt, in die Grube und schaufelten sie zu. Wenn ich heute daran denke, kommt mir das vor wie ein schlechter Traum."

„Das kann ich gut nachfühlen, Herr Rossi", bemerkt Uschi. „Und es tut mir sehr leid. Ich hoffe, Ihre Frau erholt sich bald und wird wieder ganz gesund. Allerdings haben Sie damals mit Ihrem eigenständigen Handeln und der falschen Vermisstenanzeige nicht ganz richtig gehandelt."

„Ich weiß das. Wir hätten zur Polizei gehen sollen. Wir hätten nicht weglaufen dürfen. Wir hätten … ach! Ich bin an allem schuld! Nun kommt die Strafe, und ich hoffe so sehr, dass nicht meine Frau mit ihrem Leben dafür bezahlen muss! Ich möchte jetzt gerne wieder auf die Station gehen … bitte."

„Wir kommen mit." Urs steht auf und steckt seinen Block zurück in die Hemdtasche. „Dieses Gespräch war sehr aufschlussreich. Ich muss Sie aber bitten, Herr Rossi, sich weiterhin zu unserer Verfügung zu halten. Sie bleiben im Hotel Blue City?"

„Ja, und selbstverständlich werde ich alles tun, damit der Täter gefunden werden kann. Was sagen Hansueli und Melanie dazu?", will Giovanni Rossi wissen, während auch er aufsteht.

„Die beiden sind seit gestern verschwunden. Wir konnten noch nicht mit ihnen sprechen."

„Verschwunden? Ich verstehe nicht …"

„Sie sind nicht zu Hause, und es fehlt jede Spur von ihnen. Mehr kann ich im Moment nicht sagen."

„Das ist seltsam. Ich hatte eigentlich geglaubt, sie hier anzutreffen. Vielleicht sind sie oben? Ich möchte jetzt jedenfalls nach meiner Frau sehen."

„Sofort, Herr Rossi. Nur noch eine Frage: Wissen Sie etwas über die finanziellen Verhältnisse, in denen Herr Peters heute lebt? Hat Ihnen vielleicht Ihre Frau etwas darüber erzählt?"

„Nein. Ich weiß nur, dass Hansueli noch immer die Wohnung im Geelig bewohnt, noch immer in der BBC arbeitet und das Haus seiner Eltern geerbt hat."

„BBC … Sie meinen ABB. Danke, Herr Rossi. Wir begleiten Sie nach oben."

Auf der Station angekommen, werden Urs und Uschi noch einmal vertröstet. „Frau Rossi schläft noch. Wir melden uns bei Ihnen, wenn sie ansprechbar ist. Ich denke, das könnte gegen Abend möglich sein", gibt die Krankenpflegerin Auskunft.

„Danke. Ist inzwischen Besuch für Frau Rossi gekommen?", will Urs wissen.

„Nein …"

Urs zieht eine Visitenkarte aus seinem Portemonnaie. „Rufen Sie mich bitte sofort an, wenn sich der Zustand von Frau Rossi verbessert. Falls sie Besuch bekommt, bitte ich Sie ebenfalls, mich anzurufen und die Namen der Besucher zu notieren."

Es ist kurz nach elf Uhr, als Urs und Uschi das Krankenhaus verlassen. Giovanni Rossi möchte noch etwas dort bleiben und später mit dem Bus zurück nach Baden fahren.

„Was für ein Morgen!", ruft Uschi. Die Hitze schlägt ihnen entgegen, als sie aus dem Spital treten, und sie bleiben im Schatten vor der Eingangstür stehen.

„Ja, was für ein Morgen, das finde ich auch! Nun, der eine Fall ist gelöst. Die beiden unbekannten Toten sind identifiziert."

„Was hältst du von dieser Geschichte? Schrecklich, nicht? Herr Rossi hat sich damals zwar strafbar gemacht, doch ich konnte ihm so gut nachfühlen. Wir legen den Fall ad acta, oder?", fragt Uschi.

„Das ist längst verjährt. Luigi Rossi, der für den Tod von Maria verantwortlich war, kann nicht mehr belangt werden, und er selber starb, weil seine Frau sich gegen seinen Angriff auf ihre Freundin gewehrt hat. Doch abgeschlossen ist der Fall erst, wenn wir wissen, warum Verena Rossi niedergestochen wurde."

„Natürlich. Glaubst du, dass Hansueli und Melanie Peters zusammen verschwunden sind? Wollten sie Verena zum Schweigen bringen?" Uschi öffnet die mitgebrachte Wasserflasche und nimmt einen großen Schluck. „Diese Hitze ist langsam unerträglich!"

„Nein. Irgendein Gefühl sagt mir, dass die beiden nicht zusammen sind."

„Ich glaube, dass Melanie Verena aufgesucht hat. Immerhin hat Verena ihr die eigene Tochter entzogen. Und wer weiß schon, was ein Mensch tut, wenn er sich nach Jahrzehnten an etwas zurückerinnert, das einfach nur schmerzhaft ist. Vielleicht war sie verzweifelt? Vielleicht war einfach alles zu viel? Vielleicht hat sie überreagiert? Immerhin hat sie schon einmal einen Menschen getötet", gibt Uschi zu bedenken.

„Das war Notwehr. Doch deine Gedanken über eine mögliche Überreaktion sind interessant."

„Wir müssen unbedingt mit den Peters sprechen! Die können doch nicht einfach verschwunden sein. Soll ich mich mal bei den Nachbarn umhören? Vielleicht weiß jemand etwas?"

„Superidee. Nur – wäre es okay für dich, wenn ich das übernehme?", fragt Urs.

„Ja, klar. Gern sogar. Dann geh ich zurück ins Büro und informiere die Forensik? Und erledige den Bürokram? Treffen wir uns so um eins zum Mittagessen?"

„Du bist die Beste! Falls wir nichts mehr voneinander hören, so um eins im Biergarten. Ich hoffe, meine Mutter ist inzwischen wieder gegangen und hält euch nicht auf mit ihrer mitteilsamen Art", lacht Urs.

Mittwoch, 8. Juli 2015,
Biergarten Baden

Der Biergarten der Brauerei Müller an der Dynamostraße in Baden ist in den warmen Monaten eine gut besuchte Gartenbeiz, die von vielen verschiedenen Gästen sehr geschätzt wird. Familien mit Kindern sind dort ebenso anzutreffen wie lässige Jugendliche oder in Anzüge gekleidete Geschäftsleute. Im Schatten der alten Bäume und auf den einfachen Holzbänken herrscht immer eine fröhliche, ausgelassene Stimmung. Alt und Jung begegnen sich dort mit Wohlwollen, und alle schätzen die kühle Oase mitten in der Stadt.

„Ganz schön voll hier!", begrüßt Uschi Urs, der sich bereits einen gemischten Salat geholt hat. „Entschuldigung, ich bin etwas spät. Deine Mutter war noch da", lacht Uschi und stellt ihre Tasche hin. „Schaust du kurz zu meiner Tasche? Ich hole mir auch etwas!"

„Ja, mach ich."

Als Uschi ebenfalls mit einem großen Teller Salat zum Tisch zurückkommt, informiert Urs sie, was er von den Nachbarn gehört hat. „Eigentlich habe ich nicht viel Neues erfahren. Die beiden sind niemandem aufgefallen. Sie haben offensichtlich zurückgezogen gelebt und hatten keinen Besuch. Außer diesem Herrn Hofer."

„Dieser Pfleger von der Spitex?"

„Ja. Er war so etwas wie ein Familienfreund. Der Bauer, bei dem Melanie Peters jeweils ihre Milch holte, hat mir erzählt, dass dieser Herr Hofer immer dabei gewesen sei. Sie sei nie allein zu ihm gekommen, in all den Jahren nicht, seit anstelle der alten Frau Peters die Junge die Milch bei ihm holt. Manchmal wurde sie nicht nur von Herrn Hofer, sondern auch von ihrem Mann begleitet."

„Diese Melanie scheint wirklich äußerst unselbstständig zu sein ..." Uschi schüttelt den Kopf. „Gewesen zu sein", korrigiert sie sich.

„Weißt du, was eigenartig ist? Dieser Bauer erzählte mir, dass ihm aufgefallen sei, dass Herr Peters und Herr Hofer sich geduzt haben. Herr Hofer und Frau Peters siezten sich aber."

„Diese Frau wird mir immer suspekter."

„*Sie hat schon einmal getötet,* hast du heute Morgen gesagt. Dieser Satz ist mir, bevor du eben kamst, nochmals durch den Kopf gegangen. Wir werden heute Nachmittag diesen Herrn Hofer besuchen, was meinst du? Und dann würde ich mich gern einmal mit einem Psychiater unterhalten."

„Weißt du, wo er wohnt?"

„Nein. Aber ich weiß, dass er im Altersheim Gässliacker in Nussbaumen arbeitet und auch für die Spitex verschiedene Dienste übernimmt."

„Hast du schon etwas vom Spital gehört?"

„Noch nicht. Aber Giovanni Rossi hat sich gemeldet. Er sei zurück zum Hotel gegangen, um mit seinen Neffen zu sprechen und sich etwas auszuruhen. Er wird seine Frau gegen Abend wieder besuchen, zusammen mit den Neffen."

„Der tut mir richtig leid." Uschi seufzt. „Manchmal frage ich mich schon, warum Menschen, die offensichtlich anständig und ehrlich durchs Leben gehen, immer wieder Opfer von Menschen werden, die nichts Gutes im Schilde führen."

„Oje, Uschi! Das hört sich jetzt aber sehr nach Märchen an: Und wenn sie nicht gestorben sind, dann leben sie noch heute", lacht Urs.

Uschis Handy klingelt, und sie nimmt den Anruf entgegen. Sie hört eine Weile zu, sagt nichts und schließt das Telefonat mit einem leisen „Danke". Dann legt sie ihr Handy zurück in ihre Handtasche. Urs schaut sie erwartungsvoll an. „Und?"

„Hansueli Peters wurde gefunden. Er ist tot."

Urs lässt seine Gabel, die er eben in den Mund stecken wollte, sinken: „Wo?"

„Unten, an der Limmat. Bei den Thermalbädern, etwa auf der Höhe der Öderlingießerei – gehen wir?"

„Nicht so schnell! Wer hat dich angerufen?"

„Anita. Sie wurde von der Notrufzentrale informiert, dass ein Herr Meier, Spaziergänger mit Hund, eine Leiche gefunden habe."

Es ist fast halb acht, als Hansueli ganz verschwitzt zu Hause ankommt. Die Haustür steht noch immer offen, und er ahnt schon, als er auf den Kiesplatz fährt, dass Mele noch immer nicht hier ist. Trotzdem ruft er mehrmals laut ihren Namen, während er das Fahrrad abstellt.

Kurz horcht er in das Haus, doch da ist niemand. Mit gesenktem Kopf geht er schließlich in den Garten und setzt sich auf die Bank unter der Tanne.

„Ich fasse es nicht!", ruft er laut gen Himmel. „Warum tust du mir das an? Wo ist meine Frau? Was ist mit Vreni passiert?" Dann senkt er den Kopf und stützt ihn mit beiden Händen. Tränen laufen über seine Wangen und vermischen sich mit Schweiß. Seine Augen beginnen zu brennen, sein Atem geht stockend, und die dumpfen Kopfschmerzen, die er schon seit ein paar Stunden verspürt, werden stärker. Er fühlt sich elend. *Ja, hol mich zu dir. Ich kann nicht mehr. Mein Leben ist wertlos ohne meine Frau*, denkt er und weint erst leise. Dann beginnt er zu schluchzen wie ein kleines Kind. Tausend Gedanken gehen ihm durch den Kopf, doch keiner vermag ihn zu beruhigen. Plötzlich hält er inne und rennt zum Haus. In der Küche schaut er auf den Messerblock. Eines fehlt. Er sucht es auf dem Tisch, auf dem Boden, in der Geschirrwaschmaschine, sogar im Abfalleimer. Er findet kein Messer. „Nein!", entfährt ihm ein lauter Schrei.

Er rennt aus dem Haus und steigt auf sein Fahrrad. Kurze Zeit später steht er vor einem Mietshaus unweit des Alterszentrums Gässliacker, wo Stefan Hofer arbeitet. Er war einmal in Stefans Wohnung, nach dem Tod seiner Mutter, um ihn zu fragen, ob er sich weiterhin um Mele kümmern würde, wenn er nicht da sei. Seither war er nicht mehr hier, und er versucht sich nun zu erinnern, welcher Hauseingang der Richtige sei. Der Schmerz in seinem Kopf wird immer stärker, und das Lesen der Namensschilder fällt ihm schwer. Er nimmt eine Zigarette aus der Packung und zündet sie an. Tief inhaliert er den Rauch und versucht nochmals, die Namensschilder zu lesen. Schließlich findet er die richtige Klingel und läutet ein paarmal, doch die Tür geht nicht auf. Nervös zieht er an seiner Zigarette. Dann geht er ums Haus, um zu sehen, ob Stefan auf dem Balkon sitzt. Er ruft mehrmals seinen Namen, bis eine Frau einen Stock über Stefans Wohnung hinunterschreit: „Geben Sie bald Ruhe? Herr Hofer ist nicht zu Hause!"

Hansueli entschuldigt sich kleinlaut und überlegt, ob er zum Alterszentrum fahren soll. Doch dann entscheidet er sich, vor dem Haus auf ihn zu warten. Er nimmt eine weitere Zigarette aus der Packung und steckt sie in den Mund, doch dann legt er sie zurück. Ihm ist übel geworden, und er befürchtete, sich übergeben zu müssen, wenn er jetzt eine Zigarette ansteckt.

Seine Gedanken sind schwer, und obwohl das Thermometer noch über 25 Grad anzeigt, zittert er am ganzen Körper. Er setzt sich auf eine kleine Mauer neben dem Hauseingang und schaut ins Leere. Dann greift er in die linke tiefe Tasche seiner kurzen karierten Hose. Er ertastet nebst dem Kaugummi und einem Taschentuch seinen Stift und einen kleinen Post-it-Block. Stift und Papier hat er in den letzten Tagen gebraucht, um sich kleine Dinge aufzuschreiben, die ihm beim Anziehen in den Sinn kamen und die er nicht vergessen wollte. Er schaut auf das erste Blatt. *Adressänderung melden*, steht da. Er zieht den Zettel ab und klebt ihn auf der Rückseite des Blocks auf. *Zweiten Kellerschlüssel suchen!*, steht auf dem zweiten. Auch dieser wechselt nach hinten.

Das nächste Blatt ist leer. Kurz schaut er darauf, dann beginnt er in kleiner Schrift zu schreiben: *Lieber Stefan …*

Er hat schon drei Zettel vollgeschrieben, als er Schritte hört. Er schaut auf und sieht, dass Stefan um die Ecke kommt. „Stefan!", ruft er überschwänglich, steckt den Block und den Stift in die Hosentasche zurück und läuft ihm, die Arme ausbreitend, entgegen. Stefan Hofer ist überrascht und bleibt sofort stehen.

„Stefan! Endlich!", ruft Hansueli noch einmal, kurz bevor er vor diesem stehen bleibt und seine Arme wieder sinken lässt.

„Hansueli? Was tust du hier!" Stefan ist stutzig. Vielleicht sogar etwas erschrocken. Doch Hansueli bemerkt dies nicht.

„Du musst mir helfen, bitte! Ich dreh sonst durch. Mele ist verschwunden, und ich kann sie nirgendwo finden. Weißt du, wo sie ist?"

„Melanie? Nein." Weiter kommt er nicht.

„Oh bitte, Stefan, du musst wissen, wo sie ist! Wer sollte es sonst wissen können?" Hansueli hört sich verzweifelt an.

„Hansueli, beruhige dich! Willst du mir nicht erst einmal erzählen, was passiert ist? Reiß dich etwas zusammen, Melanie ist schließlich kein kleines Kind, und du bist nicht ihr Vater!" Etwas Kühles in Stefans Stimme lässt Hansueli kurz aufhorchen, doch ein Blick in Stefans freundliches, offenes Gesicht beruhigt ihn schließlich.

„Ja, natürlich. Ach, Stefan, es ist so viel passiert. Darf ich mit dir raufkommen?"

„Ähm … Wollen wir nicht lieber etwas trinken gehen im Markthof? Ich könnte ein kühles Bier vertragen, wie sieht es mit dir aus?" Stefan schaut Hansueli aufmunternd an.

„Ja, ein kühles Bier ist sicher nicht verkehrt." Hansueli läuft ein paar Schritte zurück, holt sein Fahrrad und spaziert mit Stefan, sein Fahrrad schiebend, auf die Landstraße, den kurzen Weg zum Markthof.

Ohne dies abgesprochen zu haben, schweigen beide Männer beim Gehen und beginnen auch nicht zu sprechen, als sie sich im Restaurant Haldengut an einen etwas abgelegenen Tisch im Freien setzen. Die Sonne geht bald unter, und die Temperatur ist etwas angenehmer geworden. Erst nachdem sich beide ein Bier bestellt haben, beginnt Stefan: „Also, Hansueli, nun erzähl mir, was passiert ist."

„Mele! Sie ist verschwunden! Ich war nur kurz im Dorf, während sie mit den Vorbereitungen zum Abendessen begonnen hat. Wir erwarteten Besuch …" Bei diesem Wort hält Hansueli inne.

Seine Übelkeit ist verflogen, doch der Kopf brummt noch immer. Er zündet sich eine Zigarette an. „Besuch?", fragt Stefan.

„Ja", fährt Hansueli fort. „Eine alte Freundin von Mele und mir. Sie wollte zum Essen kommen, doch ich weiß gar nicht, ob sie noch lebt."

„Wovon redest du da, um Himmels willen! Geht es dir gut?" Besorgt schaut Stefan Hansueli an.

„Ja, nein. Ich weiß nicht. Ich muss wohl der Reihe nach erzählen."

Stefan erfährt von Hansueli, dass die Schwägerin von Melanie aus Sizilien in die Schweiz gekommen sei, um ihre alte Freundin zu besuchen und dass Melanie sich wieder an die Vergangenheit erinnern kann. Er ist bei seiner Erzählung darauf bedacht, Stefan nichts zu sagen, was auf jenes schreckliche Ereignis aus der Vergangenheit hinweist. Obwohl Hansueli kein gesprächiger Gesellschafter ist, so hat er im Laufe der Jahre ab und zu mit Stefan über Melanie gesprochen. Stefan Hofer war ihr Krankenpfleger, damals, als Melanie nach Königsfelden eingeliefert wurde. Er wusste, dass diese junge Frau einen Schock erlitten hatte, weil ihr Mann und ihre Töchter verschwunden waren, sie sich danach völlig von der Außenwelt zurück zog und nichts mehr sprach. Später erfuhr er von Hansueli, dass er damals der Nachbar von Melanie war und sich um sie gekümmert hatte, nachdem ihr Schwager mit seiner Frau – von Tanja sagte er nichts – nach Sizilien zurückgekehrt waren. Sie hatte ja sonst niemanden. Außerdem bat er Stefan, mit Melanie nicht über die Vergangenheit zu sprechen, weil er befürchtete, dass es ihr dann wieder schlechter gehen würde und sie einen Rückschlag erleiden könnte. Stefan war nicht sicher, ob das passieren würde, doch er gab Hansueli dieses Versprechen. Er hat sich seither immer daran gehalten.

„Und eben diese Schwägerin habe ich vorhin niedergestochen im Hotel Blue City gefunden. Ich bin völlig verzweifelt", schließt Hansueli.

Stefan hält kurz inne. „Ich weiß ehrlich gesagt gar nicht, was ich jetzt sagen soll."

„Eben! Ich habe das Gefühl, ich bin in einem falschen Film!" Dabei war ich einen kurzen Augenblick so sicher, dass nun alles gut wird! Wir hatten uns geeinigt, unseren Lebensabend in Sizilien zu verbringen. Alles zu verkaufen und einfach wegzugehen."

„Ja, das habe ich schon verstanden …" Wieder empfindet Hansueli einen kühlen Unterton.

„Wer hat auf diese arme Frau eingestochen? Warum? Diesen Teil verstehe ich nicht. Und ja, wo ist Melanie?", fährt Stefan fort.

„Ich weiß es nicht." Hansueli nimmt den letzten Schluck aus seinem Bierglas und eine weitere Zigarette aus der Packung, steckt sie jedoch wieder zurück.

„Nimmst du auch noch eines?", fragt er Stefan.

„Ja. Aber dann muss ich schlafen gehen. Ich muss morgen wieder raus. Wir haben zwei kranke Krankenpfleger. Ich schiebe Doppelschichten."

Nun sind beide Männer wieder ruhig und mit ihren eigenen Gedanken beschäftigt. Sie warten auf die Bedienung und bestellen sich noch ein Bier. Stefan bestellt sich außerdem ein Schinkenbrot. Er hat schon länger nichts mehr gegessen.

„Du musst nach Hause gehen. Vielleicht kommt Melanie zurück", sagt Stefan, nachdem er den ersten Schluck seines Bieres getrunken hat.

„Nein. Ich gehe nicht dahin zurück. Sie wird nicht kommen. Entweder ist ihr etwas Schreckliches zugestoßen und sie kann nicht zurückkommen, oder …"

„Oder?", fragt Stefan, weil Hansueli nicht weiterspricht.

„Oder sie hat Vreni niedergestochen und kommt deshalb nicht zurück." Hansuelis Stimme ist ganz leise geworden bei diesem letzten Satz. Umso lauter antwortet Stefan: „Du spinnst doch!", platzt er heraus.

„Meinst du? Ich hoffe es. Weißt du, was ein Mensch tut, wenn er sich nach vielen Jahren wieder an die Vergangenheit erinnern kann?"

„Nein. Aber ich weiß, dass man einen Grund braucht, wenn man jemanden angreift. Ein Motiv. Welches Motiv sollte Melanie gehabt haben?"

„Vielleicht war sie …" Hansueli hält inne. Dass sie einen Grund zur Eifersucht hatte, weiß Stefan ja nicht. „Nein", meint er stattdessen, „es gibt kein Motiv. Dann muss ich befürchten, dass ihr etwas zugestoßen ist. Du solltest unsere Küche sehen. Es sieht aus, als wenn dort ein Kampf stattgefunden hätte."

„Vielleicht ist sie einfach kurz ausgerastet. Ich meine, vielleicht tut das ein Mensch, der sich wieder erinnert. Vielleicht brauchte sie dann einfach etwas Ruhe. Hast du im Keller nachgesehen?"

„Nein. Du meinst, es wäre möglich, dass sie ausgerastet ist und sich dann in den Keller zurückgezogen hat? Vielleicht, weil es dort kühler ist?" Hansuelis Stimme klingt voller Hoffnung.

„Das wäre doch möglich. Vielleicht ist sie eingeschlafen. Vielleicht hat sie dein Rufen nicht gehört?"

„Ja! Das würde vieles erklären! Stefan, du bist der Beste! Ich muss sofort gehen!"

„Soll ich mitkommen? Ich bin sicher, sie liegt an einem kühlen Platz und ist eingeschlafen."

„Nein, nein. Du möchtest lieber schlafen gehen. Ich rufe dich noch an und gebe dir Bescheid, wenn dir das recht ist?" Hansueli hält die Hand hoch: „Bezahlen bitte!", ruft er.

„Okay. Ja, ruf mich an."

Als sie zum Fahrrad kommen, verabschieden sie sich, und Stefan zwinkert Hansueli aufmunternd zu. „Wenn du willst, ruf ich gleich schnell im Kantonsspital an und frage nach dieser Frau …"

„Rossi. Vreni Rossi. Ja, bitte, tu das. Ich hoffe, dass sie dort eingeliefert wurde und noch lebt. Sie hatte ein Messer in der Lunge."

„Man kann das überleben. Ich telefoniere und gebe dir Bescheid, wenn du mich anrufst. Vielleicht kannst du ja morgen mit Melanie eure Freundin im Spital besuchen gehen." Stefan klopft Hansueli auf die Schulter. Dabei sieht er, dass das Vorderrad von Hansuelis Fahrrad keine Luft mehr hat.

„Du hast einen Platten", bemerkt er.

Hansueli, nun sichtlich ruhiger, dreht sich um. „Ah, ja. Das Ventil ist nicht so einfach zu befestigen. Manchmal kommt da Luft raus. Kein Problem, ich habe die Luftpumpe dabei. Geh du schon

nach Hause. Ich fahr dann auch gleich los – und danke, Stefan."
Hansueli gibt ihm die Hand und schaut ihm fest in die Augen.

„Keine Ursache."

Während Stefan den kurzen Weg zurück zu seiner Wohnung geht, kniet sich Hansueli auf den Boden und kümmert sich um die Luft in seinem Vorderrad. Er ist sehr aufgeregt, weshalb ihm das Ventil immer wieder aus den Fingern rutscht, bevor er es befestigen kann. Schließlich schafft er es aber und macht sich auf den Weg nach Hause.

Als sie den kleinen Park im Bäderquartier durchquert haben und auf den asphaltierten Spazierweg am Limmatufer einbiegen, sehen sie schon von Weitem das rot-weiße Signalband, das von der Spurensicherung bei der Fundstelle der Leiche angebracht wurde.

Ein paar wenige Schaulustige stehen hinter dem Band und beobachten betroffen die Arbeit der Polizei. „Bringen Sie bitte Ihre Kinder weg. Das ist ein Tatort", sagt Urs zu einer jungen Mutter, deren Kinder sich einen Spaß daraus machen, unter dem Signalband durchzuschlüpfen, um gleich danach über das Band zurückzuhüpfen.

Hansuelis Leiche wurde aus der Limmat geborgen. Nun liegt sie auf dem Spazierweg. „Hallo Lang!", ruft Urs, als er den Amtsarzt erblickt. Dr. Lang kniet über der Leiche. „Ah, hallo, ihr zwei – auch schon hier?"

„Was meinst du damit?", fragt Uschi und begrüßt Dr. Lang ebenfalls. „Wir sind doch gleich nach dem Anruf gekommen? Bist du schon länger hier?"

„Halbe Stunde", meint Lang, ohne aufzuschauen. „Komisch …" Dr. Lang öffnet den Mund der Leiche mit einem Holzstäbchen.

„Was ist komisch?" Uschi kniet sich neben Dr. Lang.

„Siehst du? Sieht aus, als hätte er sich übergeben. Siehst du, hier …" Er schiebt mit dem Holzstäbchen die Zunge etwas zur Seite. „Sieht doch aus wie Rückstände von Erbrochenem."

„Hm, ich weiß nicht." Uschi steht wieder auf.

„Er lag in der Limmat, als ich gekommen bin. Kopf nach unten. Ich ging davon aus, dass er ertrunken sei. Doch jetzt bin ich mir nicht mehr sicher. Ihr wisst, wer das ist?" Dr. Lang steht nun ebenfalls auf.

„Hansueli Peters", antwortet Uschi. „Ich weiß es von Anita. Ihr habt wohl einen Ausweis gefunden? Wir fahnden nach ihm."

„Ja, ich habe etwas davon gehört. Auch nach seiner Frau, nicht? Und ja, er hatte ein Portemonnaie dabei mit einer ID – liegt da drüben." Lang zeigt auf einen Baumstrunk nahe dem Spazierweg.

„Ja, seine Frau ist auch unauffindbar. Doch nun ist klar, dass sie nicht zusammen verschwunden sind." Uschi stöhnt. „Mensch, es ist sogar im Schatten der Bäume heiß! "

Urs nickt, holt sein Taschentuch hervor und wischt sich damit die Stirn ab. „Dass die beiden nicht zusammen verschwunden sind, ist für mich nicht so klar", meint er. „Vielleicht hatte Herr Peters einen Unfall? Vielleicht waren sie zusammen unterwegs, und sie hat sich seiner entledigt … Lang, kannst du sagen, wie lange Herr Peters im Wasser lag?"

„Nein. Nicht genau. Doch nicht sehr lange – weniger als zwölf Stunden, vermute ich." Die drei haben sich inzwischen ein paar Schritte von der Leiche entfernt und lehnen an dem Geländer, das unweit der Fundstelle angebracht ist. „Er hat leichte, wahrscheinlich postmortale Schürfwunden. Die könnte er sich zugezogen haben, während er hierher getrieben wurde. Er müsste demnach ein Stück die Limmat rauf ins Wasser gefallen sein."

„Und du meinst, er ist nicht ertrunken?", fragt Urs weiter.

„Das kann man erst nach der Obduktion genau sagen. Was ich jetzt sagen kann ist, dass er keine äußeren Verletzungen hat – außer den paar Kratzern. Aber das könnte euch interessieren." Dr. Lang geht ein paar Schritte zum Baumstrunk und kommt mit zwei Plastikbeuteln zurück. „Nebst seinem Portemonnaie und einem Stift hatte er auch einen kleinen Post-it-Block in seiner Tasche. Ein paar Zettel sind vollgekritzelt."

Urs schaut auf den Beutel und zeigt auf den zweiten.

„Und was ist da drinnen?", will er wissen.

„Durchweichte Kaugummis und ein nasses Taschentuch, eine halbe Packung Zigaretten", antwortet Dr. Lang ungerührt.

„Aha. Dann gib mir mal die Zettel. Sind schon Fingerabdrücke genommen worden? Kann ich sie rausnehmen?"

„Nein. Lass sie bitte im Beutel. Es sind Haftzettel – die Spurensicherer haben sie inwendig aufgeklebt. Du kannst sie alle lesen, ohne sie herauszunehmen, okay? Dann …" Dr. Lang schaut auf seine Armbanduhr. „Braucht ihr mich noch?" Er wirkt etwas nervös.

Urs schaut Uschi fragend an.

„Nein, im Moment nicht", antwortet nun Uschi. „Hast du es eilig?"

„Ja, ich habe um drei Uhr einen Arzttermin."

„Bist du krank? Siehst gar nicht so aus!", sagt Uschi bekümmert.

„Nein, nein. Es geht mir gut. Es ist eher so was wie … egal. Ich gehe dann jetzt."

„Na dann, tschüs, Lang!", lacht Uschi und schaut Urs vielsagend an.

„Stopp!", ruft nun Urs. „Kannst gleich gehen. Bitte ruf aber in Aarau an, *bevor* du zum Arzt gehst!"

„Ja, klar. Wenn ich jetzt gehen kann?" Dr. Lang schaut nochmals auf seine Uhr. „Ich schaffe es, noch kurz ins Büro zu gehen, einen kleinen Bericht zu schreiben und diesen nach Aarau zu mailen. Ihr bekommt sicher bald Bescheid! Schau, da kommt schon die Trage für die Leiche."

„Okay, danke. Wir hören uns, Lang." Urs lehnt sich ans Geländer, während Dr. Lang über die Sperrzone geht und Richtung Park verschwindet. Uschi stellt sich neben Urs und nimmt den Beutel, den er ihr entgegenstreckt, in die Hand. „Ich habe meine Brille nicht dabei – liest du bitte vor?", fragt Urs.

Sie glättet die Plastiktüte und beginnt zu lesen.

1. Adressänderung, 2. Kellerschlüssel suchen

„Hm. Und hier, das hört sich interessanter an!" Uschi liest weiter.

Lieber Stefan

Ich habe hier auf dich gewartet. Ich bin verzweifelt!

Kann Mele nicht finden. Sie ist verschwunden!!!

Weißt du, wo sie ist? Ich gehe jetzt

„Das war's." Uschi lässt den Beutel sinken.

„Kein Gruß? Wohin geht er jetzt?" Urs ist enttäuscht.

„Sieht aus, als hätte er mitten im Satz mit Schreiben aufgehört." Uschi hebt den Beutel noch einmal hoch und zeigt auf den letzten der drei Zettel.

„Ja, wahrscheinlich. Wäre interessant zu wissen, warum. Und wer ist dieser Stefan? Ich habe den Namen kürzlich gehört. Ah! Jetzt fällt es mir ein. Dieser Bauer hat den Namen Stefan erwähnt ... Hofer! Das ist dieser Hofer, vom Gässliacker!"

„Das macht Sinn", antwortet Uschi. „Meinst du, er hat nicht weitergeschrieben, weil er ermordet wurde?"

„Nein, das glaube ich nicht. Wenn er derart überrascht worden wäre, lägen die Zettel wohl nicht in seiner Hosentasche. Ich glaube eher, dass er auf diesen Stefan gewartet hat und dieser dann, bevor er seine Notiz fertig geschrieben hat, aufgetaucht ist."

„Das würde bedeuten, dass Herr Hofer uns vielleicht weiterhelfen kann. Er hat ihn eventuell noch gesehen."

„Genau. Lass uns ins Gässliacker gehen. Wir können ihn dort sprechen – oder die wissen sonst sicher, wo er wohnt. Ich wollte sowieso mit diesem Herrn sprechen."

„Hm ..." Uschi schaut auf den Boden.

„Ist was?"

„Ich finde das nicht so gut, Urs." Nun schaut Uschi wieder hoch.

„Was findest du nicht gut?" Urs ist verwirrt.

„Dass du Herrn Hofer am Arbeitsplatz besuchen willst. Wäre es nicht besser, wir gehen zurück ins Büro, schauen, wo er wohnt und versuchen ihn da zu treffen? Ich selber würde es nicht schätzen, wenn sich die Polizei über mich am Arbeitsplatz erkundigt."

Urs antwortet nicht.

„Ich meine ja nur", versucht Uschi sich zu erklären. „Wir haben gelernt, dass ..."

„Ist in Ordnung, Uschi." Urs nickt und lächelt sie an. „Du hast recht. Gehen wir kurz bei Anita vorbei. Mein Auto ist sowieso am Ländliweg geparkt."

Der Fußweg auf der Limmatpromenade ist teilweise angenehm schattig. Nach knapp fünfzehn Minuten erreichen sie den Lift am Limmatsteg und fahren mit diesem hinauf zum Restaurant „Schwyzerhüsli". Durch die Badstraße und die weite Gasse erreichen sie schließlich nach weiteren zehn Minuten die Baustelle am Schulhausplatz. Inzwischen klafft schon ein großes Loch, dort, wo eine Woche zuvor noch Verkehr herrschte, und sie gelangen über eine provisorisch erstellte Brücke zu ihrem Büro.

Unterwegs unterhalten sie sich über Melanie Peters. Uschi ist noch immer aufgewühlt, wenn sie daran denkt, was Giovanni Rossi ihnen heute Morgen erzählt hat.

„Ich kann es nicht verstehen. Niemals! Wie kommt eine Frau dazu, sich so behandeln zu lassen? Warum hat sie die Hilfe ihrer Freundin nicht gesucht? "

„Ja, das ist auch für mich nicht nachvollziehbar. Trotzdem, das weißt du ja, gibt es diese häusliche Gewalt überall und in allen Schichten. Als ich noch in Zürich gearbeitet habe, nahm ich an einer Informationsveranstaltung des Triemli-Spitals teil. Es wurde in einer Studie aufgezeigt, welche gesundheitlichen Folgen häusliche Gewalt bei Frauen haben könne. Das reicht von schweren körperlichen Verletzungen über Essstörungen, psychosomatischen Leiden bis hin zu Depression oder Drogenmissbrauch. Was mich damals beeindruckt hat, war der Hinweis auf die beiden unterschiedlichen Gewaltmuster."

„Du meinst drei: physische Gewalt, sexuelle Gewalt und psychische Gewalt?"

„Nein, ich meine die unterschiedlichen Gewaltmuster. Es gibt die häusliche Gewalt, die situativ und oft spontan auftritt. Ein übergriffiges Konfliktverhalten in einer konkreten Konfliktsituation. Dies wird von Männern und Frauen gleichermaßen ausgeübt. Kennzeichnend dabei ist, dass sich die Partner eigentlich als ebenbürtig ansehen und keine Machtgefälle zwischen ihnen bestehen. Doch bei Melanie Peters handelte es sich wohl eher um das zweite dieser Muster. Luigi hatte offensichtlich ein Kontrollbedürfnis gegenüber seiner Frau entwickelt, und das führt zu einem systemischen Gewaltverhalten. Er hat es darauf angelegt, seine Frau in ihrer Selbstbestimmung einzuschränken. Frauen sind dabei häufiger Opfer als Männer, und sie ziehen sich immer mehr von ihrem Umfeld zurück."

„Das ist doch krank! Weißt du, ob man an der Art der Gewaltanwendung das eine oder andere Muster erkennen kann?", will Uschi weiter wissen.

„Soviel ich weiß, ist die Art der Gewalt kein Erkennungskriterium. Es geht vielmehr um das Beziehungsverhältnis, das missbräuchlich benutzt wird. Der eine Partner beginnt, warum auch immer, mit einem entwürdigenden und machtmissbräuchlichen Verhalten und zielt dabei darauf ab, sein Gegenüber zu dominieren."

„Das passt zu den Äußerungen, die Giovanni Rossi gemacht hat: Das Verhalten von Luigi an diesem Abend war einschüchternd, bedrohend und abwertend – richtig unterste Schublade. Ich werde so wütend, wenn ich so was höre!", empört sich Uschi. „Ich kann mir nicht vorstellen, dass ich mir so etwas gefallen lassen würde!"

„Ich hatte mal eine Kollegin, die offensichtlich jahrelang in einer solchen Beziehung gelebt hat. Schließlich hat sie sich daraus befreien können. Sie hat mir erzählt, dass sie heute selber kaum mehr fassen könne, weshalb sie da hineingerutscht sei. Sie erklärt es sich so, dass es sich dabei um einen schleichenden Prozess handelt. Die Gewaltanwendungen waren anfänglich sehr subtil und kaum zu erkennen – erst nachdem sie die Beziehung zu diesem Mann beendet hatte, wurde ihr bewusst, dass sich schon lange vor den ersten Schlägen ein Machtgefälle entwickelt hat. Erst waren es Gebote, die ihr auferlegt wurden und die sie angenommen hat. Danach kamen klare Verbote und erst viel später Bestrafungen in Form von Schlägen oder Einsperren. Zu diesem Zeitpunkt habe sie selber dieses Machtgefälle angenommen und sich in die Rolle des Opfers geschickt. Schließlich habe es dazwischen auch immer wieder gute Zeiten mit ihrem Partner gegeben, und sie wurde dann von der Hoffnung getragen, dass er sich ändern könnte. Sie meinte, dass sie jede seiner immer seltener werdenden Zuneigungen wie ein Schwamm aufgesogen habe und mit der Zeit eine völlig verschobene Wahrnehmung bekam. Sie hatte das Gefühl, selber Schuld zu haben und hat sich deswegen geschämt. Niemals hätte sie sich getraut, sich jemandem anzuvertrauen. Ihre einzigen Bemühungen waren, ihren Partner nicht immer zu enttäuschen und für ihn endlich die Frau zu sein, die er sich wünscht."

„Krass! Das hört sich für mich wie Gehirnwäsche an, wie die Storys, die man über Menschen hört, die einem dahergelaufenen Guru nachrennen und nicht erkennen können, dass sie nur benutzt werden." Uschi bleibt kurz stehen. „Was mich noch interessieren würde: Als sich deine Kollegin aus den Fängen dieses Mannes befreit hatte, hasste sie ihn für all das, was er ihr angetan hat?"

„Das ist eine sehr gute Frage", antwortet Urs. „Und es wäre naheliegend. Doch sie hat sich einen ganz anderen Reim darauf gemacht. Sie war ihm nicht einmal böse. Sie sagte, dass sie ihm gegenüber gar nichts mehr fühle. Nur so konnte er keine Macht mehr auf sie ausüben."

„Klingt logisch."

„Später habe sie sogar erkannt, dass diese Zeit, wenn auch schwer, äußerst lehrreich für sie war, und sie konnte ihm verzeihen. Damit habe sie sich endgültig befreit."

„Ich weiß nicht, ob ich so etwas verzeihen könnte", gibt Uschi zu bedenken.

„Ich glaube, das ist *eine* Geschichte. Andere Menschen gehen anders damit um. Ich gehe nicht davon aus, dass dies jeder Betroffene gleich erlebt und die gleichen Schlüsse zieht."

„Ja, das glaube ich auch. Nun wäre es sehr hilfreich zu wissen, wie wohl Melanie Peters reagiert hat, nachdem ihr gestern klar wurde, was geschah. Ich wäre wohl ausgerastet."

„Eben. Wie wir gehört haben, war sie ursprünglich ja eine sehr lebenslustige und fröhliche Frau. Dann scheint sie abgetaucht zu sein und hat all das Unglück ausgeblendet. Was tut jemand, der sich innerhalb eines Nachmittages bewusst wird, dass er jemanden getötet hat, ein Kind verlor und dem das zweite Kind lebenslang entzogen wurde? Das frage ich mich auch." In diesem Moment holt Urs während des Gehens seinen Block hervor und macht eine kurze Notiz.

„Sie müsste äußerst religiös sein, um all das verzeihen zu können, auch sich selber – oder stark", antwortet Uschi und schüttelt leicht den Kopf. „Aber dann wäre sie wohl nicht jahrelang abgetaucht. Oder sie hat in den Jahren der Ruhe innere Kraft gefunden oder …“

„Oder sie wurde wütend und schlug um sich.“

„Hi, Anita! Wir sind da!", ruft Uschi, als sie ins Büro kommen.

„Wo sie wohl steckt?" Uschi schaut unter das Pult und sieht das Wasserbecken. „Vielleicht nur kurz weg. Ihr Fußbassin ist noch gefüllt."

In diesem Moment geht die Tür auf, und Anita kommt herein. „Kommen Sie nur herein. Mögen Sie einen Kaffee?" René Bolt, Staatsanwalt, tritt genervt ins Büro. „Jetzt ist er zu weit gegangen!", meint Bolt und erblickt gleich darauf Urs und Uschi, die ihn gebannt anschauen.

„Da sind Sie ja! Leu! Was glauben Sie eigentlich, wer Sie sind?", herrscht René Bolt, ein junger, smarter, hochgewachsener Typ, Urs an.

„Ich weiß nicht, wovon Sie sprechen", antwortet Urs ruhig.

„Sie wissen sehr wohl, wovon ich spreche!" Der Staatsanwalt ist völlig außer sich. Er trägt einen grauen, eleganten Anzug und ein weißes Hemd. Sein halb langes, braunes Haar ist mit Gel nach hinten frisiert. Die Hitze scheint ihm nichts auszumachen, denn er hat seine Anzugsjacke nicht abgelegt.

„Ich muss über Dritte erfahren, dass Sie schon seit gestern nach einem Mann fahnden, der nun tot aus der Limmat gezogen wurde!", regt er sich weiter auf.

„Aha. Na ja." Urs wendet sich zum Kühlschrank und schenkt sich ein Glas Wasser ein. „Hat noch jemand Durst?", fragt er.

„Herr Leu!" René Bolts Stimme ist messerscharf. Er wartet, bis Urs ihn anschaut. Dann fährt er fort: „Ich würde diesen Fall am liebsten Ihrer Kollegin übertragen!" Uschi schaut erschrocken auf. „Sie, Herr Leu, haben den Bogen überspannt." Mit einer wesentlich sanfteren Stimme wendet er sich nun an Uschi: „Frau Frei, ich bitte Sie, diesen Fall zu übernehmen. Einen ersten Bericht erwarte ich heute bis 17 Uhr. Ich kann mich doch auf Sie verlassen?"

Uschi bringt kein Wort über die Lippen und nickt nur.

Nach kurzem Schweigen fragt Urs: „Also, Uschi, wie geht's jetzt weiter?"

René Bolt dreht sich auf dem Absatz um und verlässt das Büro.

„Ihr Kaffee!", ruft Anita ihm nach, doch dann knallt die Bürotür bereits zu.

„Der spinnt doch!", ruft Anita. „Was glaubt dieser Schönling, wie er sich aufführen kann? So ein Flegel!"

„Lass ihn." Urs nimmt einen Schluck aus seinem Glas. „Was spielt es für eine Rolle, wer den Fall führt? Wichtig ist, dass wir ihn lösen können, nicht wahr?"

„Na ja", murmelt Uschi. „Ich fühl mich nicht so wohl damit."

„Kommt schon gut", muntert Urs sie auf. „Lass uns besprechen, wie wir weiter vorgehen."

„Okay", lenkt Uschi ein. „Gibst du mir bitte auch ein Glas Wasser?" Zu Anita gewandt meint sie: „Wir brauchen die Adresse von Stefan Hofer. Er arbeitet im Gässliacker in Nussbaumen und bei der dortigen Spitex. Kannst du mir die besorgen?"

„Klar!"

Uschis Handy klingelt. Sie nimmt den Anruf entgegen, nickt und sagt: „Wir sind gleich da."

Urs schaut sie fragend an.

„Das war das Kantonsspital. Es habe sich jemand nach Verena Rossi erkundigt. Ein älterer Herr."

„Aha? Ist er noch da?"

„Ja, ihm wurde gesagt, dass er kurz warten müsse. Gehen wir?"

„Ich gebe dir die Adresse von Herrn Hofer mit SMS durch, wenn ich sie habe, okay?" Anita hat sich wieder an ihr Pult gesetzt und ihre Füße ins Wasserbecken gesteckt.

Urs und Uschi verlassen das Büro und kehren kurze Zeit danach wieder zurück.

„Habt ihr etwas vergessen?", fragt Anita. „Ich habe die Adresse von Hofer." Sie streckt Uschi einen kleinen Zettel hin. „Wollte sie dir eben durchgeben."

„Der Mann ist schon wieder weg", antwortet Uschi und nimmt den Adresszettel entgegen. „Wir wollten gerade wegfahren, als sich wieder jemand vom Kantonsspital meldete. Und Verena Rossi ist noch nicht ansprechbar."

Uschi liest die Adresse. „Ich rufe Herrn Hofer mal an. Vielleicht ist er ja zu Hause." Sie verschwindet in ihrem Büro, während Urs sich an den Besprechungstisch setzt.

„Geht es dir gut?", fragt Anita.

„Ja, schon." Urs scheint über etwas zu grübeln. „Sag mal, Anita: Dieser Karton mit dem Geld. War der verschlossen?"

„Wie meinst du verschlossen?" Anita nimmt ein Dossier hervor und beginnt zu blättern.

„Na, zugeklebt oder so …"

„Da hab ich's! Warte mal …" Anita liest leise vor sich hin, dann: „… war mit einem braunen Klebeband rund um den Deckel verschlossen. Ja, der Karton war verschlossen."

„Gut. Danke."

Jemand klopft an die Bürotür.

„Ist offen! Bitte eintreten!", ruft Anita.

Die Tür öffnet sich, und ein Mann um die sechzig tritt ein. Er trägt eine Jeans und ein weißes T-Shirt. Sein graues Haar ist kurz geschnitten, und seine hellblauen Augen schauen wach in die Umgebung.

„Bin ich hier richtig? Kantonspolizei?", fragt er höflich.

Urs steht vom Besprechungstisch auf und reicht dem Herrn die Hand: „Urs Leu, Kapo Baden", sagt er.

„Ich bin Stefan Hofer", stellt sich der Mann vor.

„Herr Hofer! Sie kommen ja wie bestellt! Uschi!", ruft Urs ins Nachbarbüro. „Herr Hofer ist da!" Urs bedeutet ihm, Platz zu nehmen.

„Ich wollte Sie eben anrufen", meint Uschi, als sie auf Herrn Hofer zugeht und sich ebenfalls vorstellt.

„Sie haben mich gesucht?" Stefan Hofer scheint etwas nervös zu werden.

Anita ist inzwischen aufgestanden. „Darf ich Ihnen etwas zu trinken anbieten?"

„Ja, gerne. Ein Glas Wasser", bedankt sich Herr Hofer.

Anita stellt ihm das Wasser auf den Tisch. „Ich bin kurz weg. Muss mit Marianne noch etwas kontrollieren." Marianne arbeitet einen Stock tiefer, und ab und zu helfen sich die Kolleginnen untereinander aus.

„Ja, Herr Hofer", beginnt Urs, als Anita die Tür hinter sich geschlossen hat. „Wir hoffen, von Ihnen etwas über das Ehepaar Peters zu erfahren. Die beiden sind seit gestern verschwunden."

„Ja, deshalb bin ich da. Ich bin lediglich etwas erstaunt, wie Sie auf mich kommen."

„Sie waren doch mit den Peters befreundet?", fragt Uschi.

„Was heißt befreundet? Ich hatte die Mutter von Hansueli gepflegt."

„Wann haben Sie dann die Eheleute letztmals gesehen?"

Herr Hofer hält kurz inne und trinkt einen Schluck Wasser. „Hansueli habe ich gestern gesehen. Gestern Abend. Frau Peters irgendwann letzte Woche, ich glaube, am Donnerstag."

„Und was führt Sie nun zu uns?", will Urs wissen.

„Ja, das ist eine gute Frage. Ich habe mir vieles überlegt und bin zum Schluss gekommen, mich bei Ihnen zu melden. Wissen Sie, Hansueli hat mich gestern Abend vor meiner Wohnung erwartet. Er war schrecklich aufgebracht und faselte etwas von einer Schwägerin, die niedergestochen wurde und dass seine Frau unauffindbar sei. Er erzählte mir, dass Melanie Peters, eben seine Frau, sich wieder an alles erinnern könne, und er befürchte, dass sie damit nicht umgehen könne." Wieder nimmt Herr Hofer einen Schluck Wasser, bevor er weitererzählt. Urs und Uschi schauen sich indessen vielsagend an. Es scheint, als wären die Antworten auf die vielen offenen Fragen bei Melanie Peters zu finden.

„Dabei schien alles so gut zu laufen. Hansueli hat seinen Umzug nach Untersiggenthal geplant, nachdem er frühzeitig in Pension gehen konnte. Ich kenne die beiden schon sehr lange, und ja, vielleicht kann man sagen, dass wir so etwas wie Freunde sind.

Jedenfalls war Melanie Peters auf gutem Weg, endlich etwas selbstständiger zu werden. Es war vereinbart, dass sie ab und zu versucht, ohne Begleitung etwas zu unternehmen. Hansueli trägt seine Frau buchstäblich auf Händen. Sie ist ein Engel, müssen Sie wissen." Die hellblauen Augen von Stefan Hofer beginnen zu leuchten. „Seit ich sie damals in Königsfelden zum ersten Mal gesehen habe, wusste ich, dass sie ein ganz besonderer Mensch ist. Aber ich schweife ab."

„Aha. Um welche Zeit haben Sie Herrn Peters zuletzt gesehen?", will Urs wissen.

„Das müsste so um acht, halb neun Uhr gewesen sein. Ich versuchte, ihn zu beruhigen. Wir hatten ein Bier getrunken, und er wollte danach mit dem Fahrrad nach Untersiggenthal fahren. Wir kamen zum Schluss, dass Melanie vielleicht irgendwo im Haus vor Erschöpfung eingeschlafen sei und sich Hansueli völlig umsonst Sorgen mache. Schließlich muss der Nachmittag, an dem all ihre Erinnerungen zurückgekommen sind, anstrengend für sie gewesen sein. Doch obwohl wir abgemacht hatten, dass er mich später am Abend noch einmal anrufen sollte, hat er sich dann nicht mehr gemeldet."

Herr Hofer setzt sich gerade hin und spricht weiter: „Der Grund, weshalb ich heute zu Ihnen komme, ist, dass ich frühmorgens zu Hansuelis Haus ging, um nachzusehen, ob alles in Ordnung sei. Doch statt Hansueli fand ich eine versiegelte Wohnungstür vor, worauf ich mir keinen Reim machen konnte. Dann schaute ich in die Scheune, aber Hansuelis Fahrrad war nicht da. Ich machte mir große Sorgen, dass ihm, den beiden, etwas zugestoßen ist. Dann musste ich arbeiten gehen. Und nachdem meine Schicht kurz nach Mittag zu Ende war, fuhr ich gleich nach Baden und meldete mich bei der Stadtpolizei. Die haben mich an Sie verwiesen. Also kam ich hierher."

„Herr Hofer, Hansueli Peters wurde gefunden. Leider konnte er nur noch tot geborgen werden", erklärt Uschi in ruhigem Ton.

Herr Hofer schaut fragend von Uschi zu Urs, sagt jedoch nichts. Also fährt Uschi fort: „Wir haben ihn aus der Limmat gezogen, unten, bei den Bädern."

Nun schüttelt Herr Hofer langsam den Kopf: „Hat er sich etwas angetan? Das ... oh, mein Gott. Ich habe gestern gemerkt, dass er völlig außer sich war. Doch als er ging, schien er mir wieder okay zu sein. Hätte ich ihn begleiten sollen? Ich war so müde und sehnte mich nach etwas Schlaf. Hätte ich gewusst ...“

„Wir können noch nicht sagen, wie Hansueli Peters gestorben ist“, unterbricht Urs. „Sie glauben, Herr Peters könnte sich etwas angetan haben?“, fragt Urs weiter.

„Ja, ich meine ... Wer sollte ihm etwas antun wollen? Er ist ein freundlicher, netter Mensch, der niemandem je etwas zuleide getan hat. Er hat keine Feinde. Er muss völlig verzweifelt gewesen sein. Er muss nochmals nach Baden gefahren sein, deshalb steht wohl sein Fahrrad nicht zu Hause“, stellt Hofer fest.

„Können Sie sich vorstellen, warum er nach ihrem Treffen nochmals nach Baden gefahren sein könnte?“ Uschi steht auf und holt die Akte, die auf Anitas Schreibtisch liegt. Sie findet das Hochzeitsbild von Hansueli und Melanie Peters: „Das ist Frau Peters, nicht wahr?“, versichert sie sich.

„Ja, das ist sie. Doch ich kann mir nicht vorstellen, warum er nochmals nach Baden gefahren sein soll. Er hätte sich sicher bei mir gemeldet, wenn er diese Absicht gehabt hätte. Ich bin ratlos.“

„Könnte es sein, dass sich seine Frau bei ihm gemeldet hat? Wäre das ein Grund, weshalb er, ohne Sie zu informieren, spätabends in die Stadt gehen würde? Vielleicht ist sie doch weggelaufen? Nach Baden? Vielleicht hat sie nicht nach Hause gefunden und hat sich später bei ihm gemeldet?“, überlegt Uschi.

Stefan Hofer zögert mit seiner Antwort. „Seine Frau? Sie meinen ...“ Er schließt kurz beide Augen und atmet tief ein. Schließlich sagt er: „Ja, das wäre eine Möglichkeit, aber wie gesagt: Ich weiß es nicht. Ich kann nicht glauben, dass er tot ist.“

Uschi legt die Akte zurück: „Herr Hofer, danke, dass Sie gekommen sind. Wenn Ihnen noch etwas in den Sinn kommt, rufen Sie uns bitte an. Wir melden uns bei Ihnen, falls wir noch Fragen haben. Wie können wir Sie erreichen?“

„Aha, ja. Ich wohne in Nussbaumen, zusammen mit meiner Frau. Ich habe aber zusätzlich eine eigene Wohnung in der

Nähe des Altersheimes." Er nennt die beiden Adressen und seine Handynummer. „Es wäre gut, falls Sie mich erreichen wollen … Ich bitte Sie, mich entweder im Alterszentrum oder via Handy zu kontaktieren. In meiner Wohnung an der General-Guisan-Straße bin ich nur zum Übernachten, wenn ich Schicht arbeite. Weil meine Frau im Spital Aarau ebenfalls Schichtdienst hat, mag sie es überhaupt nicht, wenn sie in ihrer Freizeit gestört wird."

„Danke, Herr Hofer." Uschi streckt ihm ihre Hand hin, um ihn zu verabschieden. Sofort steht Stefan Hofer auf, nimmt Uschis Hand und verabschiedet sich.

„Stefan Hofer schon fast aus der Tür ist, ruft Urs ihm nach: „Herr Hofer! Noch eine Frage: Wie sah das Fahrrad von Hansueli Peters aus?"

„Rot", antwortet Stefan Hofer, während er sich umdreht.

„Rot? Eine auffällige Farbe", bemerkt Urs.

„Ja, das fand ich auch. Hansueli hat es sich erst vor Kurzem gekauft. Ein E-Bike. Er erzählte mir, dass er ein günstiges Angebot bekommen habe, und die einzige verfügbare Farbe war Rot. Erst habe er sich etwas schwer damit getan, doch dann hat es ihm gut gefallen."

„Kennen Sie die Marke?", fragt Urs weiter.

„Ja, Hollywood, glaube ich, oder so etwas Ähnliches. Broadway? Ich weiß nicht genau …"

„Danke schön, Herr Hofer. Wir melden uns." Urs schließt die Tür.

„Und? Was meinst du?", fragt er Uschi.

„Hm. Weiß auch nicht. Irgendwie finde ich ihn komisch. Hast du gesehen, wie der von Melanie Peters geschwärmt hat?"

„Das ist mir auch aufgefallen. Doch er scheint sich ernsthafte Sorgen um die beiden zu machen." Urs hält kurz inne und reibt sich das Kinn. „Der Gedanke, dass Melanie Peters ihren Mann angerufen haben könnte, weshalb er gestern Abend noch einmal nach Baden fuhr, leuchtet mir ein. Wir waren doch gestern

Abend da. Er muss kurz bevor wir gekommen sind weggefahren sein", fällt Urs auf.

„Genau. Ich frage mal nach, ob in der Stadt ein rotes E-Bike gefunden wurde."

„Und solltest du nicht noch einen Bericht schreiben? Für Mr. Wonderful?", spottet Urs.

„Dann schlage ich vor, du kümmerst dich um dieses Fahrrad. Und vielleicht fragst du schon mal in Aarau nach, ob sie neue Erkenntnisse haben", sagt Uschi.

„Aye aye, Käpt'n! Um das Fahrrad kümmere ich mich, Frau Fallführerin. Aber in Aarau ruf ich sicher noch nicht an. Die müssten hexen können, wenn sie schon etwas wüssten!"

„Meinst du, dass sich Hansueli etwas angetan hat? Und wo steckt diese Melanie?" Uschi geht noch einmal zum Kühlschrank. „Wir haben nur noch eine Flasche Wasser", bemerkt sie und schenkt sich ein Glas ein.

„Das wundert mich auch! Wenn sie nicht bald auftaucht, dann versteckt sie sich."

„Oder sie ist auch tot", wirft Uschi ein.

„Oder das." Urs seufzt.

„Also weißt du, Urs, wenn ich nicht wüsste, dass dieser Luigi tot ist, dann wüsste ich, wer hinter all dem steckt!"

Urs lächelt: „Er wäre der perfekte Täter, du hast recht. Könntest du dir vorstellen, dass dieser Luigi gar nicht tot ist und Giovanni Rossi uns einen Bären aufgebunden hat? Vielleicht steckt er mit seinem vermeintlich tot geglaubten Bruder unter einer Decke?"

„Vielleicht, wer weiß! Immerhin haben sie damals eine Vermisstenanzeige aufgegeben, die nicht der Wahrheit entsprach, um ein Verbrechen zu verschleiern …"

„Ein Verbrechen vielleicht nicht gerade. Und Giovanni Rossi erschien mir sehr vertrauenswürdig. Welches Motiv sollten sie haben?"

„Soweit ich weiß, ist Totschlag ein Verbrechen, oder nicht? Und denk an den Karton voller Geld. Vielleicht ist dort ein Motiv zu finden?" Uschi nimmt noch einmal einen großen Schluck Wasser.

„Sag mal! Geht's dir gut? Du wirkst etwas hektisch."

„Ach, diese Hitze! Sorry, ich bin irgendwie völlig genervt. Ich habe das Gefühl, wir kommen keinen Schritt weiter."

Es klopft an die Bürotür. Uschi schaut Urs fragend an, denn ein Klopfen an die Bürotür kommt äußerst selten vor. Sie zuckt mit den Schultern und öffnet die Tür.

„Herr Hofer! Haben Sie etwas vergessen?", fragt sie, als sie den sichtlich nervösen Herrn sieht.

„Nein, nein. Oder doch, vielleicht. Darf ich noch einmal hereinkommen?"

„Bitte!" Uschi öffnet die Tür weit und bedeutet Herrn Hofer einzutreten. Sie setzen sich wieder an den Tisch.

„Nun, Herr Hofer?" Uschi schaut ihn auffordernd an. „Was möchten Sie uns erzählen?"

„Ich weiß nicht. Also ich meine, vielleicht hat es nichts zu bedeuten. Ich komme mir etwas blöd vor, ehrlich gesagt …"

„Sie sind unruhig. Ist etwas passiert?", schaltet sich nun Urs ein.

„Nein, passiert ist nichts. Ich glaube, dass mich jemand beobachtet."

„Aha." Urs holt seinen Notizblock hervor, schreibt aber nichts.

„Ja. Sie müssen wissen, dass ich das Gefühl, beobachtet zu werden, in den letzten Wochen ein paarmal hatte. Ich bin nicht sicher, und vielleicht bilde ich mir das alles auch nur ein."

„Können Sie sich vorstellen, wer Sie beobachten könnte? Und warum?"

„Nein!", antwortet Herr Hofer schnell, und es hört sich fast wie ein Aufschrei an. Ruhiger fährt er fort: „Nein, ich kann mir absolut nicht vorstellen, wer das sein könnte oder warum."

„Sie arbeiten im Altersheim. Vielleicht ein Angehöriger eines Pensionärs?", fragt Uschi.

„Oder Ihre Frau?", wirft Urs ein.

„Meine Frau?" Stefan Hofer senkt kurz den Kopf und scheint sich Gedanken zu machen. Dann blickt er auf. „Nein, ich glaube nicht, dass meine Frau mich beobachten lässt. Vielleicht habe ich mich auch getäuscht. Verzeihen Sie die Störung." Er steht auf.

„Keine Ursache, Herr Hofer." Uschi erhebt sich ebenfalls und reicht ihm erneut die Hand zur Verabschiedung.

„Danke."

In diesem Moment kommt Anita zurück ins Büro: „So, ihr beiden. Seid ihr weitergekommen? Oh … Ich hatte gedacht, Sie seien schon weg, Herr Hofer. Entschuldigung."

„Ich gehe dann jetzt. Auf Wiedersehen." Herr Hofer nickt leicht und verschwindet durch die Tür.

Bevor er das Gebäude verlässt, bleibt er kurz stehen. *Könnte Andrea, seine Frau, ihn beschatten?* Die Frage eben von Herrn Leu hat ihn stutzig gemacht. Mit bedächtigem Schritt und in Gedanken versunken verlässt er das Gebäude.

⚜⚜⚜

Andrea Hofer wurde im Frühling 2015 zur Oberärztin befördert. Sie hatte sich sehr engagiert und viel dafür getan, um ihr Ziel zu erreichen. Nun war es ihr gelungen! Sie kaufte eine Flasche Moët & Chandon und fuhr gut gelaunt nach Hause, wo sie mit ihrem Mann auf ihre Beförderung anstoßen wollte. Doch Stefan war nicht da, obwohl er gemäß Arbeitsplan frei hatte.

Kurz entschlossen setzte sie sich in ihren Wagen und fuhr zu seiner Wohnung an der General-Guisan-Straße. Sie klingelte, und ein Hochgefühl überkam sie. Noch nie, in all den Jahren, in denen Stefan diese Wohnung schon benutzte, hatte sie einen Fuß hineingesetzt. Sie kam sich in diesem Moment wie eine Teenagerin vor, die sich zum ersten Mal mit einem Mann verabredet hat. Sie wartete vor der Haustür, doch Stefan schien nicht da zu sein. Während sie ein zweites Mal die Klingel betätigte und auf ein Summen wartete, um die Haustür öffnen zu können, wurde ihr Hochgefühl etwas getrübt. Die Tatsache, dass sie keinen freien Zugang zu dieser Wohnung hatte, empfand sie nun erstmals als komisch. Bisher hatte sie sich keine Gedanken darüber gemacht. Sie hatte kein Problem damit, zu akzeptieren, dass ihr

Mann gelegentlich etwas Freiraum brauchte und erachtete ihre Situation als modern und zeitgemäß. Doch nun überkam sie ein eigenartiges Gefühl. Sie zuckte mit den Schultern und wollte sich zum Gehen wenden, als sie das Summen vernahm. Sofort hatte sie die betrüblichen Gedanken vergessen und trat in das Treppenhaus des Mehrfamilienhauses ein. Sie hörte von oben die Stimme ihres Mannes: „Wer ist da?"

„Ich bin's!", ruft sie fröhlich zurück und schickt sich an, die Treppe hinaufzulaufen.

„Andrea?" Sie interpretiert seine Stimme als freudig überrascht und ruft zurück: „Ja, ich habe gute Nachrichten!"

Dann hört sie, wie die Tür ins Schloss fällt, und kurz darauf kommt ihr Stefan im Morgenmantel entgegen. „Oh! Habe ich dich geweckt? Sorry …" Sie hält den Champagner in die Höhe. „Mir wurde heute endlich die Position als Oberärztin angeboten, und ich habe mir gedacht, dass wir zusammen darauf anstoßen sollten!", lacht sie.

„Super! Gratuliere!" Stefan umarmt seine Frau im Treppenhaus und küsst sie.

„Lass uns nach oben gehen." Andrea löst sich aus der Umarmung. „Wir wollen anstoßen. Mir ist gerade bewusst geworden, dass ich noch nie in dieser Wohnung war", lacht sie.

„Andrea, warte." Stefan hält sie am Arm fest. „Es ist sehr unordentlich, und es ist mir unangenehm, dich so in die Wohnung zu bitten. Was hältst du davon, wenn ich mich schnell anziehe, und du wartest unten im Wagen auf mich?"

„Aber es stört mich nicht, dass nicht aufgeräumt ist. Oder versteckst du eine andere Frau vor mir?", neckt sie ihn.

„Andrea! Das beleidigt mich jetzt aber. Natürlich nicht!"

„Also? Komm!" Sie nimmt eine Stufe nach oben, während Stefan stehen bleibt.

„Na gut, lass uns nach oben gehen."

Er tritt vor ihr in die Wohnung und zeigt ihr die Küche und die Gläser: „Schenkst du uns schon einmal ein? Ich möchte mich erst anziehen."

„Oh, ich dachte, es sei nicht aufgeräumt. Doch in dieser Küche sieht es aus, als wäre sie noch nie benutzt worden."

„Ist sie auch nicht!" Er zwinkert ihr zu und geht nach hinten, wo er in einem Zimmer verschwindet. Kurz darauf kommt er zurück in die Küche, wo Andrea inzwischen die Flasche geöffnet hat.

„Lass uns ins Wohnzimmer gehen", bittet Stefan und geht seiner Frau voraus.

„Das ist ja unsere alte Polstergruppe!", ruft sie erfreut, als sie das Wohnzimmer betritt und sich umschaut.

„Na ja, ganz ordentlich sieht es nicht aus, doch ich hatte mir Schlimmeres vorgestellt!"

„Also." Stefan hebt sein Glas. „Auf dich, mein Schatz! Gratuliere!" Sie stoßen miteinander an und trinken einen Schluck, bevor sich Andrea auf das Sofa setzt.

Später musste sie zur Toilette. Offensichtlich lief sie in die falsche Richtung, und sie war erstaunt, wie schnell ihr Mann neben ihr stand und verhinderte, dass sie den Gang nach hinten ging. Wieder überkam sie ein seltsames Gefühl, und sie inspizierte die Toilette, bevor sie wieder ins Wohnzimmer ging. Dass sie nichts Auffälliges gefunden hatte, beruhigte sie jedoch wieder, und nachdem beide zwei Gläser Champagner getrunken hatten, stand sie auf: „Was hältst du von Pizza? Ich lade dich ein."

„Gute Idee!" Stefan stellte schnell sein Glas weg und ging zur Wohnungstür.

„Willst du keine Schuhe anziehen?", fragte sie ihn, als er mit den Badelatschen vor die Tür trat.

„Oh, ja, natürlich" stammelt er.

„Mir scheint, dir ist der Champagner schon zu Kopf gestiegen!"

Vier Wochen danach traf sich Andrea Hofer mit einem Privatdetektiv. Das ungute Gefühl, das sie bei ihrem Besuch beschlichen hatte, breitete sich in den folgenden Tagen aus, sodass sie sich entschloss, ihren Mann beobachten zu lassen.

„Der ist irgendwie komisch drauf", bemerkt Uschi, als Herr Hofer aus der Tür war. „Ich weiß nicht, ob ich mich vor ihm fürchten oder ob ich Mitleid mit ihm haben soll ..."

„Wieso?", will Anita wissen.

„Er glaubt, er werde beobachtet", antwortet Urs. „Er verbirgt etwas. Doch ich glaube, das ist eher privater Natur."

„Oh, meinst du? Betrügt er seine Frau?" Anita hebt eine Augenbraue. „Schnucklig ist er ja ..."

„Anita!", empört sich Uschi. „Konzentrieren wir uns wieder auf unseren Fall? Ich habe das Gefühl, wir tappen nur im Dunkeln!" Uschi ist frustriert.

„Ach Uschilein, jetzt lass doch den Kopf nicht hängen. Schau mal, das ist quasi dein 1. Fall! Du willst unseren schönen Bolti doch nicht enttäuschen! Nachdem er dir so vertraut!"

„Witzig! Ich hab jetzt gerade keine Lust auf deine Witze, Anita", bemerkt Uschi trocken.

„Ou!" Anita sucht Blickkontakt zu Urs. „Unsere Uschi ist ganz schön zickig! Vielleicht gehst du mit ihr ein Eis essen?"

„Die Idee gefällt mir, doch Uschi hat mich gebeten, ein rotes Fahrrad zu suchen. Vielleicht mach ich mich besser auf, bevor sie noch zickiger wird", lacht Urs.

„Ach, nach einem roten Fahrrad musst du jetzt fahnden?", fragt Anita gekünstelt.

„So lautet der Befehl." Urs geht auf das Spiel von Anita ein.

„Sagt mal, macht ihr euch gerade lustig über mich?", fragt Uschi grimmig.

„Nur ein kleines bisschen", grinst nun Anita. „Apropos rotes Fahrrad, hast du das ernst gemeint, Urs?"

„Ja, warum?"

„Weil mir heute Mittag ein rotes Fahrrad aufgefallen ist. So ein E-Bike. Es ist mir aufgefallen, weil man das ja nicht so oft sieht."

„Wo?", kommt es aus Uschis und Urs' Mund, und beide schauen gespannt zu Anita.

„Tja, wo war das noch mal ..."

„Anita! Treib es nicht zu weit!" Uschi stemmt ihre Arme in die Hüften und wippt nervös mit dem rechten Fuß.

„Na, gleich um die Ecke. Ich war über Mittag kurz im Boveri-Park und habe mich mit meinem Salat in den Schatten der Bäume gesetzt. Dann bin ich ein kleines Stück die Limmat entlanggeschlendert bis zum Schulhaus. Dort stand ein rotes Fahrrad, auf diesem Weg da unten, wie heißt der noch mal? Irgend so ein adliger Name." Anita schaut Urs fragend an.

„Du meinst den Von-Rechenberg-Weg", ergänzt Urs.

„Genau."

„Wir sind kurz weg", sagt Uschi. Urs ist schon bei der Tür, und sie lassen Anita allein im Büro stehen. „Tschüs, ihr beiden!", ruft Anita noch hinterher, doch das haben sie nicht mehr gehört.

„Da! Da steht ein rotes Fahrrad!", ruft Uschi und beschleunigt ihre Schritte. „Komm schon!", ruft sie Urs zu, doch dieser hat kein Bedürfnis, sich schneller zu bewegen. Als er beim Fahrrad ankommt, ist Uschi bereits dabei, die Umgebung zu erkunden.

„Und? Meinst du, das ist das Fahrrad von Herrn Peters?", fragt er, als er Uschi eingeholt hat.

„Ja, das glaube ich schon!", ruft Uschi, die ein Stück Richtung Hochbrücke gelaufen ist.

Sie kommt zurück und stellt sich neben das Rad: „Schau mal: Broadway. Das hat Herr Hofer doch erwähnt. Schon ein eher spezielles Rad, findest du nicht?"

„Ja, das könnte es sein." Urs holt seinen Block hervor, schreibt ein paar Worte auf und schaut dann Richtung Limmat.

„Suchst du etwas?", fragt Uschi.

„Ja. Ich hatte geglaubt, dass das Geländer zur Limmat hier irgendwo durchbrochen sei. Doch es sieht so aus, als gäbe es keine Öffnung zum Fluss."

„Ich könnte mir vorstellen, dass er hier in die Limmat gefallen ist." Uschi steht auf der Ersten der beiden Geländerstangen und schaut nach unten. „Wenn er über das Geländer gefallen wäre, hätte er in den Fluss rollen können. Es stellt sich nun lediglich die Frage, ob er selbst hineingefallen ist oder ob da jemand nachgeholfen hat."

„Hat Lang nicht etwas von Erbrochenem im Mund gesagt?", will Urs wissen.

„Ja, stimmt." Uschi klettert vom Geländer und beugt sich vornüber. „Vielleicht hat er sich hier übergeben und ist dann über das Geländer in die Limmat gefallen. Schau, so …"

„Hm. Nein, das kann nicht sein", bemerkt Urs und macht weitere Notizen in seinem kleinen Block.

„Nein, das Geländer ist zu hoch", stellt nun auch Uschi fest und geht wieder zum Fahrrad. „Schau, es hat einen platten Reifen vorn."

„Und es ist nicht abgeschlossen. Aber ich bin mir ziemlich sicher, dass es sich bei diesem Fahrrad um das E-Bike von Herrn Peters handelt. Wir nehmen es mit."

„Meinst du?", fragt Uschi. „Und wenn der Besitzer gleich zurückkommt und sein Rad nicht mehr vorfindet?"

„Dann wird er sich bei der Polizei melden. Es ist nicht abgeschlossen, und er muss damit rechnen, dass es weg ist, wenn er zurückkommt. Besser, wir nehmen es mit, als dass einer der Oberstufenschüler uns zuvorkommt." Urs zeigt auf das naheliegende Schulhaus Pfaffechappe.

„Die haben Ferien. Aber okay, einverstanden. Schauen wir uns noch etwas um? Vielleicht finden wir weitere Hinweise", meint sie und wendet sich wieder dem Limmatufer zu. „Ich steige mal über das Geländer."

„Hallo! Hallo, Sie!" Ein älterer Herr kommt auf Uschi und Urs zu. Als er vor ihnen steht, fragt er: „Gehört dieses Fahrrad Ihnen?"

„Wer sind Sie?", fragt Urs zurück, ohne die Frage zu beantworten.

„Mein Name ist Rolf Zimmermann. Ich bin der Schulleiter der Oberstufe, gleich hier oben in der Pfaffechappe." Urs schätzt den Herrn auf etwa Mitte/Ende fünfzig. Aus einem jugendlich wirkenden Gesicht blitzen ihn dunkelbraune Augen an. „Und Sie? Wer sind Sie?", fragt Herr Zimmermann forsch.

„Kapo Baden." Urs zeigt auf Uschi, die vom Geländer zurückkommt. „Frau Frei. Mein Name ist Urs Leu."

„Ah." Herr Zimmermann streckt Urs seine Hand zur Begrüßung hin und meint, wesentlich versöhnlicher: „Entschuldigen Sie, Herr Leu, meinen etwas resoluten Auftritt. Doch Sie können sich nicht vorstellen, mit welchem Gesindel wir es oft zu tun haben. Ich meine natürlich nicht, dass Sie wie Gesindel aussehen …"

„Schon gut", mischt sich nun Uschi ins Gespräch. „Wissen Sie etwas über dieses Fahrrad?"

„Na ja … nicht über das Fahrrad. Aber ich vermute, dass es den Leuten, die sich gestern am späten Abend hier getroffen haben, gehört." Herr Zimmermann greift in die Hosentasche seiner grünen Jeans und holt ein Stofftaschentuch hervor. Sorgfältig entfaltet er das Tuch, und etwa 10 weiße Pillen werden sichtbar. „Da, sehen Sie! Die habe ich gestern, nachdem die Herrschaften weg waren, hier gefunden. Das Fahrrad haben sie einfach stehen lassen. Das ist bestimmt Ecstasy oder eine andere Droge! Hier ist ein Schulhaus! Das ist doch unverantwortlich!", regt sich Herr Zimmermann auf.

Urs nimmt das Taschentuch mit den Pillen entgegen: „Dürfen wir die so mitnehmen?"

„Ja, natürlich. Allerdings hätte ich mein Taschentuch gern wieder zurück."

Uschi holt derweil eine kleine Plastiktüte aus ihrer Handtasche. Sie füllt die Pillen in die Tüte. Urs gibt Herrn Zimmermann das Taschentuch zurück: „Kein Problem, bitte schön."

„Danke. Und was ist jetzt? Werden Sie die Pillen untersuchen?", fragt der Schulleiter, während er sein Taschentuch zurück in seine Hose steckt.

„Was haben Sie gestern Abend hier gemacht?", will Urs wissen.

„Wir hatten eine außerordentliche Sitzung. Es gab ein paar personelle Schwierigkeiten vor den Sommerferien, weshalb wir uns ausnahmsweise gestern Abend zu einer Besprechung getroffen haben, ein paar Behördenmitglieder, mein Kollege und ich. Sie dauerte so bis 22.30 Uhr. Danach räumte ich mein Büro noch auf, als ich durchs offene Fenster stöhnende Geräusche hörte. Es ist ja so heiß! Deshalb standen die Fenster meines Büros weit offen, in der Hoffnung, dass die Nachtluft etwas Kühlung bringt. Wissen Sie, wir haben keine Klimaanlage, und Sie können sich nicht vorstellen, wie heiß …"

„Herr Zimmermann, Sie schweifen etwas ab", unterbricht Urs den Redefluss des Herrn.

„Ja, Entschuldigung. Ich hörte also stöhnende Geräusche. Ich versuchte, aus meinem Bürofenster etwas zu erkennen, doch das Einzige, was ich sah, waren zwei Köpfe. Eine Frau und ein

Mann, glaube ich. Der Mann schien völlig betrunken zu sein, denn er wurde von der Frau gestützt."

Urs nimmt seinen Block hervor und beginnt zu schreiben. „Und dann?", will er wissen.

„Ja, ich beschloss nachzusehen. Vielleicht, dachte ich mir, braucht die Frau Hilfe oder der Mann. Ich schloss also mein Büro und wollte nachschauen gehen, als Herr Meier, ein Schulpfleger, auf mich zukam und mir anbot, mich nach Hause zu fahren. Das habe ich dann angenommen, Sie verstehen. Als ich heute Morgen im Schulhaus ankam, bin ich dann gleich nach unten gelaufen und habe dieses Fahrrad gesehen – und diese Pillen …" Er zeigt auf die Plastiktüte, die Uschi noch immer in der Hand hält. „Die habe ich am Boden gefunden. Ja, das Fahrrad hatte einen platten Reifen, und ich beschloss, es stehen zu lassen und heute zu schauen, ob es abgeholt wird. Und jetzt habe ich Sie gesehen."

„Danke, Herr Zimmermann. Sie haben uns sehr geholfen. Die beiden Köpfe, die Sie gesehen haben. Können Sie uns die beschreiben?"

„Es war ja ziemlich dunkel." Der Schulleiter kratzt sich am Kopf. „Aber ich meine, dass es ein Mann und eine Frau gewesen sein müssten. Der Mann hatte ganz weißes Haar und die Frau auch – oder blond, jedenfalls hell. Es könnte sein, dass ihr Haar hochgesteckt war. Oder kurz? Es war wirklich ziemlich dunkel."

„Aha." Urs notiert alles in seinem Notizbuch.

„Wir nehmen das Fahrrad jetzt mit." Uschi steckt die Pillen in ihre Tasche und greift zum Fahrradlenker. „Es ist möglich, dass wir uns noch einmal bei Ihnen melden. Sind Sie tagsüber im Schulhaus erreichbar?"

„Normalerweise schon. Es sind Sommerferien und da bin ich nicht jeden Tag hier. Diese Woche allerdings schon. Es gibt noch so vieles zu tun! Wissen Sie, unser Heilpädagoge ist kurz vor den Sommerferien abgesprungen. Deshalb auch die Sitzung gestern Abend. Suchen Sie einmal einen Heilpädagogen für das neue Schuljahr im Juli! Das ist ein fast unmögliches Unterfangen!"

„Wie könnten wir Sie sonst erreichen? Wenn Sie nicht am Arbeiten sind?" Urs' Stimme ist ruhig, aber bestimmt.

„Ich habe hier meine Karte." Herr Zimmermann holt sein Portemonnaie hervor und zieht eine Visitenkarte heraus, die schon bessere Tage gesehen hat. „Hier …", er zeigt auf die Karte, „ist meine Handynummer. Da bin ich fast immer erreichbar."

„Sie hören von uns." Urs nimmt die Karte entgegen und streckt Herrn Zimmermann die Hand hin: „Auf Wiedersehen."

„Auf Wiedersehen." Herr Zimmermann erwidert den Gruß. Auch von Uschi verabschiedet er sich, und als die beiden schon mit dem Fahrrad Richtung Ländliweg 2 gehen, hören sie: „Sie! Herr Leu! Entschuldigung nochmals." Herr Zimmermann läuft ihnen nach. „Warum waren Sie eigentlich hier? Und warum interessiert Sie das Fahrrad? Gibt es etwas, was ich wissen muss? Ich meine, wegen der Schüler?"

Urs dreht sich um: „Nein, Herr Zimmermann. Wir ermitteln in einem Todesfall. Mehr darf ich jetzt nicht sagen."

„So! Ein Todesfall! Aber …"

„Tut mir leid. Auf Wiedersehen."

Ein paar Stunden zuvor,
in der Umgebung von Baden

Das Erste, was sie spürt, ist ein unangenehmer Druck am rechten Hinterkopf. Je mehr sie zu Bewusstsein kommt, desto pochender wird der Druck und wandelt sich zum unangenehmen Schmerz. Melanie öffnet die Augen, um sie gleich darauf wieder zu schließen. Sie dreht sich auf die Seite und versucht, den Schmerz zu ignorieren. *Schlafen.*

Der Kopfschmerz wird stärker, und vorsichtig hebt sie ihre Augenlider. Sie kann sich nicht erinnern, wie sie hierhergekommen ist. Sie erkennt ein Fenster, dessen Fensterläden geschlossen sind. Zwischen den Klappen dringt wenig Sonnenlicht ins Zimmer. Gerade genug, um die gelbe Bettwäsche wahrzunehmen.

Sie versucht, sich zu erinnern und schließt die Augen. Erst verschwommen, und dann klar dringen innere Bilder in ihr Bewusstsein.

Oh mein Gott! Sie öffnet die Augen und hört, wie sich die Tür hinter ihr öffnet. Sie nimmt Schritte wahr, die sich ihr nähern.

„War ein guter Tipp mit dem roten Fahrrad, Anita!", ruft Uschi, als sie das Büro betritt. „Wir sind wieder da."

Anita schaut vom Bildschirm auf.

„Wir glauben, dass dies das Fahrrad des Toten ist. Außerdem wissen wir jetzt, dass er wohl nicht allein war, als er in die Limmat sprang oder fiel oder gestoßen wurde."

„Er ist nicht ertrunken – das Springen und Fallen kannst du vergessen", antwortet Anita sehr sachlich und wendet sich wieder dem Bildschirm zu.

„Diese Info ist eben von Aarau gekommen. Er sei nicht ertrunken, was bedeutet, dass er schon tot war, als er in die Limmat fiel."

Anita hebt erneut den Kopf und schaut Uschi und Urs mit einem aufmunternden Lächeln an: „Die waren jetzt aber sehr schnell!"

„Ja, da gebe ich dir recht", pflichtet Urs ihr bei. „Und? Gibt es auch schon Hinweise, woran Hansueli Peters gestorben ist?"

„Nein, warte …" Anita wendet sich wieder dem Dokument zu. „Doch Lang hatte recht. Er hat sich kurz vor seinem Tod übergeben. Die Ursachen dafür sind noch nicht klar, doch äußere Einwirkung scheint es nicht zu geben."

„Fallen. Fallen kann noch nicht gestrichen werden", sinniert jetzt Uschi. „Was, wenn er einfach zu viel getrunken hatte, verständlich an diesem Tag, und sich übergeben musste, bewusstlos wurde und dann in den Fluss fiel?"

„Du lässt nichts aus, stimmt's?", fragt Anita.

„Wie meinst du das?" Uschi ist verunsichert.

„Ich meine damit, dass du gründliche Arbeit machst, alles durchdenkst und nichts auslässt. Aber glaubst du, dass es ein Unfall war?"

Urs, der hinter Uschi steht, gibt Anita ein Zeichen, dass sie ruhiger werden soll. Er versteht sofort, worauf Anita hinaus will.

Sie möchte Uschi zu bedenken geben, dass sie sich nicht nur auf ihren Verstand, sondern auch auf ihre Gefühle verlassen soll. Doch die Art und Weise, wie Uschi die Dinge angeht, bilden eine gute Ergänzung zu seiner eigenen, intuitiven Art. Er schätzt daher ihre Gedanken, die sehr hilfreich sind. Die Situation in ihrem Team hat sich geändert, weil Uschi nun ganz offiziell seine Assistentin ist. Er nimmt sich vor, demnächst mit Anita darüber zu sprechen. Sie meint es gut, das weiß er. Sie muss nur verstehen, dass es gut ist, wie es ist. Die Funktion von Uschi hat sich verändert, doch Uschi blieb zum Glück, wie sie war.

„Ich glaube, du hast recht. Ich glaube nicht an einen Unfall. Das alles kann kein Zufall sein: Die Ausgrabungen in Ennetbaden, der Angriff auf Frau Rossi, der Tod von Herrn Peters und das Verschwinden seiner Frau." Uschi hat die Frage von Anita wohl nicht als provozierend verstanden, worauf Anita zufrieden lächelt.

„Dann haben wir also ein Verbrechen", stellt Urs fest.

„Ja." Uschi seufzt. „Ich setze mich mal ans Pult und beginne mit dem Bericht für Bolti."

Urs möchte sie unterstützen: „Dann übernehme ich die Presse, okay?"

„Du bist der Beste!" Uschi lächelt ihn dankbar an. „Danach fahren wir mal ins Kantonsspital, okay? Eine Stunde reicht, oder?"

„Bis dann", verabschiedet sich Urs.

Uschi wendet sich Anita zu. „Ach, Anita, diese Tabletten-„ Sie zieht den Plastikbeutel aus ihrer Tasche. „Die hätte ich jetzt fast vergessen. Der Schulleiter hat sie unten an der Limmat gefunden. Ich wüsste gerne, was für Tabletten das sind."

„Wird erledigt! Übrigens, deine Schwester hat dich gesucht. Ich habe ihr gesagt, dass du sie zurückrufst."

„Danke. Jetzt habe ich aber wirklich keine Zeit …"

„Ich weiß schon, der Bericht! Habe ihr schon gesagt, dass du ziemlich beschäftigt bist. Sie meinte, sie wolle dir etwas sagen. Und sie wolle wissen, wann du am Freitag für die Anprobe Zeit hast."

„Die Hochzeit! Ich schreib ihr eine SMS. Was will sie mir sagen?"

„Das hat sie mir nicht gesagt." Anita steht schon an der Tür. „Ich geh dann mal." Sie hält die Plastiktüte mit den Tabletten in die Höhe und verschwindet aus dem Büro.

Mittwoch, 8. Juli 2015,
Kantonsspital Baden

Urs und Uschi kommen gerade vom Parkplatz zum Hauptein-
gang des Kantonsspitals, als ihnen zwei Männer auffallen.

„Ist das nicht Herr Rossi?", fragt Uschi.

„Ja, du hast recht." Urs nimmt Kurs auf die beiden Männer,
die etwas abseits auf dem Platz vor dem Eingang stehen und sich
anschreien.

„Dov'è Luigi?" Ein Mann, etwa 60-jährig und von schlan-
ker Statur, fast einen Kopf kleiner als Herr Rossi, packt diesen
am Hemdkragen und versucht, den ihm körperlich überlegenen
Mann zu schütteln.

Herr Rossi befreit sich und ruft: „Chi sono? Cosa vogliono
di Luigi? Lasciami in pace …"

Urs und Uschi eilen zu den beiden Männern: „Herr Rossi, worum geht es hier?"

„Ah, Signor Leu! Gut, dass Sie kommen. Dieser Herr", er
zeigt auf den kleinen Mann, „hat mir wohl aufgelauert vor dem
Spital. Ich wollte eben zu meiner Frau gehen, als er mich angesprochen hat. Er will wissen, wo Luigi sei …"

In diesem Moment unternimmt der unbekannte Mann einen
Fluchtversuch. Uschi rennt ihm nach und bekommt ihn an den Schultern zu fassen: „Nicht so schnell!" Sie bedeutet ihm, umzukehren.

„Lassen Sie mich in Ruhe!", protestiert der Mann, doch Uschi
drängt ihn zurück zu Urs und Herrn Rossi.

Urs zeigt dem Unbekannten seinen Ausweis: „Wie heißen Sie?"

„La Polizia!"

„Genau. Wir sind die Polizei. Also, wie heißen Sie?"

„Campana", murmelt er leise, kaum zu verstehen.

„Wie bitte? Cam …"

„Campana, Dino", sagt er nun mit fester Stimme und schüttelt Uschi, die ihn noch immer am Arm festhält, ab.

„Herr Campana", fährt Uschi nun fort. „Was wollen Sie von Herrn Rossi?"

„Ich will wissen, wo sein Bruder ist. Ich suche seinen Bruder seit vielen Jahren! Er hat mir Geld gestohlen!", empört sich nun Herr Campana.

„Cosa dicono!", ruft Herr Rossi.

„Bitte sprechen Sie deutsch, Herr Rossi", korrigiert Urs.

„Gut. Was sagen Sie da? Mein Bruder hat nie Geld gestohlen! Ich kenne Sie nicht."

Herr Campana lacht: „Eh, Giovanni, du mich schon kennen! Ich bin Dino. Haben wir zusammen gearbeitet, vor viele Jahre, in BBC. Weißt du nicht mehr?"

Herr Rossi überlegt kurz, dann: „Dino! Ja, jetzt erkenne ich dich wieder." Ein breites Lachen huscht über sein Gesicht. Doch gleich danach verfinstert sich seine Miene wieder: „Du sagst, Luigi habe dich bestohlen? Was erzählst du da?"

„Ja, hat mir meinen Anteil nicht gegeben. Wir haben gespielt, in Casino, und wir haben gewonnen viel Geld! Doch dann ist Luigi einfach verschwunden! Ist krank gewesen. Ich habe gewartet. Dann habe ich gehört, dass er sein verschwunden. Wohin ist verschwunden, mit meine Geld?"

Herr Rossi zuckt mit den Schultern und schaut fragend zu Urs und Uschi.

„Herr Campana", ergreift nun Urs das Wort. „Wenn ich Sie richtig verstanden habe, haben Sie mit Herrn Rossis Bruder Luigi im Casino Geld gewonnen. Wie viel Geld war das?"

„120000 Frankli", kommt es wie aus der Pistole geschossen.

Uschi nickt. „Die Schachtel!"

„Welche Schachtel?", fragt Herr Rossi.

„Wir erzählen Ihnen das später, Herr Rossi. Gehen Sie doch bitte rein, vielleicht ist Ihre Frau in der Zwischenzeit aufgewacht." Zu Herrn Campana gewandt meint Urs: „Und Sie müssen wir bitten, mit uns zu kommen. Wir haben ein paar Fragen an Sie."

Herr Rossi verabschiedet sich kurz und eilt zielstrebig und kopfschüttelnd zur Eingangstür des Spitals davon.

„Ich? Warum?" In Herrn Campanas Stimme schwingt Unsicherheit mit.

„Ich glaube, Sie wissen warum", antwortet Uschi. „Bitte begleiten Sie uns ins Café." Sie zeigt Richtung Cafeteria, die sich links von ihnen befindet. Die Tische der Gartenterrasse sind fast alle leer. Vielen scheint es draußen zu heiß zu sein, obwohl verschiedene Sonnenschirme Schatten spenden. Urs und Uschi steuern, Herrn Campana in ihrer Mitte, auf einen Schattenplatz zu.

„Haben Sie Durst? Möchten Sie etwas trinken?", fragt Uschi, als sie angekommen sind.

„Nein, ich will gehen", antwortet Herr Campana störrisch.

„Nun gut, dann setzen Sie sich bitte", weist Uschi ihn an und nimmt selber neben ihm Platz, während Urs sich vis-à-vis von ihm niederlässt.

„Ich muss nach Hause", versucht sich Herr Campana noch einmal aus dieser unerfreulichen Situation zu befreien.

„Herr Campana." Uschis Stimme ist sachlich und kühl. „Wir können Sie auch sofort festnehmen und dann verhören."

„Ich habe nix gemacht!"

„Dann können Sie uns ja sagen, wo sie gestern zwischen 18 Uhr und 20 Uhr waren", übernimmt nun Urs das Gespräch.

„Ich war … swimmen. Ja, ich war in Swimmbad. Ist sehr heiß diese Sommer."

„In welchem Schwimmbad?", fragt Urs weiter.

„In diese alte Swimmbad von Baden, neben Hochbrücke." Herr Campana entspannt sich etwas.

„Gibt es dafür Zeugen? Hat Sie jemand dort gesehen?", will Uschi wissen.

„Ja, viele Leute waren swimmen." Ein schelmisches Lächeln huscht über sein Gesicht.

„Natürlich. Doch hat Sie jemand erkannt? Waren Sie mit Ihrer Frau da? Oder Freunden? Oder haben Sie jemanden dort getroffen, der Sie kennt?"

„Ha! Meine Frau ist gegangen weg von mir! Schon lange! Hat sie einen Mann mit viel Geld getroffen und … bum, sie war weg! Ich lebe allein hier in diese Stadt."

„Sie wurden also nicht gesehen", hält Urs fest und macht eine Notiz in sein kleines Buch.

„Ist normal, oder?" Herr Campana scheint sich sicher zu fühlen.

„Nun", antwortet Uschi, „ich glaube Ihnen nicht. Ich glaube vielmehr, dass Sie in der Stadt waren. Genau gesagt: im Hotel Blue City. War es nicht so?"

„Nein! Ich war nicht in diese Hotel! Ich kenne diese Hotel nicht!"

„Und Sie waren heute Morgen schon mal im Spital, nicht?", fragt Uschi weiter.

Herr Campana schüttelt den Kopf.

„Sie wurden gesehen. Wir haben einen Anruf bekommen, dass jemand Frau Rossi besuchen wollte. Und die Beschreibung passt auf Sie", erklärt Uschi ruhig. „Sie wollen Ihren Anteil vom Geld bekommen, deshalb haben Sie Frau Rossi gestern im Hotel aufgesucht."

„Ich jetzt nichts mehr sagen!" Herr Campana verschränkt seine Arme vor der Brust.

„Auch gut." Urs lässt seinen kleinen Block in der Brusttasche seines Leinenhemdes verschwinden. „Sie haben das Recht, zu schweigen. Und Sie können einen Verteidiger beiziehen. Außerdem können Sie eine Vertrauensperson anrufen. Wir sprechen uns dann später noch einmal. Ich rufe die Kollegen an, die werden Sie gleich hier abholen. Möchten Sie jetzt etwas trinken, während wir warten?"

Eine gute halbe Stunde später, Herr Campana wurde den Kollegen übergeben und ist auf dem Weg ins Untersuchungsgefängnis, stehen Urs und Uschi vor dem Krankenzimmer von Frau Rossi. Sie klopfen an und treten dann ein.

Sofort schaut Herr Rossi auf, der neben seiner Frau am Bett sitzt und ihre Hand hält: „Sie ist aufgewacht", flüstert er. Langsam dreht Frau Rossi den Kopf Richtung Tür. Sie scheint noch etwas betäubt zu sein. Doch ein sanftes Lächeln huscht über ihr Gesicht.

Urs und Uschi treten näher. „Frau Rossi, wir freuen uns, dass es Ihnen besser zu gehen scheint. Wie fühlen Sie sich?", fragt Uschi.

„Ich bin müde. Doch ich habe keine Schmerzen."

„Wissen Sie schon, was passiert ist?"

„Ja, Giovanni hat mir gesagt, dass ich im Hotel gefunden wurde, mit einem Messer in der Lunge. Ich kann es gar nicht glauben." Frau Rossi atmet etwas schwerer.

„Wir wollen Sie nicht überanstrengen", fährt Uschi fort. „Sagen Sie bitte, wenn es Ihnen zu viel wird."

„Ja, das tue ich. Sie wollen bestimmt wissen, ob ich meinen Angreifer erkannt habe." Wieder macht sie eine kleine Verschnaufpause. Uschi und Urs nicken.

„Nein, erkannt habe ich ihn nicht. Er nannte mich aber beim Namen, er kannte mich. Es war ein Mann, kleiner als mein Giovanni. Ich trat eben aus der Tür meines Hotelzimmers, als er auf dem Gang erschien. Er hielt mir einen Zettel hin, den ich aber nicht lesen konnte." Frau Rossi atmet zweimal ruhig, bevor sie fortfährt. „Ich habe nur die Zahlen lesen können: 80000. Also öffnete ich meine Handtasche, um meine Lesebrille hervor nehmen. In diesem Moment nahm ich wahr, dass der Mann etwas Blitzendes hervorzog, und gleich darauf spürte ich einen brennenden Schmerz. Reflexartig schlug ich ihm meine Handtasche an den Kopf, und ich glaube, er lief dann weg. Dann wurde alles dunkel um mich."

„Sie hatten großes Glück, Frau Rossi", erklärt Urs. Zu Herrn Rossi gewandt: „Wir vermuten, dass es dieser Dino Campana war, den Sie vorher vor dem Spital getroffen haben. Er wurde inzwischen festgenommen."

„Dino? Warum? Was will er? Ich verstehe nicht …" Herr Rossi ist verwirrt.

Urs erzählt von dem Geld, das in einer Kartonschachtel gefunden wurde. Offensichtlich haben dieser Dino und Luigi das Geld zusammen im Casino gewonnen. Dann kam Luigi ums Leben, und Dino ging leer aus. Er muss durch die Fleyer auf Melanie Rossi aufmerksam geworden sein und sah offensichtlich seine Chance, doch noch zu seinem Anteil zu kommen.

„Wie sich das genau zugetragen hat, wissen wir noch nicht", schließt Urs. „Wir halten Sie aber auf dem Laufenden."

In diesem Moment ertönt ein Klopfen an der Tür, und zwei junge Männer stecken ihren Kopf ins Zimmer. „Zia Verena?"

Die beiden kommen herein, nicken Urs und Uschi kurz zu, bevor sie ihre Tante herzlich begrüßen.

„Wir gehen jetzt. Gute Besserung, Frau Rossi."

Es ist schon kurz nach 20 Uhr, als Uschi in Nussbaumen eintrifft. Im Büro hat sie Anita über die Geschehnisse im Spital informiert und erfahren, dass das fehlende Küchenmesser aus dem Haus der Peters gefunden wurde. Es lag dort im Keller, neben ein paar frisch aus dem Boden gezogenen Karotten.

Danach ging sie kurz in ihre Wohnung, um eine kalte Dusche zu nehmen, bevor sie zu ihrer Schwester fuhr.

Uschi klopft an die Haustür in Nussbaumen, wo Nina und Thomas wohnen, wartet aber nicht, bis ihr geöffnet wird und tritt ein.

„Nina? Thomas? Seid ihr da?" Blöde Frage, denkt Uschi. Wenn niemand da wäre, wäre die Tür ja wohl geschlossen.

„Hier im Garten, Schwesterherz!", hört sie Ninas Stimme. „Thomi ist aber nicht da. Er arbeitet noch."

Uschi geht durch das modern eingerichtete Wohnzimmer, in dem es außer Weiß, Grau und Dunkelgrau keine Farben zu sehen gibt, und tritt nach draußen.

„Hey! Wie geht es dir?" Ihre große Schwester ist aufgestanden und umarmt Uschi herzlich. „Du siehst toll aus. Du hast den Fall mit den Knochen gelöst, stimmt's?"

„Ja, das mit den Knochen hat sich aufgeklärt. Aber wir haben schon wieder einen neuen Fall." Uschi setzt sich auf einen der beiden Liegestühle.

„Nimmst du auch einen gespritzten Weißen?", fragt Nina.

„Ja, sehr gerne!"

„Du magst ihn sauer, noch immer, oder?" In Ninas Stimme schwingt die Aufforderung mit, doch mal einen Süßen zu probieren.

„Ja, noch immer sauer!", lacht Uschi.

„Nun, an den gespritzten Weißwein habe ich mich in der Zwischenzeit gewöhnt. Und an einem heißen Abend wie heute ist dies ein perfektes Getränk. Doch wie man Weißwein mit Citro trinken kann, ist mir noch immer ein Rätsel! Bin gleich zurück. Hast du schon gegessen?" Nina wartet die Antwort nicht ab und verschwindet in der Wohnung. Kurz darauf kommt sie zurück. In der einen Hand hält sie den Drink für Uschi, in der anderen Hand einen Teller mit einem schön angerichteten Tomaten-Mozzarella-Salat.

„Du bist die Beste!" Uschi steht auf und setzt sich auf einen der vier Gartenstühle an den Tisch.

„Ich kenne dich doch. Arbeitest den ganzen Tag, und am Abend verdrückst du ein paar Chips, weil du zu müde bist, dir ein Essen zuzubereiten. Gleich nachdem du deinen Besuch angekündigt hast, habe ich den Salat für dich zubereitet." Sie zwinkert. „En Guete!"

„Und bei dir? Alles im grünen Bereich?", fragt Uschi und schiebt sich die erste Gabel in den Mund.

„Ja, mir geht es eigentlich ganz gut."

„Eigentlich? Warum eigentlich?" Uschi nimmt ihr Glas, hebt es hoch und prostet Nina zu.

„Ach, ich bin noch immer nicht schlüssig wegen des Hochzeitsessens."

Jetzt bemerkt Uschi die vielen Kochbücher auf dem Tisch. „Oje, da kann ich dir leider nicht helfen."

„Thomi möchte etwas Einfaches. Etwas, was allen schmeckt. So Rahmschnitzel, Nudeln und Gemüse", meint Nina wenig begeistert.

„Hört sich doch super an!", versucht Uschi sie aufzumuntern.

„Nein, das hört sich für mich nicht super an. An meiner Hochzeit möchte ich gern etwas Spezielles, Raffiniertes." Nina nimmt eines der Bücher vom Stapel und schlägt es auf. „Schau mal, so was zum Beispiel!"

„Ja, das sieht sehr gut aus! Was ist das?"

„Ein Rinderfilet mit einer Trauben-Cranberry-Vinaigrette. Hört sich köstlich an, nicht?"

„Was sagt Mam?"

„Mam hat mir freie Hand gegeben."

„September ist ein guter Monat für ein Traubengericht", fügt Uschi ganz praktisch hinzu.

„Ja, du hast recht. Ich werde mit Thomi noch mal darüber sprechen. Aber ich wollte dich ja was fragen."

„Was denn?", fragt Uschi mit einer Tomate im Mund.

„Die zwei, die vermisst werden, die wohnen doch in diesem Haus außerhalb von Untersiggenthal, oder? Der Mann wurde ja inzwischen gefunden. Ich habe vorhin Nachrichten gehört …"

„Ja, stimmt. Aber wie kommst du darauf, wo die wohnen? Das war nicht in den Nachrichten." Uschi schaut ihre Schwester fragend an.

„Ich habe heute, auf dem Heimweg von Würenlingen, ein Polizeiauto da draußen gesehen. Und ich glaube, ich kenne die zwei. Ich musste nur noch eins und eins zusammenzählen."

„Woher kennst du die beiden?" Uschi hat den Teller inzwischen zur Hälfte aufgegessen. „Magst du auch noch etwas Salat?"

„Nein danke, der ist ganz allein für dich! Ich habe schon gegessen. Das ist doch eine eher seltsame Frau, nicht?"

„Ich kenne sie nicht. Ich weiß aber, dass sie sehr zurückgezogen gelebt hat." Uschi ist darauf bedacht, keine Informationen aus den laufenden Ermittlungen auszuplaudern. „Du sagst, du kennst die beiden?", hakt sie nach.

„Ja, diese komische Frau war oft beim Bauern, bei dem ich auch meine Eier hole. Sie hat nie etwas gesagt, oft nicht einmal meinen Gruß erwidert. Manchmal war sie in Begleitung ihres Mannes und manchmal in Begleitung des Mannes meiner Nachbarin."

Uschi verschluckt sich. „Der Mann deiner *Nachbarin*?"

„Ja, Frau Hofer. Sie wohnt auf der gegenüberliegenden Straßenseite. Erstaunt dich das?"

„Nein, ich … dieser Herr Hofer war heute Nachmittag bei uns. Ich habe nicht damit gerechnet, dass du ihn kennen könntest."

„Er war bei euch? Dann …" Nina nimmt einen Schluck Wein.

„Was dann?", will Uschi wissen.

„Ich habe nicht viel Kontakt zu den Hofers. Ab und zu sprechen wir über das Wetter oder den Garten oder so. Ich weiß, dass sie arbeitet – aber ehrlich gesagt nicht, was – und dass er im Alterszentrum arbeitet und sie keine Kinder haben. Und dass sie wohl oft allein ist."

„Du wolltest mir etwas sagen, Nina, was dann?"

„Weißt du, ich bin mir nicht sicher", beginnt Nina vorsichtig. „Ich glaube, dass ich die vermisste Frau heute Morgen gesehen habe."

„Du hast sie gesehen? Die Frau, die du beim Bauern getroffen hast?" Uschi ist aufgeregt und steht vom Tisch auf. „Wir suchen diese Frau!"

„Ja, auch das habe ich gehört", antwortet Nina kleinlaut.

„Okay. Wo hast du sie gesehen, und warum erzählst du mir das erst jetzt?"

„Hey, beruhige dich! Ich hatte ja angerufen. Und nein, ich bin mir nicht ganz sicher."

„Du hast sie am Morgen gesehen und erst am Nachmittag angerufen!" Uschi ist noch immer etwas verärgert.

„Ja, das stimmt. Aber wie gesagt: Ich bin mir nicht ganz sicher. Und ehrlich gesagt hatte ich es auch wieder vergessen. Aber als ich das Polizeiauto auf dem Heimweg in Untersiggenthal sah, habe ich mich wieder erinnert und sofort angerufen", verteidigt sich Nina.

Uschi versucht sich zu beruhigen. „Also, wo glaubst du, Frau Peters gesehen zu haben?"

„Sie saß auf dem Beifahrersitz meines Nachbarn, im Auto. Ich war früh im Markthof, weil ich zur Post musste. Als ich zurück fuhr, hat mir ein Autofahrer die Vorfahrt genommen, der von links aus der Kirchstraße in die Hertensteinstraße einbog. Ich glaubte, Herrn Hofer zu erkennen – und eben diese Frau auf dem Beifahrersitz." Leise fügt sie hinzu: „Glaub ich wenigstens."

„Nein! Du hast Frau Peters zusammen mit Herrn Hofer gesehen?" Uschis Stimme überschlägt sich fast.

„Wie gesagt, ich bin mir nicht ganz sicher. Ich bin dann also hinter ihm gefahren und war etwas erstaunt, dass er nicht in die

Nuechtalstraße abbog, sondern weiter Richtung Hertenstein fuhr. Vielleicht habe ich mich ja auch geirrt." Nina ist noch immer erstaunt, wie heftig ihre Schwester reagiert. „Wahrscheinlich habe ich mich geirrt."

„Weißt du, ob die Hofers jetzt da sind?"

„Nein, das weiß ich leider nicht. Ich habe sie heute nicht gesehen. Du willst doch jetzt nicht zu ihnen gehen?"

„Doch, das möchte ich gern." Uschi steht auf. „In welchem Haus wohnen sie?", fragt sie, während sie bereits auf dem Weg zur Haustür ist. Nina geht ihr hinterher und tritt mit ihr vors Haus.

„Da drüben", zeigt sie, und Uschi geht gleich los.

Nina geht ihr nach und holt sie kurz vor der Haustür des Nachbarhauses ein. Uschi klingelt. Im Haus regt sich nichts. Sie klingelt erneut und wartet.

„Niemand da", erklärt Nina. „Komm, lass uns zurückgehen." Sie hakt Uschi unter, die sich von ihrer Schwester zurück zum Garten führen lässt.

Dort angekommen, schenkt Nina ihrer Schwester noch etwas Weißwein nach und füllt das Glas mit Citro auf. Uschi setzt sich.

„Was für ein Auto fuhr Herr Hofer?" Ihre Stimme ist wieder ruhig.

„Ein Weißes …"

„Ein Weißes? Automarke?" Uschi schaut Nina fragend an. Diese zuckt mit den Schultern. „Okay, groß? Klein? Kombi?"

„Ich weiß nicht. So mittelgroß. Kein Kombi, das weiß ich genau! Vielleicht wäre es besser gewesen, wenn ich nichts gesagt hätte."

Uschi atmet tief durch. „Nein, Nina. Es war gut, dass du mir das gesagt hast. Wir werden dem nachgehen. Sorry, dass ich mich so aufgeregt habe." Uschi umarmt ihre Schwester. „Danke für den Salat und den Wein. Ich gehe jetzt nach Hause. Das war ein langer Tag, und morgen gibt es einiges zu tun. Wir sehen uns am Freitag, okay?"

„Du hast deinen Salat gar nicht fertig gegessen …"

„Es ist möglich, dass ich dich morgen nochmals anrufe. Bist du erreichbar?"

„Am Nachmittag besser als am Morgen. Aber du kannst jederzeit gern anrufen. Wenn ich nicht gleich abnehme, rufe ich dich zurück. Komm gut nach Hause, Schwesterherz." Nina drückt Uschi und begleitet sie zur Tür.

Mittwoch, 8. Juli 2015,
Baden

„Hey …" Uschi steht am Rotlicht vor der Siggenthalerbrücke und hat die Telefonnummer von Urs gewählt.

„Hey. Uschi?" Die vertraute Stimme beruhigt sie etwas.

„Ja, störe ich dich?"

„Nein, absolut nicht. Meine Mutter versucht sich als Kommissarin. Eigentlich sollte sie heute irgendwo kegeln oder jassen, was weiß ich. Doch sie ist zu Hause geblieben, um mit mir zu ermitteln. Du bist also eine willkommene Abwechslung", lacht Urs.

Uschi geht nicht darauf ein: „Ich möchte unbedingt mit dir sprechen. Kommst du ins Büro?"

„Ins Büro? Fällt dir nichts Netteres ein?", empört sich Urs.

„Na dann, etwas trinken? Biergarten?"

„Ja, klar. Dann spaziere ich mal los – wann kannst du da sein?"

„In 10 Minuten."

„Ich bin ganz Ohr", prostet Urs Uschi zu.

„Weißt du, was ich eben von meiner Schwester erfahren habe?" Uschis Stimme klingt etwas verschwörerisch.

Urs sagt nichts.

„Stell dir vor: Unser Herr Hofer ist der Nachbar meiner Schwester, und sie kennt ihn …" Uschi macht eine kleine Pause, bevor sie fortfährt. „Und sie glaubt, ihn heute Morgen mit Melanie Peters gesehen zu haben!"

Urs reibt sich das Kinn und zieht seinen Block hervor. Dann blättert er etwa vier Seiten zurück. „Da, ich hab's gefunden. Ich habe mir notiert, dass er heute Morgen gearbeitet hat." Urs blickt langsam auf. Ihm schwant nichts Gutes.

„Dann hat er uns angelogen!" Jetzt nimmt Uschi einen großen Schluck aus ihrem Weinglas und schaut Urs an.

„Lass uns gehen, sofort." Urs steht auf.

„Setz dich wieder." Uschi zieht ihn am Hemd. „Ich war eben da. Ist niemand zu Hause. Aber ich habe gegoogelt. Seine Frau muss Angela Hofer sein – Ärztin im Kantonsspital Aarau."

„Warst du auch in seiner anderen Wohnung?"

„Ja, ich bin gleich hingefahren. Niemand zu Hause. Das überrascht mich nicht. Wer lügt am Nachmittag die Kripo an und sitzt am Abend zu Hause?"

„Du meinst, er ist weg?"

„Weiß nicht. Wäre er nicht schon am Morgen verschwunden, als er mit Melanie Peters unterwegs war? Ich meine, wieso kommt er, falls das so ist, am Nachmittag zu uns?"

„Ist deine Schwester sicher, dass sie diesen Hofer mit Melanie Rossi gesehen hat?" Urs hat sich wieder hingesetzt.

„Sie glaubt es. Nein, ganz sicher ist sie nicht", gibt Uschi kleinlaut zu.

„Woher weiß sie überhaupt, dass die Beifahrerin Melanie Peters war?"

Uschi erzählt Urs von den Begegnungen beim Bauern. „Sollen wir nach ihm fahnden lassen?", fragt sie.

Urs überlegt, bevor er antwortet: „Nein. Er war am Nachmittag bei uns. Wenn er am Morgen mit Melanie Peters unterwegs gewesen sein soll und nun mit ihr verschwunden wäre, warum kam er dann zu uns? Das wäre absolut nicht nötig gewesen. Ich denke nicht, dass er abgehauen ist."

„Und wenn doch? Dieser Hofer wird mir immer suspekter." Uschi fühlt sich müde und ratlos.

„Und wenn er heute Morgen gar nicht mit Melanie unterwegs war? Sondern vielleicht mit einer Bewohnerin vom Gässliacker – und zum Beispiel zum Arzt gefahren ist? Ich meine, Frau Peters ist blond", sinniert Urs weiter.

„Blond? Was willst du damit sagen?" Uschi ist verwirrt.

„Blond, grau, weiß …"

„Aha! Ja, du hast recht. Vielleicht hat sich Nina wirklich geirrt. Er hat ja gesagt, dass er am Arbeiten war. Dann hat er uns vielleicht doch nicht angelogen?"

„Hm." Urs nimmt einen großen Schluck aus seinem Glas.

„Sturm im Wasserglas! Ich bin wahrscheinlich einfach zu müde. Sorry."

„Nein, Uschi. Es ist schon richtig, dass du jeder Spur nachgehst." Urs lächelt sie an. „Du machst das gut und genau richtig. Doch eine Fahndung lassen wir heute nicht raus. Aber gleich morgen früh fahren wir nach Nussbaumen, okay?"

„Okay!" Uschi schaut Urs dankbar an. „Um zehn müssen wir aber zurück sein. Bin gespannt, was Herr Campana uns erzählt. Es ist etwas kühler geworden, findest du auch?"

Sie prosten sich zu: „Auf uns! Und darauf, dass wir bald Licht ins Dunkel bringen!", sagt Urs.

„Ja. Ich muss immer wieder an die Tochter von Melanie denken, diese Tanja. Wir müssen Melanie Peters bald finden, lebend. Glaubst du auch, dass sie noch lebt?"

„Ja, das glaube ich. Und ich kann mir keinen Reim darauf machen, wo sie steckt."

„Sie versteckt sich." Uschi entspannt sich. „Lass uns morgen weiterarbeiten." Sie nimmt einen Schluck aus ihrem Glas, dann fragt sie: „Wie geht es dir?"

„Gut", antwortet er sofort. „Wir sind auf der Suche nach der Wahrheit und werden sie finden. Privat und geschäftlich. Du bist eine guter Kollegein – und eine gute Freundin." Er schaut ihr dabei direkt in die Augen.

„Danke."

„Und du?"

„Ich bin müde – und habe das Gefühl, es wird endlich etwas kühler. Und außerdem geht es mir genau wie dir. Wenn ich mir überlege, welche Schicksale manche Menschen erleiden müssen, dann bin ich sehr zufrieden mit meinem Leben. Und auch etwas ... ich weiß auch nicht." Uschi sucht ein Wort. „Etwas beschämt, ja. Oft hatte ich ein Gefühl von ‚Oh, ich Arme!', dabei waren meine Probleme kleine Kratzer im Vergleich zum Schicksal dieser Familie Rossi."

„Vielleicht ist es ja gar nicht so wichtig, wie groß eine Wunde ist. Ein Kratzer, ein Beinbruch, egal. Jeder hat seine eigenen

Herausforderungen, und vielleicht geht es ja nur darum, wie wir damit umgehen. Ich meine: Wenn du einen Kratzer heilen kannst, dann kannst du vielleicht auch einen Beinbruch heil überstehen."

Donnerstag, 9. Juli 2015, Nussbaumen

Die dunkelbraune, schwer wirkende Haustür öffnet sich.

„Guten Tag, Frau Hofer?", fragt Uschi und schaut etwas verwirrt über die Schultern nach hinten, wo Urs steht. Vor ihr steht eine etwa siebzigjährige, agil wirkende Frau, die an einer Hand einen rosa Gummihandschuh trägt.

„Nein. Frau Dr. Hofer ist nicht zu Hause", kommt prompt die Antwort.

„Und Herr Hofer?", fragt nun Urs und tritt einen Schritt vor, neben Uschi.

„Herr Hofer ist auch nicht hier."

„Und Sie sind?", fragt Urs weiter.

„Die Putzfrau. Ich bin die Putzfrau. Wer fragt?"

Uschi lächelt die selbstsichere Frau an. „Wir sind von der Kantonspolizei. Wir suchen Herrn Hofer. Wissen Sie, ob er bald nach Hause kommt?"

„Das weiß man nie. Mal ist er da, mal ist er nicht da. Meistens ist er nicht da."

„Frau …?"

„Lehner. Mein Name ist Berta Lehner."

„Frau Lehner. Dürfen wir kurz eintreten und Ihnen ein paar Fragen stellen?"

„Was für Fragen?" Frau Lehner tritt einen Schritt vor.

Uschi erklärt, inwiefern Herr Hofer bei der Aufklärung des Todesfalles von Herrn Peters eine Rolle spielt.

„Davon habe ich gestern in den Nachrichten gehört. Ich bitte Sie, um das Haus in den Garten zu gehen. Ich bin auch gleich da." Berta Lehner dreht sich um, schließt die Haustür und verschwindet im Haus.

„Die ist aber zackig drauf!", bemerkt Uschi.

Kurz darauf sitzen sie im Garten, hinter dem sich Wiese und Wald ausbreiten. Der Platz liegt im Schatten und ist angenehm kühl. Berta Lehner serviert Kaffee und Kekse.

„Frau Lehner, wissen Sie davon, dass Herr Hofer eine zweite Wohnung in Nussbaumen hat?", beginnt Urs.

„Natürlich! Ich kenne Frau Dr. Hofer schon seit sie ein Kind war. Ich habe schon für ihre Eltern geputzt. Die sind ja leider viel zu früh gestorben. Frau Dr. Hofer hat mich dann als Putzfrau übernommen. Als Herr Hofer damals eine neue Anstellung im Gässlicker bekam, beschlossen sie, in Nussbaumen ein Haus zu kaufen. Es gab Verzögerungen, weshalb Herr Hofer sich vorerst eine Wohnung mietete, nahe seinem Arbeitsplatz. Mehr als 6 Monate später konnten sie endlich hier einziehen. Die Wohnung haben sie aber behalten. Herr Hofer übernachtet manchmal da."

„Die beiden verstehen sich gut?"

„Ja. Was tut das zur Sache?"

Urs holt seinen Notizblock hervor. Ohne zu antworten fährt er fort: „Wie finden Sie das?"

„Was?"

„Dass Herr Hofer offensichtlich häufig in seiner eigenen Wohnung lebt?"

„Ich bin die Putzfrau. Da habe ich nichts zu finden. Die Leute können tun, was sie wollen. Das geht mich nichts an."

„Wann haben Sie Herrn Hofer zum letzten Mal gesehen?", fragt Uschi.

„Vor einer Woche."

„Hat Herr Hofer heute Nacht hier geschlafen?", fragt nun Urs und schaut Berta Lehner tief in die Augen.

„Was …", will sie losschimpfen. Doch dann überlegt sie es sich anders: „Nein."

„Und Frau Dr. Hofer?", fragt Urs weiter.

„Ihr Bett ist benutzt", antwortet Frau Lehner.

„Sie haben uns sehr geholfen, Frau Lehner", bedankt sich Urs, und sie verabschieden sich.

Uschi drückt zum zweiten Mal auf die Klingel mit dem Namensschild Hofer. „Scheint niemand da zu sein", bemerkt sie.

„Dann fahren wir jetzt ins Altersheim. Vielleicht finden wir ihn da." Urs hat schon kehrtgemacht, und Uschi folgt ihm.

Nach nur zwei Minuten Fahrt erreichen sie den Parkplatz des Gässliackers und treten durch die Eingangstür. Sie schauen kurz in die Empfangshalle und wenden sich dann an den Informationsschalter, links neben dem Eingang. Eine freundlich drein schauende Frau steht von ihrem Arbeitsplatz auf und öffnet die Glasscheiben des Schalters.

„Guten Tag, wie kann ich Ihnen helfen?", fragt sie.

„Guten Morgen. Wir würden gern kurz mit Herrn Hofer sprechen", begrüßt Uschi die freundliche Frau. Urs nickt ihr zu.

„Herr Hofer? Der ist leider nicht da. Er ist seit Dienstag krank. Worum geht es?"

„Oh, krank?" Uschi schaut zu Urs, der sich das Kinn reibt und seinen Notizblock hervorzieht.

„Wir sind von der Kantonspolizei. Herr Hofer ist möglicherweise Zeuge eines Verbrechens." Uschi wählt ihre Worte mit Bedacht, auch wenn in ihrem Kopf viele Fragen auftauchen. Dieser Hofer! Er hatte sie tatsächlich angelogen!

Die Frau hinter dem Schalter bleibt sehr freundlich, und falls sie irritiert sein sollte, lässt sie sich das nicht anmerken: „Kann ich Ihnen anderweitig behilflich sein?"

„Nein, danke." Uschi dreht sich zu Urs um und will gehen, als Urs einen Schritt auf den Schalter zumacht: „Ich würde gern kurz mit dem Geschäftsführer sprechen. Ist er da?"

„Ich werde ihn gleich rufen. Bitte nehmen Sie doch kurz in der Cafeteria Platz." Die Sekretärin zeigt in die Halle, wo verschiedene Tische und Stühle stehen. „Darf ich Ihnen einen Kaffee bringen?"

Urs und Uschi haben einen Tisch beim Fenster gewählt und rühren in ihrem Kaffee. Im Esssaal, den sie von ihrem Platz aus durch eine große Glastür einsehen können, wird gefrühstückt. In der Halle sitzen sie allein. Ein junger Mitabeiter in einem blauen Anzug reinigt den Boden. Es ist erst kurz vor neun Uhr, und nach und nach kommen die Pensionäre aus dem Essraum und schlendern zum Lift.

„Nun ist ja alles klar", meint Uschi. „Wir haben unseren Mann."

„Sieht ganz so aus", antwortet Urs. „Dreist! Wirklich frech, dieser Hofer. Lügt uns offensichtlich an."

„Sollten wir ihn nicht sofort suchen lassen? Was willst du vom Geschäftsleiter?"

„Ich möchte etwas über diesen Hofer erfahren. Wir rufen gleich danach Anita an. Immerhin ist er gestern zu uns gekommen. Ich meine damit: Er hat es geplant, uns seine Story zu erzählen." Urs nimmt seinen Block hervor und blättert darin. „Es würde mich nicht wundern", fährt Urs fort, „wenn er gleich danach seine Flucht angetreten hätte. Er muss sich sehr sicher fühlen."

„Unglaublich!" Uschi kann es kaum fassen.

Zwanzig Minuten später fahren Urs und Uschi zurück zu Hofers Wohnung. Vom Geschäftsleiter haben sie erfahren, dass Stefan Hofer ein ausgezeichneter Pfleger sei, der von den Pensionären ebenso geschätzt wird wie von den Mitarbeitenden. Er ist ein langjähriger Mitarbeiter, dem schon verschiedene Male eine Stationsleitung angeboten wurde, er dies jedoch immer dankend abgelehnt habe. Er sei freundlich, umgänglich und in seiner Arbeit äußerst professionell. Über sein Privatleben wusste der Geschäftsleiter nichts zu erzählen. Ihnen ist bekannt, dass er verheiratet sei, keine Kinder habe und in Nussbaumen wohne – mehr nicht. Allerdings wusste der Geschäftsleiter, welches Auto Stefan Hofer fährt: einen weißen Opel Astra. Natürlich interessierte es ihn, warum die Kantonspolizei sich für Stefan Hofer interessiere, und ihm wurde erklärt, dass Hofer möglicherweise Zeuge eines Verbrechens sei.

Urs hat Anita angerufen und ihr mitgeteilt, dass Stefan Hofer dringend tatverdächtig sei und sie gebeten, ihn zur Fahndung auszuschreiben. Außerdem hat er eine Hausdurchsuchung erwirkt, und sie warten nun auf ihre Kollegen, die die verschlossene Tür zu seiner Wohnung gewaltsam aufbrechen sollen.

„Ich bin überzeugt", sagt Uschi, „dass das Verschwinden von Melanie Peters mit diesem Hofer zu tun hat. Ich frage mich nur: Was will der eigentlich?"

„Er ist mit ihr durchgebrannt", antwortet Urs trocken. „Die Frage ist nur: Machen die beiden gemeinsame Sache, oder hat er Melanie entführt?"

„Du meinst, es könnte sein, dass sie sich zusammen Hansueli Peters entledigt haben und nun gemeinsam verschwunden sind?"

„Das ziehe ich durchaus in Betracht. Die beiden kennen sich schon sehr lange. Allerdings …" Urs stockt. „Meine Mutter hat mir ja gestern ihre Begegnung mit den Peters und Frau Rossi noch einmal von vorn nach hinten und zurück erzählt. Demnach gab es keine Anzeichen, dass Melanie ihren Mann verlassen oder gar umbringen wollte. Die beiden machten einen glücklichen Eindruck auf sie."

Kurz vor neun Uhr können sie die Wohnung endlich betreten. Durch die geschlossenen Jalousien dringt nur wenig Licht ein, und im ersten Moment können sie kaum etwas erkennen. Uschi drückt auf den Lichtschalter im Hausflur und tritt rechts in die Küche ein, während Urs weiter den hinteren Teil der Wohnung inspiziert. Die Küche ist aufgeräumt, und Uschi kann nichts Außergewöhnliches erkennen. Sie öffnet einen Küchenschrank, als sie Urs hört: „Das musst du dir ansehen!"

Uschi bleibt wenig später mit offenem Mund neben Urs stehen. Sie dreht sich einmal um sich selber, den Blick nicht von den Wänden lassend. „Das ist ja …"

„Ein Stalker", beendet Urs ihren Satz.

Im Zimmer stehen lediglich ein schmales Bett, ein Regal sowie ein kleines Pult, auf dem ein Bildschirm fast zwischen Stapeln von Fotos und allerlei Papieren verschwindet. Neben dem Bett steht ein Infusionsständer, jedoch ohne Infusion. Die Wände sind geradezu tapeziert mit Bildern von Melanie Peters. Dazwischen sind auch Briefe aufgehängt, die wohl dieses Zimmer nie verlassen haben, sondern einzig und allein geschrieben wurden, um neben den Bildern aufgehängt zu werden. Sie alle beginnen mit dem Satz: *Mein Engel.*

Auf dem Regal befinden sich verschiedene Gegenstände, die jeweils mit einem Etikett versehen sind: Engels Handschuh – 17.12.1999, Engels Blusenknopf – 5.6.2002, Glas, aus dem mein Engel getrunken hat – 11.5.1995 …

„Verdammt!" Uschi ballt die Fäuste und stampft mit einem Bein auf.

„Was?"

„Wir sind zu spät! Wir haben einen Fehler gemacht. Es ist doch offensichtlich: Hofer hat Peters umgebracht, sich seine Frau geschnappt und ist bestimmt schon über alle Berge! Wir hätten gleich gestern Abend noch nach ihm suchen sollen!", regt sich Uschi auf.

„Nun beruhige dich, Uschi. Ich glaube nicht, dass wir Fehler gemacht haben. Er ist nicht über alle Berge. Ich bin sogar überzeugt, dass er ganz in der Nähe ist." Urs holt seinen Notizblock hervor und beginnt zu schreiben.

„Was macht dich so sicher?", will sie wissen.

„Hier, diese Agenda." Urs geht zum Pult und zeigt auf ein Notizbuch. Uschi tritt heran, schaut auf den mit weiteren Papieren und Fotos übersäten Tisch und sieht es. Die gegenwärtige Woche ist aufgeschlagen, und sofort schaut sie auf das heutige Datum: *15 Uhr Einkaufen mit meinem Engel.* In der nächsten Spalte, Freitag, liest sie: *15 Uhr Milch holen mit meinem Engel,* und gleich darüber, mit einem anderen Stift eingetragen: *18 Uhr Hansueli.* „Und?" Uschi versteht nicht, warum Urs so sicher ist, dass Hofer in der Nähe sein soll.

„Er hatte nicht vor, seinen Engel …" Urs betont das Wort Engel beschwörerisch. „… zu entführen. Schau mal den Montag an."

Während Urs weiter in seinem Block schreibt, liest Uschi den Montag: kein Engels-Datum. Dafür steht da: *Hansueli ist jetzt da.*

„Ich verstehe nicht." Uschi ist noch immer verwirrt.

„Ich glaube, Herr Hofer selber hatte nichts Besonderes in dieser Woche. Jedenfalls keine Entführung und keinen Mord. Ich glaube, er muss mitbekommen haben, dass sein Engel", wieder betont Urs das Wort Engel, „aufgewacht ist bzw. sich wieder an seine Vergangenheit erinnern kann. Daraufhin muss er spontan etwas geplant haben."

„Er könnte ja spontan geplant haben, sich ins Ausland abzusetzen", entgegnet Uschi.

Urs schaut sie an und zieht eine Augenbraue hoch, sagt aber nichts. Dann blättert er im Block und meint: „Nein, das glaube ich eben nicht. Nicht dieser Hofer. Schau dir das an!" Urs zeigt auf die Wände mit den Fotos. „Der hat ein größeres Problem, und ich wette, er sitzt irgendwo in der Nähe und überlegt, was er als Nächstes tun soll."

„Hm, das könnte sein. Und Frau Peters?"

„Die Wahrscheinlichkeit, dass sie bei ihm ist, ist groß. Vielleicht hat er sie wirklich entführt und Herrn Peters umgebracht. Allerdings kann ich mir das nur schwer vorstellen. Es sieht doch alles so aus, als liefe das schon jahrelang. Weshalb soll Hofer sie nun plötzlich entführen und töten? Es muss etwas damit zu tun haben, dass Frau Peters ihr Gedächtnis wiedergefunden hat."

„Okay, ja. Doch dann hätte er einfach Frau Peters entführen können. Es war nicht nötig, ihren Mann zu töten", überlegt Uschi. „Außer, Herr Peters hat ihn bei der Entführung überrascht."

„Dagegen spricht aber, dass Herr Hofer gestern ausgesagt hat, dass er Herrn Peters am Abend zuvor auf ein Bier getroffen habe", entgegnet Urs.

„Er hat auch gesagt, er habe gearbeitet …"

„Stimmt."

„Oder Frau Peters ist gar nicht bei ihm und versteckt sich, weil sie ihren Mann umgebracht hat", überlegt Uschi weiter. „Ist dir der Infusionsständer aufgefallen?", fragt sie.

„Ja, ich rufe die Spurensicherung an. Fahren wir zurück? Zu Herrn Campana?"

„Also, Herr Campana, dann erzählen Sie mal", eröffnet Urs das Gespräch. Sie sitzen in einem Vernehmungszimmer und haben ein Aufnahmegerät in Betrieb. Herr Campana scheint sich über Nacht ein paar Gedanken gemacht zu haben. Jedenfalls ist Urs erstaunt über seine ersten Worte, nachdem er sich gestern eher unkooperativ gezeigt hat.

„Ich bin froh, dass Signora Rossi geht wieder besser. Ich …"

„Sie haben das nicht gewollt", beendet Uschi seinen Satz.

„Ja, nein, natürlich ich wollte ihr nichts antun. Ich hatte Angst."

„Angst?", fragt Uschi.

„Ja, ich habe ihr meine Zettel gezeigt. Ist geschrieben, dass ich will 80000 Frankli. Ist mein Anteil mit Zinsen. Und sie bringe mir das Geld auf Baldegg. Aber Signora Rossi hat nichts gesagt und hat ihre Tasche aufgemacht. Dann ich hatte Angst, dass sie nimmt Pistole aus ihre Tasche."

Urs schaut ihn erstaunt an: „Warum sind sie davon ausgegangen, dass Frau Rossi eine Pistole mit sich herumträgt?"

„Kommt sie von Sizilia? Si! Ecco!"

„Nicht jeder, der aus Sizilien kommt, trägt eine Waffe bei sich, Herr Campana. Das wissen Sie bestimmt. Doch Sie geben also zu, Frau Rossi niedergestochen zu haben?", fragt Urs ruhig.

„Aber ich weiß, dass sie haben Luigi getötet! Ich habe selber gehört … Ich habe sie gestochen. Ich habe mich verteidigt! Ich habe ihr Zettel gezeigt, und sie hat nichts gesagt."

„Warum haben Sie ihr einen Zettel gezeigt und sie nicht einfach angesprochen? Frau Rossi spricht deutsch und italienisch. Und warum wollen Sie wissen, dass sie Luigi getötet haben soll?", will Uschi wissen.

„Ich habe geschrieben italienisch. Ich wollte nicht sprechen." Er setzt sich auf und lehnt sich etwas nach vorn. Dann flüstert er: „Weil du nie weißt, wer zuhört."

Uschi schüttelt den Kopf, und Urs holt tief Luft. Herr Campana erzählt wohl die Wahrheit. Seine kriminelle Energie scheint er aus Filmen und Serien zu haben, doch sie glauben ihm, dass er aus lauter Angst zugestochen hat und, nachdem ihm Frau Rossi ihre Handtasche an den Kopf geschlagen hat, gleich weggerannt ist.

„Ich wollte sie nix antun!", beteuert Herr Campana noch einmal.

Dino Campana erzählt, wie er Verena Rossi am Montag gesehen hatte und sich ihr an die Fersen gehängt hatte. „Grazie Dio!" hatte er gedacht und war überzeugt, dass er nun endlich das verloren geglaubte Geld zurückbekommen wird. Am Dienstag sei sie mit dem Taxi nach Untersiggenthal gefahren. Und mit einem Mann. Er selber habe auch ein Taxi genommen und sei ihnen nachgefahren, aber nicht ausgestiegen, sondern zurück nach Baden gefahren. Er musste überlegen, was er tun wollte. Dann habe er den Bus genommen und sei nochmals nach Untersiggenthal gefahren. Er sei zum Schluss gekommen, Frau Rossi einfach zu sagen, dass Luigi ihm Geld schulde. Die Bushaltestelle sei etwas weiter weg vom Haus, sodass er etwa 300 Meter gehen musste.

„Und dann ich habe gesehen eine Mann auf dem Hügel vor dem Haus, der hat beobachtet eine andere Mann, der auch auf dem Hügel vor dem Haus im Gras lag, etwas weiter weg, und hat beobachtet das Haus!"

„Wie war das?", fragt Uschi nach.

Herr Campana erklärt, langsam: „Ich habe gesehen eine Mann. Der hatte eine Feldstecher, wie zum Tiere schauen. Der hat beobachtet eine andere Mann. Der andere Mann ist gelegen in Gras und hat mit Feldstecher zum Haus geschaut. Ist verrückt, oder?"

„Allerdings." Urs schaut kurz zu Uschi: „Herr Hofer hat sich offensichtlich nicht getäuscht. Er wurde beobachtet." Zu Dino Campana sagt er: „Und weiter? Wie haben die Männer ausgesehen?"

Herr Campana beschreibt die beiden Männer, wobei eine Beschreibung auf Stefan Hofer passen könnte. „Ich bin zu Haus gelaufen und habe mich hinter kleinem Holzhaus versteckt, das steht im Garten. Und dann habe ich alles gehört!" Herr Campana macht eine große Geste mit beiden Händen und reißt die Augen auf: „Sie haben getötet Luigi! Dio mio!"

Herr Campana erzählt, dass er auch gehört habe, wo Frau Rossi in Baden wohnt und dass er anschließend wieder nach Hause ging. Die beiden Männer, die er beim Kommen gesehen hatte, waren noch immer da. Er malte sich aus, dass mit dieser Familie etwas nicht stimme, und er bekam es mit der Angst zu tun. Er sei sicher, dass hier die Mafia die Hände im Spiel habe. Lange habe er sich überlegt, ob er das Geld trotzdem einfordern solle. Nach langem Abwägen ging er dann, bewaffnet mit seinem Küchenmesser, ins Hotel Blue City. „Die Rest kennen Sie", schließt er.

„Nun, Herr Campana." Urs schaut zu Uschi und fährt fort: „Wir glauben Ihnen. Sie dürfen gehen. Sie dürfen die Stadt nicht verlassen und müssen sich zur Verfügung halten, falls wir noch Fragen haben. Sie hatten Glück, dass Frau Rossi wieder auf dem Weg der Genesung ist."

„Ich darf gehen nach Hause?", fragt Herr Campana ungläubig.

„Ja. Sie hören von uns."

„Ja, si si … ich gehen nicht weg." Er nickt, noch immer etwas ungläubig.

„Und sprechen Sie mit einem Anwalt", rät Urs ihm.

„Eine Anwalt, si, si … und meine Geld?" Seine Stimme ist jetzt ganz leise und unsicher.

„Ich denke, dass wir das Geld gefunden haben", antwortet Uschi. „Doch leider muss ich Sie enttäuschen, dieses Geld ist wertlos geworden. Die Banknoten können nicht mehr als Zahlungsmittel verwendet werden."

„Was heißt das?" Dino Campanas Augen werden vor Schreck ganz groß, und er verharrt augenblicklich.

„Es ist altes Geld – wertlos! Bestenfalls hat es noch Sammlerwert", mischt sich nun Urs ein, steht auf und hält Herrn Campana die Hand zum Abschied hin.

„Wertlos!", wiederholt Herr Campana und schüttelt den Kopf, während er sich steif erhebt und sich verabschiedet. Er geht zur

Tür, und Urs und Uschi hören noch einmal „*wertlos*", bevor Herr Campana verschwindet.

Kurz darauf öffnet sich die Tür wieder, und Anita platzt herein: „Ich habe gesehen, dass Herr Campana geht. Wir haben es!", ruft sie laut und schließt hinter sich die Tür. Theatralisch öffnet sie ihren Fächer, ihre neueste Errungenschaft gegen die Hitze in den Farben Dunkelblau, Weiß und Gold, und fächert wild vor ihrer Brust.

„Was haben wir?", fragt Uschi und schaut in das fröhliche Gesicht von Anita.

„Das Auto! Den weißen Opel! Er steht auf dem Parkplatz vom Restaurant Jägerhuus! Die Wirtin hat eben angerufen."

„Jägerhuus Hertenstein?"

„Ja! Und noch eine Info für euch …" Anita hält ein Papier in der Hand, von dem sie jetzt abliest: „Todesursache bei Hansueli Peters war ein Schlaganfall. Der Tote hat wohl auch regelmäßig Blutverdünner eingenommen. Er ist also definitiv nicht ertrunken."

„Ein Schlaganfall? Das heißt, es ist auch möglich, dass er nicht umgebracht worden ist?" Uschi schaut Anita mit großen Augen an.

Anita nickt, und Urs schüttelt den Kopf.

„Was?", fragt Uschi.

„Er war ja offensichtlich in Begleitung, der Schulleiter hat zwei Personen gesehen. Nehmen wir an, er hatte diesen Schlaganfall: Wie kam er danach in die Limmat?"

„Jemand hat ihn hineingeworfen", antwortet Uschi.

„Genau. Was würdest du tun, wenn jemand einen Schlaganfall erleidet – ihn in den Fluss werfen?"

„Bestimmt nicht! Ich würde sofort erste Hilfe leisten und einen Krankenwagen rufen." Ihre Stimme ist zum Schluss kaum hörbar, ihr Gehirn arbeitet auf Hochtouren.

„Eben", unterbricht Urs ihr Kopfkino. „Deshalb!. Ich kann mir keinen Reim darauf machen. Doch wir sollten jetzt unbedingt zum Hertenstein fahren!"

Uschi nimmt ihre Handtasche: „Danke, Anita, du meldest dich, wenn du etwas Neues erfährst, okay?" Und zu Urs gewandt: „Lass uns gehen!"

„Nicht so schnell …" Anita setzt sich auf den frei gewordenen Stuhl. „Der schöne Bolt hat sich gemeldet. Er möchte auf der Stelle über den Stand der Dinge informiert werden – und ich auch!"

„Das geht jetzt aber nicht, Anita. Wir müssen sofort zu diesem Auto. Hofer ist unser Mann, und ich gehe nicht davon aus, dass du oder der Staatsanwalt riskieren möchte, dass er uns entwischt!" Uschi ist nervös, und ihre Stimme klingt so bestimmt, dass Anita zwar den Mund öffnet, jedoch nichts entgegnet. Urs schaut sie vergnügt an: „Nicht böse sein, Anita. Unsere Uschi hat Fährte aufgenommen. Und sie hat recht: Wir müssen sofort zu diesem Auto. Informiere Bolt, dass wir uns so schnell wie möglich bei ihm melden."

„Ja, aber …"

Urs lässt Anita sitzen und eilt Uschi hinterher.

Leise schließt er die Tür hinter sich, nachdem sie endlich ruhig schläft. Jetzt hat er etwas Zeit, sich Gedanken zu machen. Außerdem will er einkaufen gehen und überlegt sich deshalb, nach Wettingen zu fahren. Zum Glück hat er dieses leer stehende Haus gefunden, doch ihm ist klar, dass er hier bald weg muss. Die Geschehnisse haben sich überschlagen. Noch vor einer Woche war er so zuversichtlich. Alles schien sich zum Besten zu wenden. Seinem Engel ging es immer besser, und in Hansueli hat er einen guten Freund gefunden. Sie waren verbunden durch die Leidenschaft zu dieser Frau, auch wenn sich ihre Leidenschaften unterschieden und Hansueli ahnungslos war. Doch Stefan Hofer war sich sicher, dass Hansueli damit hätte umgehen können, hätte er es gewusst.

Er liebt seine Frau, ohne die er sich sein Leben nicht vorstellen will. Sie sind ein ideales Paar, haben alle Stürme der letzten Jahre gut zusammen durchgestanden, haben sich gegenseitig getröstet, als klar war, dass sie niemals Kinder haben werden, und sie haben viele schöne Zeiten miteinander erlebt. Sein Interesse an Melanie war ihre absolute Hilfsbedürftigkeit: Sie brauchte seinen Beistand, seine Unterstützung. Etwas, was er bei seiner attraktiven, intelligenten und starken Andrea niemals ausleben konnte. Andrea ist das pure Gegenteil von Melanie. Er bewundert ihre selbstsichere Art und fühlt sich von ihr angezogen, sie hat ein gutes Herz und große Gedanken, doch oft fühlt er sich auch klein und unwichtig neben ihr. Deshalb ist Melanie sein Engel. Sie ist schwächer als er, und für sie kann er ein Held sein. Er hat oft darüber nachgedacht und ist immer wieder zum Schluss gekommen, dass es richtig ist, so wie es ist.

Doch nun ist sein Kartenhaus zusammengebrochen. Er kann das nicht begreifen. Er hatte nur gute Absichten und für alle immer das Beste gewollt. Er kann nichts dafür, dass nun alles schiefgelaufen ist. Er musste tun, was zu tun war.

Stefan überlegt, ob er mit Andrea darüber sprechen soll. Er hat ihr von seinem Engel nie etwas erzählt und überlegt sich nun, sie in sein Geheimnis einzuweihen. Er glaubt, dass Andrea das verstehen wird und ihm helfen kann. *Vielleicht ...* Ein dumpfer Ton unterbricht seine Gedanken. Er schaut sich um und horcht, doch alles bleibt still.

Ich werde mit Andrea sprechen, sagt er jetzt zu sich selber und greift zu seinem Autoschlüssel. Kurze Zeit später steht er in der Küche ihres Hauses in Nussbaumen, wo Berta in der Küche den Kühlschrank abtaut.

„Hallo Berta", begrüßt er sie. „Ist Andrea oben?" Seine Frau hat diese Woche Spätdienst und geht erst um 14 Uhr wieder arbeiten. Es ist kurz vor elf Uhr, und normalerweise sitzt sie um diese Zeit im Büro, nachdem sie ausgeschlafen hat.

„Sie ist abgereist", antwortet Berta ruhig, ohne ihre Arbeit zu unterbrechen. Berta ist der Meinung, dass „ihre Frau Doktor" einen besseren Mann verdient hätte, und all die Jahre, die sie sich nun schon kennen, hat sie keinen Hehl daraus gemacht, dass er für Andrea nicht gut genug sei.

„Abgereist?"

„Ja, sie ist abgereist", wiederholt Berta.

„Hat sie für mich eine Nachricht hinterlassen?" Stefan Hofer ist beunruhigt.

„Ja. Ich soll Ihnen sagen, dass sie nun doch zum Kongress nach Frankfurt fahre. Sie wird in drei Tagen zurück sein."

„Nein!", entfährt es Stefan.

Er fühlt sich schwindlig und setzt sich auf einen Barhocker in der Küche. „Welchen Flug hat sie genommen?", stammelt er.

„Sie wird erst um 15 Uhr fliegen. Sie habe vorher noch etwas zu erledigen. Sie ging aus dem Haus, als ich heute Morgen kam."

„Was wollte sie erledigen?"

„Das hat sie mir nicht gesagt."

„Danke, Berta. Ich gehe dann. Ist sonst noch etwas?"

„Die Polizei war heute hier und hat nach Ihnen gefragt", bemerkt Berta, schließt den nun gereinigten Kühlschrank und schaut Stefan Hofer gerade ins Gesicht.

„Die Polizei? Was haben sie gewollt?" Stefan atmet schneller.

„Sie haben Sie gesucht", antwortet sie einsilbig.

„Und?", drängt Stefan. „Was haben Sie gesagt, wo ich zu finden bin?"

„In Ihrer Wohnung beim Gässliacker, vielleicht …"

„Danke, Berta." Er musste sofort weg hier. „Machen Sie nicht zu lange und bald Feierabend. Ich bin heute nicht zum Abendessen da!", ruft er, während er zur Haustür eilt.

Er fährt zurück auf den Hertenstein, parkt erneut auf dem Parkplatz des Restaurant Jägerhuus und verschwindet unbemerkt in dem zum Verkauf stehenden, leeren Haus. Nachdem er sich vergewissert hat, dass Melanie noch schläft, setzt er sich auf einen der staubigen Holzstühle, die um einen ebenso staubigen Esstisch stehen. In den Sonnenstrahlen, die durch die leicht geöffneten Jalousien dringen, tanzen kleine glitzernde Flöckchen, denen er kurz nachschaut und währenddessen etwas Ruhe findet.

Er stützt seinen Kopf in die Hände. *Was nun?*, denkt er. Stefan versteht nicht, warum seine Frau ihn nicht informiert hat, dass sie an einem Kongress teilnehmen wird. Wenn er in seiner Wohnung übernachtet, schreiben sie sich jeweils eine SMS, um sich gute Nacht zu sagen. Sie hat ihm auch gestern geschrieben, aber mit keinem Wort erwähnt, dass sie heute nach Frankfurt fliege. Das war merkwürdig. Und was hatte sie vorher so Wichtiges zu erledigen?

Er kramt sein Handy aus seiner Hosentasche und öffnet die Nachricht seiner Frau von gestern Abend. Dabei sieht er, dass sie versucht hatte anzurufen. Er schaut kurz auf die Uhrzeit und öffnet dann die SMS. Dabei stellt er fest, dass diese später gesendet wurde. Vielleicht hatte sie ihn heute anrufen wollen, um gute Nacht zu sagen. Das kommt auch vor. Nachdem sie ihn nicht erreicht hatte, schrieb sie wohl später die Nachricht. Er liest noch mal. Gestern Nacht war er zu aufgewühlt. Er hatte ihren Anruf nicht gehört und möglicherweise ja den Teil mit dem Ärztekongress überlesen. Dann sieht er, dass er eine neue Nachricht erhalten hat. Sein Herz schlägt schneller. Er öffnet die SMS von Andrea.

Lieber Bär … habe mich entschieden, doch zum Ärztekongress zu fahren. Wir sehen uns am Montag … Andrea ☺

Stefan Hofer schnappt nach Luft. *Welcher Kongress?*, denkt er. Er ist verzweifelt. Die SMS wurde um 09.13 gesendet. Er scrollt retour und liest die Meldung von gestern Abend, auf die er nicht geantwortet hat.

Lieber Bär … ich habe morgen vieles vor und gehe nach der Arbeit gleich schlafen. Ich wünsche dir eine angenehme Nachtschicht, andrea ☺

Es war nicht außergewöhnlich, dass Andrea ihre Gute-Nacht-Nachricht nicht kurz vor dem schlafen gehen schreibt, sondern irgendwann früher. Er schaut auf die Zeit: 21.03 Uhr. Sie scheint früh schlafen gegangen zu sein. Er hatte ihre Nachricht erst gelesen, als er morgens um 02.00 Uhr endlich etwas Ruhe fand und sich auf dem alten Polster, das er in diesem Haus fand, hingelegt hatte und bald darauf erschöpft einschlief.

Vieles vor, denkt er. Hätte er das als *Teilnahme beim Ärztekongress* verstehen sollen? Er schaut auf die Uhr. Möglicherweise könnte er sie noch erreichen. Sie fliegt erst um 15 Uhr. Dann steht er auf und öffnet die Tür eines Zimmers, das an den Wohnraum angrenzt. *Sie schläft ruhig*, denkt er und schließt die Tür behutsam zu. Er wählt Andreas Nummer, doch es klingelt nicht. Er probiert es ein zweites Mal und hofft, dass es sich vorhin nur um eine Verbindungsstörung gehandelt hat. Doch er hat erneut kein Glück. Dann öffnet er die SMS, um nachzuschauen, wann seine Frau zum letzten Mal online war: 09.13 Uhr. Offensichtlich hatte sie ihr Handy abgeschaltet. Und er wusste in diesem Moment, dass er sie über ihr Handy nicht mehr wird erreichen können.

Unruhig läuft er auf und ab. Er versucht, einen klaren Gedanken zu fassen, was ihm sehr schwer fällt. Dann steht er kurz still, schnappt sich erneut die Autoschlüssel und geht zur Haustür. Er wird sie am Flughafen abfangen. Als er sie öffnet, stößt er mit Urs zusammen.

„Guten Morgen, Herr Hofer. So sieht man sich wieder", findet Urs zuerst Worte.

„Wie geht es Melanie?" Stefan Hofer steht auf, als Urs und Uschi eintreten.

„Es geht ihr gut, Herr Hofer. Bitte setzen Sie sich wieder." Urs bedeutet ihm, Platz zu nehmen und setzt sich mit Uschi ebenfalls an den Besprechungstisch.

„Sie haben Melanie Peters also betäubt und zu sich nach Hause gebracht, weil sie Angst hatten, sie für immer zu verlieren?", fasst Urs zusammen.

„Ja, das habe ich nun doch schon mehrmals erklärt: Bevor ich am Dienstag zur Arbeit gehen wollte, stattete ich Melanie und Hansueli einen Besuch ab. Hansueli ist am Montag zu Melanie gezogen, nachdem sie nun jahrelang getrennt gelebt hatten. Ich hatte etwas freie Zeit und …" Stefan Hofer macht eine Pause.

„Sie beobachteten die Peters mit Fernglas und Richtmikrophon und nennen dies einen Besuch abstatten?" Uschi sieht ihn fragend an.

„Ich hatte doch versucht, Ihnen das zu erklären. Melanie hat einen festen Platz in meinem Leben." Stefan Hofer scheint verzweifelt zu sein. „Vielleicht verstehen Sie das nicht, doch es war alles gut so, wie es war. Bis ich am Dienstag Zeuge einer unglaublichen Geschichte wurde. Doch das Einzige, was mir davon geblieben ist, war die Tatsache, dass Melanie und Hansueli vorhatten, nach Sizilien zu gehen. Für immer." Hofers Stimme scheint zu brechen. Er hält kurz inne und räuspert sich· „Es traf mich wie ein Blitz, und ohne lange zu überlegen, meldete ich mich für den Nachtdienst krank, schlich mich danach ins Gässliacker, holte aus der Apotheke dort Chloroform und Probofol und wartete, bis Hansueli weg war. Ich hatte ja mitbekommen, dass er noch einkaufen gehen wollte. Es musste alles schnell gehen. Melanie war in der Küche, als ich zu ihr ging. Blitzschnell hielt ich ihr das Chloroform vor das Gesicht, doch sie wehrte sich, indem sie um sich schlug ..." Seine Stimme zittert, und es ist ihm anzusehen, dass es ihm schwerfällt, sich daran zu erinnern. „Eine Schüssel mit Salat fiel zu Boden", fährt er fort, „und zwei Gläser gingen zu Bruch. Doch ich hatte keine Zeit, mich darum zu kümmern. Ich habe sie schließlich zu meinem Wagen getragen und bin mit ihr zu mir nach Hause gefahren. Dann habe ich ihr das Probofol verabreicht ..."

„Was wollten Sie damit bezwecken?", fragt Uschi.

„Ich brauchte Zeit, meine Gedanken zu ordnen. Also ging ich spazieren. Als ich zurückkam, stand Hansueli vor meiner Tür. Was sollte ich ihm sagen? Dass die Frau, die er verzweifelt sucht, in meiner Wohnung schläft? Sicher nicht! Also versuchte ich, ihn zu beruhigen und wiederum Zeit zu schinden. Ich ging davon aus, dass er sich später am Abend noch einmal bei mir melden werde, denn ich wusste ja, dass er Melanie zu Hause nicht vorfinden würde. Ich hoffte, bis dann eine Lösung für die schreckliche Situation gefunden zu haben. Ich habe sehr lange gewartet, doch Hansueli hat sich nicht mehr gemeldet. Das hat mich sehr beunruhigt, doch ich hoffte, dass er vielleicht eingeschlafen sei, wenn ich mir dies auch nicht wirklich vorstellen konnte. Ich überlegte während der ganzen Nacht, was nun zu tun sei und kam zum Schluss, ihm alles zu gestehen. Sobald es Tag wurde, fuhr ich zu ihm, doch das Haus war leer, von Hansueli keine Spur. Es lief alles schief." Stefan Hofer schüttelt den Kopf.

„Ja, das haben Sie uns alles schon erzählt. Auch wie Sie dann Frau Peters aus Ihrer Wohnung in das leer stehende Haus gebracht haben, wie Sie zu uns auf den Posten gekommen sind in der Absicht, etwas von Hansueli zu erfahren, wie Sie sich letzte Nacht um die Gesundheit von Frau Peters gesorgt haben, weil sie plötzlich fieberte und dass Sie Ihre Frau sprechen wollen, die jedoch nicht auffindbar ist – weder am Arbeitsplatz noch auf dem Flughafen", stellt Urs fest.

„Sie haben die SMS doch gesehen! Andrea hat geschrieben, dass sie um 15 Uhr nach Frankfurt fliegen will!"

„Darum geht es jetzt aber nicht, Herr Hofer. Es geht darum, dass Sie uns gestern angelogen und dass Sie für Dienstagnacht

kein Alibi haben. Ihre Frau könnte Ihnen auch kein Alibi ge-
ben, weil Sie ja nicht im gemeinsamen Haus waren, sondern die
Nacht in Ihrer Wohnung verbracht haben. Sie haben Hansueli
Peters umgebracht. Sie hatten ein Motiv und die Gelegenheit."
Urs schaut ihm direkt in die Augen.

„Nein", sagt Herr Hofer leise. „Das habe ich nicht."

„Wir sind gleich wieder da." Urs steht auf und geht zur Tür,
Uschi folgt ihm nach draußen.

„Er hat mit dem Tod von Hansueli Peters nichts zu tun", stellt
Urs ruhig fest, als sie die Tür geschlossen haben.

„Bist du sicher?" Uschi ist etwas überrascht.

„Ja, ich bin sicher." Urs blättert in seinem Notizblock. „Herr
Zimmermann hat doch von einer Frau gesprochen, die einen
Mann gestützt habe."

„Er glaubte, dass es eine Frau gewesen sei", korrigiert Uschi.

„Hofer war es trotzdem nicht." Urs reibt sich das Kinn.

„Wir wissen nichts über diesen zweiten Mann, der an diesem
Dienstag ebenfalls als Beobachter in Untersiggenthal war. Wer
ist er? Was wollte er da?"

„Dino Campana sagte aus, dass der eine Mann den anderen
beobachtet habe", antwortet Uschi. „Gehen wir rein und sagen
ihm, dass wir inzwischen erfahren haben, dass er tatsächlich beobachtet wurde. Vielleicht ist ihm eingefallen, wer ein Interesse
daran haben könnte."

„Also stimmt es doch?", fragt Stefan Hofer erstaunt.

„Ja. Es könnte hilfreich sein, wenn Sie eine Idee haben, wer
daran ein Interesse haben könnte", wirft Uschi ein. Er schüttelt
den Kopf, doch plötzlich hält er inne. „Wir müssen meine Frau
finden. Ich vermute, sie könnte uns weiterhelfen", bemerkt er,
nun ganz ruhig.

Urs überlegt kurz, und dann nickt er. „Ihre Frau. Sie hat sie
beobachten lassen. Sie wusste oder erfuhr von ihrer Beziehung
zu Melanie Peters."

Stefan Hofers Augen füllen sich mit Tränen. Bestätigend nickt er. „Es muss so sein. Ich hätte es ihr erklären sollen. Sie hätte es verstanden. Sie ist eine gute Frau. Ich habe sie wohl damit verletzt."

„Doch was könnte das mit Herrn Peters zu tun haben?", will Urs von Stefan Hofer wissen.

„Das weiß ich auch nicht." Seine Stimme hört sich gebrochen an, und wie zu sich selber wiederholt er leise: „Ich weiß es nicht."

Sie ist wütend und verschaltet sich, als sie in Baden West die Ausfahrt nimmt. Der Motor heult kurz auf, bevor sie wieder den 4. Gang einlegt. Es ist kurz nach acht Uhr abends. Sie hat ihren Dienst vorzeitig abgebrochen, nachdem sie durch ihren Informanten erfahren hat, dass ihr Mann die Frau entführt habe. Was hat er sich bloß dabei gedacht? Es ist eine Sache, für diese Frau zu schwärmen und in ihrer Nähe sein zu wollen, doch es ist eine ganz andere Sache, diese Frau zu entführen!

Nachdem sie den Privatdetektiv engagiert hatte, rechnete sie eigentlich fest damit, dass die Recherche bestätigen wird, dass ihr mulmiges Gefühl völlig unbegründet sei. Doch sie wollte Gewissheit haben, auch wenn sie sich schlecht dabei fühlte. Sie musste etwas gegen ihr beklemmendes Gefühl unternehmen.

Umso mehr traf es sie, als sie erfuhr, dass ihr Mann möglicherweise eine Frau „stalkt". Es gab Fotos, die ihn dabei zeigten, wie er mit Richtmikrophon und Fernglas ein Haus in Untersiggenthal beobachtete, wie er mit Melanie Peters einkaufte, spazierte, im Garten arbeitete. Doch keines dieser Bilder wies darauf hin, dass es zwischen den beiden eine Liebesbeziehung geben könnte.

Sie sprach ihn damals auf diese Frau an. Doch er erwiderte eher beiläufig, dass dies die Schwiegertochter eines Ehepaares war, das er gepflegt habe und ihr Mann ihn nach dem Ableben seiner Eltern gebeten hatte, sich um seine Frau zu kümmern, weil er oft nicht bei ihr sein konnte. Er erklärte Andrea, dass diese Frau lange nicht gesprochen habe und an einer Gedächtnisstörung leide.

Diese Aussage deckte sich mit den Beobachtungen von Herrn Maron, dem Detektiv. Weshalb er jedoch diese Frau heimlich mit dem Feldstecher beobachtete, blieb offen, und sie entschied sich, dies nicht anzusprechen.

Vor einer Woche traf sie sich erneut mit Herrn Maron. Er hatte nichts Neues zu berichten und taxierte das Verhalten ihres Mannes als harmlos, weshalb sie sich einigten, dass der Auftrag Ende dieser Woche ausläuft.

Normalerweise hielt sie den Kontakt zu ihm durch Telefon und E-Mail. Doch heute wurde sie um 19 Uhr in die Cafeteria gerufen, wo Herr Maron sie ungeduldig und nervös erwartete.

„Ist etwas passiert?", begrüßt sie den Detektiv und ahnt Schlimmes.

„Entschuldigen Sie bitte den Überfall, Frau Dr. Hofer, doch ich dachte, es sei am besten, wenn ich Sie gleich persönlich informiere. Ich bin heute Ihrem Mann noch einmal gefolgt, und es war alles wie immer. Er vertrieb sich die Zeit, indem er sich bei den Peters wieder auf die Lauer legte. Doch heute waren verschiedene Leute im Garten der Peters, und es haben sich dramatische Szenen abgespielt." Herr Maron berichtete, was er an diesem Nachmittag erfahren hatte und dass er Herrn Hofer wieder zurück nach Nussbaumen gefolgt sei. Er habe auf ihn einen sehr nervösen Eindruck gemacht, weshalb er etwas länger als sonst wartete. Er blieb im Auto sitzen und begann damit, den Schlussbericht zu diktieren, als er beobachtete, dass Herr Hofer erneut das Haus verließ. Er folgte ihm erst zum Altersheim, wo er sich kurz aufhielt, um gleich danach erneut nach Untersiggenthal zu fahren.

„Dann habe ich das beobachtet!" Herr Maron holt sein Handy hervor und zeigt Andrea Bilder ihres Mannes, wie er die leblos wirkende Frau auf seinen Armen zu seinem Auto trägt und sie zu sich nach Hause bringt.

Andrea schluckt hörbar. Sie atmet ein paarmal tief durch und wendet sich dann an Herrn Maron. „Lebt sie?"

„Davon gehe ich aus. Ich konnte ein schwaches Stöhnen von ihr wahrnehmen, als er sie sehr behutsam auf den Hintersitz seines Wagens legte."

„Okay, danke. Ich melde mich bei Ihnen."

„Nun ..." Herr Maron nimmt aus seiner Aktentasche ein Papier hervor.

„Ist noch etwas?", fragt Andrea Hofer.

„Ich habe mit großer Wahrscheinlichkeit ein Verbrechen beobachtet, das zur Anzeige gebracht werden muss. Ich brauche Ihre Unterschrift auf dieser Erklärung, die aussagt, dass ich Ihnen meine Beobachtungen mitgeteilt habe und die Verantwortung über dieses Wissen an Sie übergeht und ich Ihnen dringend rate, die Polizei zu involvieren, was ich hiermit tue."

Andrea Hofer schaut Herrn Maron erst ungläubig an, doch es wird ihr schnell klar, dass sich Herr Maron lediglich schützen will.

„Natürlich", sagt sie und unterschreibt die Erklärung.

Sie fährt Richtung Stadt. Auf der Höhe des Schadenmühleplatzes biegt sie links ab und parkt ihr Auto. Was soll sie jetzt tun? Tausend Gedanken gehen ihr durch den Kopf. Einem ersten Impuls folgend wollte sie ihren Mann in seiner Wohnung aufsuchen und ihn dazu bewegen, diese Frau wieder nach Hause zu bringen. Sie stellt sich vor, wie sie vor der Haustür steht und klingelt. Dabei erinnert sie sich, dass sie ihren Mann vor Kurzem in seiner Wohnung besucht hatte, und ihr fällt erst jetzt auf, wie umständlich er sich benommen hatte. Wie würde er reagieren, wenn sie heute dort klingelt? Sie hat das Gefühl, ihren Mann nicht mehr zu kennen. Vielleicht hatte sie ihn nie gekannt. Vielleicht ist er sogar gefährlich? Ein ungutes Gefühl beschleicht sie.

Sie denkt an die Worte von Herrn Maron: Involvieren Sie die Polizei. Sollte sie ihren Mann anzeigen? Aber er hat ihr in früheren Berichten auch mitgeteilt, dass er ihren Mann nicht als gefährlich einstufe. Ist er das wirklich nicht?

Andrea steigt aus ihrem Wagen. Es ist nicht mehr so heiß wie die Tage zuvor, trotzdem sucht sie den Schatten eines nahen Baumes. Sie könnte ihn anrufen und so tun, als wüsste sie von nichts und herausfinden, in welcher Verfassung er ist. Je nachdem könnte sie sich noch immer bei der Polizei melden. Sie holt ihr Handy hervor und wählt seine Nummer, doch sofort kommt die Mailbox. Dann wählt sie seine Festnetznummer. Sie lässt es lange klingeln, doch ihr Mann nimmt das Telefonat nicht entgegen.

Mutlos lässt sie das Handy sinken. Dann kommt ihr eine Idee. Sie braucht einen Verbündeten! Sie schaut kurz auf die Uhr. Es ist noch nicht zu spät, kurz nach halb neun, und sie sucht online nach der Nummer dieses Hansueli Peters. Nach kurzem Läuten nimmt ein aufgeregter Mann den Anruf entgegen. Sie sagt ihm, wer sie ist und dass sie ihm einen Hinweis geben könne, wo er seine Frau finde.

„Wann können Sie in Baden sein?", fragt sie.

„In 20 bis 30 Minuten! Ich bin schon auf dem Weg!", hört sie Herrn Peters sagen, dann hängt er ein.

Andrea ist froh, ihre Sorge nun teilen zu können. Sie fährt zum Parkhaus Ländli, stellt ihren Wagen dort ab und geht zum Oberstufenschulhaus, wo sie sich mit Herrn Peters verabredet hat.

„Diesen Brief habe ich erhalten." Stefan Hofer bat um einen Termin mit Urs und Uschi, nachdem ihm die heutige Post gebracht wurde. Er hat einen Brief seiner Frau erhalten, die noch immer unauffindbar war. Dass es in Frankfurt keinen Ärztekongress gab, hatte Anita schnell herausgefunden.

Lieber Bär
Wenn du dieses Schreiben in den Händen hältst, habe ich Europa bereits verlassen. Versuche nicht, mich zu finden. Es wäre zwecklos, aber vor allem sinnlos.
Ich schreibe dir, weil ich dir eine Erklärung schuldig bin und ich dich um Verzeihung bitten will.

Ich glaubte, dich zu kennen, und ich ging davon aus, dass wir unser gemeinsames Leben gut im Griff haben. Wir konnten keine Kinder bekommen, was für uns beide nicht einfach war, doch schließlich haben wir unseren Platz gefunden – und waren glücklich. Ich zumindest war es.

Vor rund einer Woche habe ich erfahren, wie auch immer, dass du einen großen Teil deiner Zeit damit verbringst, eine Frau zu stalken und diese schließlich entführt hast. Das war ein Schock für mich, und mir wurde klar, dass ich nicht weiß, wer mein Mann ist. In der Folge habe ich völlig irrational gehandelt. Anstatt mit der Polizei Kontakt aufzunehmen, rief ich den Mann dieser Frau an und habe mich mit ihm in Baden getroffen. Wir haben uns lange unterhalten, und ich erfuhr unter anderem, dass du für dieses Ehepaar wie ein Familienmitglied warst. Dass du seine Frau gestalkt hast, habe ich dem armen Mann nicht erzählt, wozu auch? Offensichtlich hast du niemandem ein Leid angetan, und er nannte dich einen Freund. Doch ich habe ihn davon in Kenntnis gesetzt, dass du für das Verschwinden seiner Frau verantwortlich bist und weißt, wo sie sich befindet.

Er war fassungslos. Dann wurde ihm schlecht, und ich vermutete, dass ihm all das, was er an diesem Tag erlebt hatte, auf den Magen geschlagen ist. Er musste sich übergeben.

Danach spazierten wir die Limmat entlang Richtung Stadt. Er fühlte sich noch immer schlecht, und wir kehrten um, weil er sein Fahrrad beim Schulhaus Pfaffenchappe abgestellt hatte. Ich konnte ihn davon überzeugen, dass es einen wichtigen Grund gegeben haben muss, weshalb du seine Frau zu dir nach Hause geholt hast, und wir kamen überein, dass wir diese Entführung nicht der Polizei melden werden und versuchen, mit dir zu reden und alles wieder „ins Lot" zu bringen.

Plötzlich begann Herr Peters zu schwanken. Ich stützte ihn, doch sein linkes Bein knickte ein, und er fiel hin. Ich kniete mich neben ihn und begann zu weinen. Es war alles zu viel für mich. Ich fühlte mich wie gelähmt. Ich kann nicht genau sagen, wie lange ich neben ihm gesessen habe. Es muss kurz nach Mitternacht gewesen sein, als ich endlich wieder zu mir fand und realisierte, dass Herr Peters nicht mehr lebte.

Ich bekam es mit der Angst zu tun. Verschiedene Gedanken schwirrten mir durch den Kopf. Habe ich tatsächlich nicht mitbekommen, dass dieser Mann offensichtlich einem Schlaganfall zum Opfer fiel? Wie sollte ich das jemandem erklären? Was sollte ich jetzt tun?

Es kostete mich einige Mühe, Herrn Peters der Limmat zu übergeben, doch schließlich habe ich es geschafft.
In diesem Moment wurde mir klar, dass ich als Ärztin versagt hatte. Auch eine weitere gemeinsame Zukunft mit dir, lieber Bär, kann ich mir nach diesem Ereignis nicht mehr vorstellen. Ich fasse also den Entschluss, mein bisheriges Leben aufzugeben und irgendwo auf der Welt neu anzufangen.

Ich bitte dich: verzeih mir. Und verzeih auch dir selber.
Ich wünsche dir ein gutes Leben, Andrea.

Sie haben im Bellavista ausgiebig zu Abend gegessen und schlendern nun zum Dorfplatz, um mit den anderen Dorfbewohnern das neue Jahr zu begrüßen. Eine leichte Brise lässt die klare Nacht noch etwas kälter erscheinen. Melanie hat sich bei Tanja untergehakt. Die beiden Frauen haben die Nierentransplantation im August 2015 gut überstanden und erfreuen sich bester Gesundheit. Hinter ihnen sind Giovanni und Stefan in ein Gespräch vertieft. Verena, Sonja und der Rest der Familie werden gleich nachkommen.

Als sie den Dorfplatz erreichen, sind schon viele ihrer Freunde da, und obwohl es kühl ist, spielen sie im Freien Musik und trinken und lachen. Feuersäulen geben etwas Wärme ab und zaubern mit ihrem flackernden Licht eine fast magische Stimmung vor die alten Mauern. Weit unter ihnen liegt schwarz und ruhig das Meer.

Melanie hat zwei Gläser Wein geholt und geht auf Stefan zu, der etwas abseits der anderen an die Mauer gelehnt auf das Meer hinuntersieht. Sie gibt ihm eines der beiden Weingläser.

„Danke, mein Engel." Sie stoßen an und küssen sich.

„Welch ein Jahr!" Melanie seufzt. „Bereust du es, dass wir diesen Herbst der Schweiz den Rücken gekehrt haben und hierhergezogen sind?"

„Überhaupt nicht, mein Engel. Und du?"

Melanie schüttelt leicht den Kopf: „Nein, ich bereue es nicht. Ich kann manchmal nur nicht fassen, wie alles gekommen ist."

„*Gottes Wege sind unergründlich,* würde Vreni jetzt sagen."

„Wo deine Frau jetzt wohl ist? Findest du es nicht seltsam, dass du nie mehr etwas von ihr gehört hast?"

„Ich bin sicher, dass es ihr gut geht. Sie wird in einem Dritte-Welt-Land ihre Dienste als Ärztin zur Verfügung stellen. Das war immer ein Traum von ihr." Stefan legt seinen Arm um Melanies Schulter, und sie spazieren zurück zu ihrer Familie, die ausgelassen mit den anderen Dorfbewohnern plaudert.

Ich danke Ursula Rothenberger für die Unterstützung und Korrektur während des Schreibens und Manuel Werner für das Endlektorat ☺.

Die Autorin

Gabrielle Allmendinger wurde 1963 in Brugg (AG)
geboren und wuchs im ländlichen Gebenstorf
in einer gutbürgerlichen Familie auf. Nach einer
kaufmännischen Ausbildung heiratete sie und zog
mit ihrem Mann in die Stadt Zürich. 1985 bekam
sie einen Sohn und 1987 eine Tochter. Diese Ehe
wurde, nach turbulenten Jahren, 1992 geschieden.
Als alleinerziehende Mutter stieg sie wieder ins
Berufsleben ein und fand im öffentlichen Bil-
dungsbereich eine Aufgabe, welche sie viele Jahre
erfüllte. Mit 40 Jahren fand Gabrielle Allmendinger schließlich ihre Lebensliebe und gründete mit
Hannes eine bunte Patchworkfamilie. Leider schlug
2019 das Schicksal zu. Ihr Mann verstarb nach 16
gemeinsamen glücklichen Jahren, völlig unvorher-
sehbar, über Nacht an einem Herzschlag. Gabrielle
Allmendinger machte in ihrer ersten Ehe, mit dem
Vater ihrer Kinder, die unschöne Erfahrung mit
häuslicher Gewalt. Diesem Thema ist der zweite
Fall des Badener Stadtkrimis gewidmet.

Der Verlag

Wer aufhört
besser zu werden,
hat aufgehört
gut zu sein!

Basierend auf diesem Motto ist es dem novum Verlag
ein Anliegen neue Manuskripte aufzuspüren, zu ver-
öffentlichen und deren Autoren langfristig zu fördern.
Mittlerweile gilt der 1997 gegründete und mehrfach
prämierte Verlag als Spezialist für Neuautoren in
Deutschland, Österreich und der Schweiz.

**Für jedes neue Manuskript wird innerhalb
weniger Wochen eine kostenfreie, unverbind-
liche Lektorats-Prüfung erstellt.**

Weitere Informationen zum Verlag und
seinen Büchern finden Sie im Internet unter:

w w w . n o v u m v e r l a g . c o m

Bewerten

Sie dieses **Buch**

auf unserer

Homepage!

novum VERLAG FÜR NEUAUTOREN

Gabrielle Allmendinger

Regionalkrimi us de Stadt Bade – 1. Fall

Kaltes Herz

ISBN 978-3-99048-278-0
204 Seiten

Aylin Schmid wird ermordet. Wurde sie von ihrer Vergangenheit eingeholt? Da sie ihre Mitmenschen immer nur benutzt hat, gibt es zahlreiche Verdächtige, die als Täter infrage kommen. Urs und Uschi von der Kantonspolizei Aargau in Baden ermitteln.